湖畔诗文丛刊

面山居集

王维理 著

中国书籍出版社
China Book Press

图书在版编目（CIP）数据

面山居集/王维理著．—北京：中国书籍出版社，2020.7

（湖畔诗文丛刊）

ISBN 978-7-5068-7674-2

Ⅰ.①面… Ⅱ.①王… Ⅲ.①诗集—中国—当代 Ⅳ.①I227

中国版本图书馆CIP数据核字（2019）第287449号

面山居集

王维理　著

责任编辑	李小蒙　王　淼
责任印制	孙马飞　马　芝
封面设计	中联华文
出版发行	中国书籍出版社
地　　址	北京市丰台区三路居路97号（邮编：100073）
电　　话	（010）52257143（总编室）　（010）52257140（发行部）
电子邮箱	eo@chinabp.com.cn
经　　销	全国新华书店
印　　刷	三河市华东印刷有限公司
开　　本	710毫米×1000毫米　1/16
字　　数	404千字
印　　张	22.5
版　　次	2020年7月第1版　2020年7月第1次印刷
书　　号	ISBN 978-7-5068-7674-2
定　　价	99.00元

版权所有　翻印必究

王维理老师：

　　您创作的《小姑娘，你在哪里》一诗，获金奖，并授予您"新时代文化传统践行者"荣誉称号，编入纪念改革开放四十周年文艺作品《放歌新时代》集萃。

中华文化传承与发展促进会
世界华人作家协会
流芳中国杂志社
放歌新时代编委会（印章略）

2018年7月

老树著花次第开（代序）

——王维理先生和他的《面山居集》

王于飞

　　王维理先生是我的老师辈。几个月前，王老师要我为他的《面山居集》写几句话。虽然深知自己分量轻微，但在师长面前，却也不敢再三违命。

　　很早就知道王老师是位很有成就的诗人，而我却并不真的懂诗。年轻时在老师们的奖掖下也写过些句读不茸的文字，但终于没有持续、认真地下过功夫；至于新体诗，不要说写了，连读的机会都不多，当然就更不敢说了解了。故而面对古今诗皆擅的王老师，内心的虚怯终究是难免的。

　　我的印象是，因文字因缘，我心仪好久的南京师大汤大民先生，王老师的同窗，在他生前最后一封给王老师的信里这样说："你的诗情，还是那样勃发；你的文情，还是那样豪迈"。王老师已过八十高龄了，精力还是那样充沛，锐气不减。他身材高大，嗓音洪亮，还能腰板挺直，行走如风。唯一衰减下来的，也许只是他的听力，所以每当电话上的沟通难以如意时，他就干脆用行动来解决。好几次，电话里有事说不清楚，王老师就直接从沙坪坝坐着轻轨来大学城。我心疼，王老师却说，这就当锻炼了。

　　王老师还是个很重感情的人。有次王老师约我去沙坪公园喝茶，还约了王忠勇老师一起。原来他每年都跟忠勇老师有这样的"茶聊"，已经延续多年了。王老师跟我校外语学院副院长方路老师也是谊在师友间，每逢春节都会以明信片的方式唱酬一番。至于王老师在经济还不宽裕的年代里坐飞机并自带五粮液参加南京师范大学30年同学会的事，已写进眼前这本集子里，其情之深，其意之厚，着实令人动容。

　　王老师的师友情缘很深。若干年前，他辛勤爬梳，完成了一批高质量的学术论文。其中一篇《从合音词的训释看"如何"结构》，用力甚深，为功甚大，而在发表过程中屡遭冷遇。王老师无奈之下，将文章寄给在南京师大读书时的老师，章太炎、黄侃的授业弟子，中国训诂学研究会会长徐复先生。徐先生很快回信，称文章"新意纷陈"，不仅"解决了语法问题，也疏理了训诂问题，足见作者平时积累材料有独得之见，非常钦佩。"在徐先生的主动推荐下，《南京师范大学学报》编辑部也很快采用了这篇文章。后来，徐复先生对王老师说："维理，你还年轻，做事写文章就要像你写谈'如何'结构那么做。今后你的文章，我都看，你的著作，我都给你写序，给你审稿，推荐出版社。"王老师受此鼓舞，又陆续写了《古汉语中"如何"结构新探》《古汉语"如何"结构探析》等文章，就同一问题继续深耕，取得很大的成就。退休多年以后，王老师在百度上意外地搜索到这些文章，收入"百度网"，进入了"中文科技期刊数据库"，得到了学界的肯定。王维理老师，欣喜莫名的同时，也深深感念徐复老师的识拔之恩，每言之而感慨万端。

王老师对于朋友之间的交道一向看得很重。记得我在外求学的那段时期，短暂地回重庆，偶然遇到了王老师，他便热情地问我是不是认识著名书画家江友樵先生，还约我一起去医院看望。江老师是我从学生时代就认识，并多年从学书画的老师。因我负笈远游五六年，渐疏音讯，竟对老师的近况一无所知。同行探病期间，维理老师告诉我，他认识江老师的时间不长，只是喜欢他的艺术，并同情他的遭遇，才想到去关心和探望他。很多年后我才知道，在江老师病重期间，王老师给了他很多的关心和照料，甚至江老师一些财务上的事宜，都请王老师帮忙代办。这一份古道热肠，令我汗颜的同时，也对王老师由衷敬佩。

在长期的交往中，我感觉王老师是个很感性的人。他为人很率真，对人很坦诚，对生活中的人和事总是积极、乐观，甚至带着点天真地去感受。这种感性不仅体现在性情中，也体现在王老师的文字上。

读王老师的作品，雕肝镂肾的诗词且不必说，就一般人很难写得出彩的游记而言，读来也往往深觉有味。如《旅欧游记》的第一则《游威尼斯记马可波罗》，大段的文字写大巴车上所见：

  大巴疾驰西南行，斜穿巴伐利亚高原，沿阿尔卑斯山脉南麓，向威尼斯驶去。沿途所见景色整块、整片地似刀切的规整划一，那不着边际的碧草绿茵，那金黄的油菜花，少见隆起的丘峦。松树林，桦树林，在平缓的公路两侧，迎来送去；看来是农舍吧，错落在绿荫碧草和菜花地的边缘，不见有人劳作，农舍三两处，亦不高大，也绝无中式的院落般的居民点。农舍侧农用载运械具，也时有所见。这些给我减少了旅途的单调，增添了几许的惬意和清幽。迎面的重车载，多是叠架近十辆毫不遮掩的小轿车，无疑是给某公司代运的。途中绝不见徒步的行人：青壮、老夫老妇，肩挑背负者。

但凡有点欧洲旅行经历的人，大概都会有发自内心的认同感吧。就这么一段平直的文字，既不见什么抒情的成分，也没有什么深奥的思想内涵，但它所捕捉并描写出来的那些景物特征，却绝非国内所能看到，而确然属于欧洲国家。作者敏锐的观察力和准确的概括力，又使得这些描写的文字熠熠生辉。难怪该文在大众文学和《散文选刊》联合举办的首届全国旅游散文大赛中荣获三等奖，并聘为"全国旅游文学学会委员会委员"，该文又被收入《美文天下》集中。我想，有这样一套感受体察的功夫和这样的一副好笔墨，无论写什么，都自会有一番光彩的吧！

而我更相信，这样的光彩不仅来自作者的体验、观察和文字表达，更是来自作者更深层次的理性与思想的沉淀。由于有了深层理性的融入，这种生活和文字中的感性也就有了更深更广的拓展，看什么、写什么，也就自会与众不同。

如王老师游卢浮宫说："入馆者，如我是有备而来的，非得看镇馆三宝真迹：《维纳斯》雕像，《胜利女神》石雕和《蒙娜丽莎》油画。不如此，便虚此行了。"接下来我们会读到王老师为看这镇馆三宝所做的功课，虽不能现场亲见，也自觉可以想望入神了。

又如王老师与友人同访魏源旧居"小卷阿"：

> 已黄昏，街沿梧桐老树可辨，稀疏街灯，行人和几许归巢鸦鸣，周边更显得分外寥落。
>
> 所经路段，树民多次来过，在他的指划下，终于找到了"魏源故居"，"小卷阿"的字样：在一块础石上。"故居"在僻静小街龙蟠里，所见约莫50平米，残破平房民宅。
>
> 因门紧闭，踮足，透过门缝，可见到类似垃圾的杂乱物件，值得兴奋的什么也没有。

接下来的文字，写了"小卷阿"残败的缘由，更写了"小卷阿"当年的主人魏源"堪称第一个使中国睁眼看世界的中国人"，再写：

> 想着这些，望着摇摇欲坠半壁残存的魏宅"小卷阿"，前来凭吊，该说什么呢！"依旧秋风，依旧飞花"，何时才有个变度！

正是循着这样关切和这样的眼光，才有了以上的追索与感怀，最后凝成一首荡气回肠的《高阳台·吊金陵魏源故居小卷阿》：

> 小卷龙蟠，乌龙雾锁，秋声月下归鸦。落叶梧桐，有灯初照谁家！

摇摇半壁宅安在？吊魏公，不胜嗟讶。更苔深，风动蓬门，雨雪烟霞。

哲人已渺魂何处？赋海图圣武，浪卷流沙。罗尔纲兮，只今还作天遮。一庵普渡去无迹，唤杜鹃，声彻天涯。算而今，依旧秋风，依旧飞花。

据维理先生自述，他写古诗词的时间比较晚近。但在我读来，他的古诗词相对于新诗来说，不仅毫无逊色，而且更为本色、亲切而有味道。如《赴杭道上》：

衡阳雁过夜飞霜，远别乡关去亦忙。满座吴歌兼楚语，秋风一枕到钱塘。

用笔松秀，雅洁自然，将列车夜行，一夕千里，车厢内乡音杂沓，车窗外雁过霜飞等现实生活场景不动声色地摄于笔端，而又以"秋风一枕到钱塘"的欣快语出之，风韵绵渺，味之不尽。又如《重聚金陵》：

远酬故旧渡崇关，夕照秋风发半斑。又是梦回寻往事，月华如练下钟山。

这是写三十年同学会的真情实景：秋风夕照，斑白相聚，而又疑认参半，似梦似幻，恍惚迷离间，不知作何感慨。"又是梦回寻往事，月华如练下钟山"，写事，写情，写景，浑融一气；往事如昨，是耶非耶，月华如练，幻乎真乎，而钟山如铸，此情可追，此会可证。全诗虽短小，却将远与近、故与新、梦与真、虚与实、暂与久等诸多对立元素融于一炉，而一归于同学深情，自然凑泊，不着形迹，不由人不叹服其钳锤功深。

认真拜读过王老师的这部《面山居集》，自然得出以下观感。首先，本集作者有着深厚的文学底蕴。从少年时期的文才颖异，渊源有自，青年时期的名师亲炙，到中晚年发表的诗歌文章，云兴雨霈，自有清晰的来龙去脉可寻，令人信服。

其次，作者的文学创作大都是厚积薄发。王老师于名校毕业，又辗转于语言文学诸教席，其间广搜博采，取精用宏，师古翻新，与时俱进，数十年如斯，眼界自然高朗，腹笥甚为丰厚，又研精覃思，著为论文，与方家学者扬榷古今，在学术界流为美谈，而终于操觚染翰，发为歌诗，同雅客骚人唱酬流连，为翰墨场添作异彩。

而我个人最为看重的，却是王老师诗文创作中一以贯之的"言志"之道。

正如王老师所自述的那样："家国情愫，寄寓绵绵。忧时感世，动我心弦。山河览胜，华彩翩翩"，王老师是个有大情怀的人。正是因这样的情怀，才使得王老师于胸胆开张时笔歌墨舞，襟怀激越处溅玉喷珠，老树新花，恣意横斜。前举数例之外，另有送别诗如《窦履坤君离渝》，自述诗如《忆昔》《自嘲》，追悼诗如《悼朝定学兄》《吊汤大民兄》等，都如从胸臆中流出，质朴真实，自然动人。更有《吊虎门销烟池》《梅花岭吊史公祠》《青冢》等咏怀古迹，《送赴港驻军》《怀邓公小平》《所思》《写在1999年》等感怀时世，与斯世输其肝胆，共环球同此凉热，无论长篇抑或短制，均能言出肺腑而音同金石，读之自能发越胸襟，振作精神，警我愚顽，令人感佩再三，不能释卷。

当然，王老师在"歌以咏志"的诗歌创作中，最受称道，也是影响最大的作品，或许还是他的新体诗《小姑娘，你在哪里?》，这首新体诗在诗歌界，已经以全国性的奖励而获高度肯定，也就用不着学识有限的笔者去饶舌了。

2018年6月4日凌晨

我的文缘和诗缘（代自序）

一

我和诗文结缘，还得追忆到我四五岁的童年时代，那是因为胞兄维瑄，在长辈面前，答一对联的事。某长辈，出上联云："好树好花结好果"，胞兄，下联对曰："大仁大义发大家"。下联一出，即得到在座诸长辈的夸奖。此事很快传遍了我们的小村子。胞兄长我三岁，住在我们村子的一位姓曾的老师赞扬他，喜欢他，六岁不到就带着他上了小学。村里人都把他当作神童。在20世纪40年代初叶，北碚（时，北碚管理局，卢子英，卢作孚之弟任局长）地区搞了一次全区性的中、小学生作文大赛，命题作文是《我的母亲》，胞兄得了第一名。村里的另一个高年级的祝姓小朋友，得了第二名。通知他到管理局领奖，他抱回家一大包奖品，诸如铅笔、笔记本、毛巾等，还有类似如今的"奖状"。胞兄"大作"《我的母亲》上了北碚《嘉陵江日报》。胞兄获奖的事，传说局长卢子英还接见了他。在乡里，一时作为佳话传开了。

哥哥小学毕业不到12岁，在抗战时期，考上了由下江（今江南）一带内迁合川的"国立二中"。因家境贫寒，没有钱供他上中学，他失学了。但他把读书作为第一紧要的事，他读了很多古代小说，四大名著，薛仁贵、薛丁山"东征""西征"、《济公传》《说岳》等。

之后，他就着手编"报"，报名《仲同太》，为什么叫这个名字，至今我也弄不清楚。他很想买一台油印机，哪有钱？只好用墨笔写好，贴在饭桌前的竹夹壁墙上，今天叫"墙报""壁报"。这个《仲同太》，还在我们院子朝门口冯家的竹夹壁墙上，画了一组线条画，画面中，一条狗追赶一个飞跑的过路人，其旁写有："此地有恶犬"几个大字，以警示过往行人。这幅画，历经1943年（注一）日本飞机向我们山沟（堂弟维政家草房坎下）丢了一枚炸弹，震得竹夹墙壁上石灰大块大块脱落，但这幅画还依稀可辨，直到前些年，旧房拆掉重建，墙上的这幅画，才在我们村子里消失了。当时投稿的只有村里的一个姓孔的小朋友，他写了一首诗，其中有一句"大雪纷纷压茅屋"，我还记得。去年春节返乡，我见到孔姓朋友时，他已经是年近九旬的老翁了。问及此事，他说记不得了。胞兄编报只有两、三期。

后来，他就编写故事，我管它叫"小说"，名曰《灵山会》。曾吸引了村里的男女老少，他写一回讲一回，多是在夏天纳凉院坝，或农闲冬天火炉边。几十年了，那些毛笔书写的稿子早已不知去向。胞兄上述故事，是我最早的文缘和诗缘。

二

读小学二、三年级时，国文课本上有一首儿歌，歌词很有趣："当、当、当、当！敲警锣，隔壁邻居失了火，邻居只有两个人，一个瞎来一个跛"。这是我最早接触的，也记得最完整的诗。

1942年左右，高小一年级了，一位个头高大，张姓的代课老师（那时上海复旦大学内迁北碚，常有大学生来代课），他给我们讲了宋代诗人范成大的七绝《横塘》："南浦春来绿一川，石桥朱塔两依然"。他是苏州人，抗战时期，流落他乡多年，是他借范诗宣泄自己对故土的怀念吧！他讲的第二首诗是唐代白居易的古风，新乐府诗"新丰老翁八十八，头鬓眉须皆似雪"，讲《新丰折臂翁》是在冬雪天的一个上午。这篇诗内容是反战的，战争给人民带来了痛苦，张老师怎么讲的已毫无印象了。

1946年左右，中共地下党员刘云（解放后，恢复原名刘隆华，做过重庆副市长）是天府小学教我们国文课的老师，给我们讲郭沫若先生的《水牛赞》白话诗，印象极深，"水牛，水牛，你最最可爱。""我的好朋友""你是中国国兽，兽中泰斗。"她说郭沫若先生这首诗是借水牛的特性，歌颂中国基层群众，广大的劳苦农民弟兄的。

我写的第一首诗，有一句还记得："烈日如火汗如汤"，是写矿区工人劳作的诗。记不得是谁拿去上了矿区（北碚后峰岩）的壁报，当时同窗都称赞我，而我也有一种说不清楚的兴奋。

三

解放以后，托共产党的福，我上了中学，1950年，我们语文（这时"国文"叫"语文"了）课的老师，川南泸州人，叫钟心见，钟是郭沫若"创造社"晚期成员。钟讲，恽代英（1895—1931）在川南泸州等地，从事革命工作，恽身份暴露后，钟资助大洋，恽走川北脱险。钟很喜欢我的作文，每次作文，都给了班级的最高分,作为好文章点评、向同学推荐(朋友告诉我,十一届三中全会后,他平反了,还在打听我的下落)。当时的我,有点得意忘形:总想天天都有作文课,我开始向刊物投稿了。第一篇稿子《志愿军来信了》,被重庆广播电台采用了,自己的名字第一次显示在报纸节目预告栏上。得到的稿费差不多够半个月的伙食费,稿费自然拿去买了好些文学书籍:冯雪峰的《雪峰寓言》《回忆鲁迅》、还有伏契克的《绞刑架下的报告》。另一篇写"成渝铁路通车"的报道,《重庆日报》来信说"准备用新华通讯社电讯稿名义,发出"。那时我也写诗,可惜只记得钟老师夸赞的一个诗句"把蓑衣当作棉衣看",那是我寒假期间,学校团组织到农村参加宣传土改后写的。这时,我接触最多的刊物是赵树理主编的《说说唱唱》。《李有才板话》《新儿女英雄传》《吕梁英雄传》《钢铁是怎样炼成的》等,都是我这时喜欢读的书。

四

1954年高考,我被西南俄语专科学校录取了。这时,我最喜欢"文选习作"这门课。任课的教授叫温雅瑸,一学期两三次作文。每次作文都得到温老师的表扬,评讲的重点都是我的习作。

大抵是1955年下半年,我化名刘某某,一个农民到过俄专,写他所见。从我的出生地,给俄专党委写了一封信,反映俄专(学生)浪费,糟蹋粮食的情况。知道此事的只有与我相好的李某某同学,想不到这封信竟在校广播站轮番广播了,同桌的李某某,只望着我笑。而同桌的欧阳某某边听边评道"这位农民,文化不低,语言那么通顺,我们大学生写不出来。"这事,校党办某某主任知道后,专门接见了我,并征求我对学校工作的意见。说是党委王书记提出来的。

在俄专,我阅读了普希金、莱蒙托夫、惠特曼等的诗。也读巴金、郭沫若、茅盾、曹禺等现代著名作家好些作品。但印象最深的,要数胡风的七月诗派诸家的作品,艾青的、田间的,尤其是鲁藜的《星的歌》诗集。读鲁的《星的歌》做了大量的摘抄:

没有奔向高原的意志,就没有瀑布的漩涌的花朵的壮观。

使我热情地生活,为理想而痛苦,直到我的生命被死亡带走。

老是把自己当作珍珠,就时时有被埋没的痛苦。
把自己当作泥土吧,让众人把你踩成一条道路。

这些诗句形象生动，设喻贴切，我很欣赏：把含义深邃、多蕴涵哲理的诗句，视为座右铭规范自己。我也因为读了好些后来成了"份子"的作品，反右一来，脱不了干系，自然要挨修理，该修理，或明或暗，一直延续到十一届三中全会之后，落实政策，才停了下来。

1957年秋，转学到了南京师范学院中文系（今南京师范大学文学院，简称南师大），这个中文系被誉为"江南文枢"。它也是全国有数的诗歌重镇：说是"重镇"，是因为宋词大师《全宋词》《词话丛编》等巨制的编著者唐圭璋教授、唐诗专家孙望教授都在这里执教；说是诗歌"重镇"，还因为现代诗派就有两派主将在这里。上世纪三四十年代诗坛"土星"的诗社主将孙望先生在这里；另一"小雅"（北京）诗派的主创者，主编吴奔星先生也在这里执教。

1990年夏，毕业30年后，回母校南师大聚会。随园聚会大厅灯火辉煌。气氛热烈空前。与会者有两三百人，当年任课的老师，记得有徐复、许汝祉、吴调公、吴奔星等教授。孙望老师去世了，唐圭璋老师重病未与会。我带着一首诗去的。这首诗道：

> 远酬旧故渡赴崇关，夕照秋风发半斑。又是梦回寻往事，月华如练下钟山。

与会者同窗，钟陵教授写给我的诗道：

> 一别金陵三十年，窗朋砚友多华颠。天涯偶聚情如海，彩烛华灯照醉筵。
>
> 飞斝传筹欲醉时，离肠得酒茧抽丝。多情无奈难轻别，漫赋阳关劝酒辞。

钟介绍云："王维理同窗自四川带来五粮液与同窗共品巴山蜀水之情。"
钟写吴奔星老师诗道：

> 奔星驰电大江东，快意豪情老更浓。兴涌挥毫惊海岳，乾坤指顾豁双瞳。

钟介绍云：吴老师"精神矍铄，豪情如昔。"

次日，我与罗福宁同窗漫步在南师大随园校区，100号楼大草坪前，见吴奔星老师，吴老师对我说："稍晚点，请到我家来一下。"我答应了。当时我想，单要我去，未提到罗，是不是因为抗战时期中央大学内迁重庆沙坪坝，吴老师在这里渡过些岁月，对故地的情结引来的。去吴老师家再一次聆听教诲，至少还可以得到老师的赠书。但我却因忙着与众同窗话旧,我爽约了,竟忘了吴老师的盛情约请。想着这些深感愧疚,多年以后,这种心情仍未稍减。给老师去个信吧,当我拟好信后,征诗家张榕先生意见时,他告诉我:"吴先生已经走了,"张榕先生把从《文学报》上剪下来的报道给了我。剪报至今保留着,让我对吴老师作永久的思念吧!

五

1960年夏南师大毕业,分配到扬州江苏省干部文化学校(后来的江苏第二党校)工作,扬州也是江南文化重镇,诗词重镇,因有"扬州八怪"曾在这里有许多故事。"武松十回"扬州评书大家王少堂(历史上,清代还有柳敬亭)在这里。词曲大家任中敏(任二北)等在这里。干校也有一群诗词家和诗歌爱好者,他们的大号,有的至今还记得:丁家桐、陈天白、王九成、朱明熙等,这些先生都比我年长。他们,省内外都有名气。这些诗词家中,与我在诗词交往,接触较频繁的要数王九成、朱明熙、陈天白了,尤其是王九成。这时我着意写新诗,一有诗作都抄录好后,先给王,经他一传再传,以致我的学生和同事都说我会写诗。《望星空》《还乡行》等诗就是这样在干校师生之间传开了的。

《望星空》一诗,王九成老师评道:

> 通篇佳句,妙语连珠,不任钦佩;构思精恰,词句优美;既有新诗之灵活,又含旧诗神韵之温丽,佳作。

不几天,他到寝室来,送我两首诗,我托他抄在我的一本书的扉页上:

> 若有新鲜笔,古人胜不难。索肠心呕出,握管胆先寒。
> 调味和咸淡,剪裁适紧宽。窍开奇境地,岂让矮人看。

> 上游力据最应该,彻底心如明镜开。锥股划畜能大受,处囊脱颖出群才。

> 五车兵甲胸中得,万卷春风纸上来。往日古人呼不起,且看成竹有新栽。

后来我想,王九成老师送这样的诗给我,大概是因为我给他读的都是新体诗的原因,用写传统诗词的道理来激励我,还是希望我在传统诗词上进取,下功夫吧。

另一首《还乡行》用的是贺敬之的陕北民歌"信天游"体,王九成、陈天白怎么说的无记录。寄内蒙古《草原》,1961年1月16日来信云:"的确是诗。本刊稿挤,请寄所在地刊物。"稿寄《草原》,是因为1959年,曾用过我的一篇稿子。

在扬州时期(1960—1963)是我写新体诗的旺盛期,也是我读传统诗的旺盛期。可查到新诗不下100首,传统诗词写得少。

从1964年到1993年,近30年,是我写诗的岑寂期,新体诗不读不写,传统诗词不读不写。文缘、诗缘都断了。几个月前,大诗兄万龙生先生来访,带来了他诗歌创作60周年纪念的小册子,我对他说:"我的'诗龄'极短,没有你那么长,写诗填词不到20年,写得也少。与诸位诗兄弟结缘后,才有些变化。"诗兄万龙生回复我说:"你,诗的种子在那里啊!"

六

1994年我退休了,身上的课务担子轻了些,对古汉语的关注,淡化得多了,又是诗歌吸引了我。《等候》《告别》《寻》《大山雪声》诸章新体诗,就是大概在这个时候写出来的。

这时,结识了在我校的、全国颇有名气的诗词大家张榕先生,用四川省诗词学会会长李维嘉先生给我的信中的话说:"在全国第一流诗词家中,张榕也是名列前茅的",后来,由张榕先生介绍加入了"歌乐吟社"这个诗词家组织。从这时起,自己才较认真地注意写传统诗词了。"面山"集中所收录的传统诗词,绝大多数都在这个时期写的。当然,这个时期,也写了些新诗,诸如《小姑娘,你在哪里》《朝天门放歌》《雪霁》《春,在大地上漫行》等。合川一位朋友胡元伟君谓:"你的新诗写得好,是因为你有写旧诗词的底子。"前三首,被"全球华人联合会""世界华人作家协会"联名组织的"唱响中国梦"诗歌大赛评为"特等奖",说"作品洋溢着强烈的民族自豪感和爱国主义激情",收进了《唱响中国梦》这本巨型诗歌总集。

结识张榕先生后,他每有诗作,我总是他的第一读者,这是缘分;我有习作,也爱请他指教。张榕先生,体质较弱,晚年多在病床上,总不好意思过多地打扰他,多数是他有事打电话来,托我办事,如想读什么书,想买什么书。

2011年11月,深秋时节,我应邀出游南京、扬州一线。旧地重游,填了好几首词。我带着打印好的《卜算子·答钟陵学长》《高阳台·扫叶楼、还阳泉》《满庭芳·瘦西湖》等词,到了张榕先生家,他还是靠在床上。将稿子交给了他,并对他说:"体力不支,就不要看了。"还对他说:"你想看什么书,下次就给你带来。"说完我就离开了。第二天清晨六点钟左右,电话响了,是张榕先生打来的。电话里说:"几首词都写得非常好,我一口气就读了。"说着,说着,他就检写瘦西湖的句子读道:"湖上橹篙声起,船行处,梦里扬州。斜阳外,船娘几许",他读到这里,我对他说"马上去你那里。""你把手头的《作家文摘》带些来。"又说,"我活着躺靠在床上,不读书,怎么过日子。"

我到了张榕先生家,他接着电话中未尽的话说:"时空、境界、气氛,给读者留下了无尽情景的想象空间"。"你的词比诗写得好。"他又重复给我讲过的话:"你写的诗词进步很大,有些诗词也不逊色,可以选些向《中华诗词》这些大刊物投稿,投稿不是一两次,三四次可以完成的。你不要参加其他文学、诗歌组织,要参加就是作家协会。"我心里想,我对参加作家协会的事,底气不足,有些不在意。"早点把集子编出来,我看啊!"——他说。

重庆师范大学与我有诗缘,还有好些教授、诗词家,他们都让我尊敬,文学院的尹从华教授、董味甘教授,童明伦教授。

当尹教授读了新诗《等候》时,他就很有感触对我说:"诗写得很好,可以作多种解读",他怕我不懂他的话,一口气列举《楚辞》诗篇的例子,阐述他的观点,我听着。五年前,我前往西欧旅行,写了好几万字的游记,打印好后,选了近一万字的游记请他指教。交给了他的第二天清晨,我没有想到,他的电话来了:"老王,稿子昨晚我一口气就读完了。写得很好,我很难得一口气读这么长的文字的。"之后,他总是当着我,向文学院的朋友介绍:"老王新诗旧诗,散文都不错。""老王啊,你应该找好自己的坐标,你不应该走教书这条路,你搞创作,早就成了著名作家了。"他又说,"你应该张扬出来,冲出去!"

七

我的诗缘,几十年来罹难,未中断者,惟彭城人氏,晚年定居金陵的南师大同窗房树民先生是也。我羡慕他那支生花妙笔,笔尖渗透出来的清泉细流,让我品啜,让我享受,让我振奋。他谈到我写的金陵魏源宅的"高阳台"一词时,道:

> 写得非常好,沉郁凝重,上阕尤激荡人心,景语句句皆情语也;结句"依旧秋风,依旧飞花",集万端之感慨,不绝如缕。读君之作夥矣,窃以为当首者推此篇。

为了"小卷阿"我那首词,为了规往魏源宅小卷阿凭吊的人们,今天先哲魏源的故居,树民做了如下的补叙:

此前我探访过魏氏旧居，模样还不如给你的照片上的干净：左边门外摆着一个修鞋摊子，窗户上晾着几双破鞋；墙上也是贴满了大大小小的野广告。门边那个方块状的东西是块石碑，写着魏源故居等字样。进得门来，垃圾满地，上面檩栋皆黑，莫辨本来面目。其东有一排窄矮的平房南向，更破败不堪，有框无门，室内室外宛若瓦砾场。

2011年11月下旬，回南京师大母校，见到了唐圭璋老师的高足，钟陵学长。钟陵在谈到重庆有个万龙生时，我说："万龙生先生是重庆诗歌界大名人。"凑巧，2012年夏天，在贵州习水避暑期间，便与万及其诗兄弟们，"相逢何必曾相识"，一见如故，之后，诗词唱和往还，切磋不断，我诗情的律动加速了。

南京房树民先生写道：

> 习水是个好地方，不唯气候宜人，而且激发诗情，短短时日，竟有如许作品井喷而出，令人敬佩。大约处风景绝佳处，物我皆相融化：新亭长廊、老衫杨梅、云间明月、地上水库，皆有了灵性，化为足下汩汩文思也。

三年三过习水，诗词的写作多了，其中有古风《山路行》开了头，随之而来便有了《夜宿龚滩》《桃源行》《登剑门翠云楼》《返乡吃刨汤行》《家乡有个杨国》。体裁、题材都有所扩大。南京师大汤大民先生过誉说："你的诗情依然勃发，文情依然豪迈。"

八

翻检旧笺，寻觅心路，规整前程，我欣慰。没有胞兄少年时的答对、获奖、编报、编小说故事，我不会较早与诗文结缘；没有师长、同辈、晚辈诗友的激情相助，也不可能有"面山"这个集子。我得感谢中学时期的钟心见老师，大学时期的温雅璜教授；得感谢扬州江苏省干校的诗书画家王九成老师；得感谢诗家张榕先生；得感谢文学院教授尹从华先生、董味甘先生、童明伦先生；得感谢大诗兄万龙生先生：没有他们的培养、鼓励、指导、催促、鞭策、扶掖，切磋，"面山"的结集面世是不可能的。得感谢南京师大同窗房树民先生对"面山"诗词的几十年来多番激情评点；得感谢我的学生王方路先生外语学院副院长，慨然允诺联名出书且担任英译。没有这些人缘，便不会有我的文缘、诗缘带来的欣慰。

或问："'面山'为了谁？"余答曰："为了自己，为了自己的良心。"

附一：刘隆华老师给笔者的信

亲爱的小同志：

我十分高兴得到您给我的第二封信，应该向您检讨，没有回您的第一封信，这时我正准备动身去成都开省代大会，由于对您太抱歉只得匆匆草几个字给您。今天不能答应要求给您照片，因身边没有，下次返渝时给您。我已调市工业局工作，一切从头学起，我和局长分工管生产技术，所以对我来说，就是百分之百的，当小学生。您进城时，可来我处玩，最好先联系，最好是在星期天，才有空陪你。

小崔敏也成青年人了。她曾给我写信，我也同样回信。您见到她时，或和她通信时，告诉我对她抱歉，我也希望她也能来我处玩，现在我不知道她在哪里。

我希望你考上大学，实在有困难，参加工作也不坏。

握手

隆华
1954 年 7 月 29 日

附二：文学报谈吴奔星

我国现代著名诗人、学者、中国现代文学史家、鲁迅研究专家，南京师范大学教授吴奔星先生因病医治无效，于 2004 年 4 月 20 日 3 时 18 分不幸逝世，享年 92 岁。

吴奔星生于 1913 年 6 月，湖南安化县人。北京师范大学国文系毕业。吴奔星思想进步，早年参加过湖南农民运动、"一二·九"学生运动。20 世纪 30 年代开始诗歌创作，在现代诗坛有很高成就。吴奔星先生德高望重，著述丰硕，为现代文化文学事业做出了很大贡献，在海内外有崇高声望。

《文学报》2004 年第 1499 期第二版

[注一] 据堂弟维政讲，他家遭日机炸弹是在 1943 年春夏之交，而据卢仁琪先生《日机对北碚的四次轰炸》一文（何建廷主编《抗日战争时期的北碚》）所列，而无 1943 年日机炸北培。

[注二] 编《面山居集》时，根据需要，征得我学生王方路先生的同意，英译自然删去。这里作个说明，方路的《后记》亦如此。

目 录
CONTENTS

诗 词 编

卷前语之一
    （一）题《面山居诗词》 ·· 3

卷前语之二
    （二）读《面山居诗词》 房树民 ································ 5

卷前语之三
    （三）两栖诗人王维理 ·· 15

卷前语之四
    （四）戚世忠谈《面山居诗词》 ································ 17

《面山居集》诗词编简介 ·· 18

一、传统诗词 ·· 19

    1. 吊虎门销烟池 ·· 19

    2. 送赴港驻军 ·· 19

    3. 怀邓公小平 ·· 19

    4. 赴杭道上 ·· 20

    5. 姑苏一宿 ·· 20

    6. 友人刘君玉堂归来 ·· 20

    7. 写在 1999 年 ·· 20

    8. 寿何乔师八旬华诞 ·· 21

9. 所思	21
10. 返故里（二首）	21
11. 秋歌（二首）	22
12. 入住青城	22
13. 看雏燕	22
14. 走青城山飞泉沟	23
15. 重聚金陵（二首）	23
16. 赠汤大民同窗	25
17. 蓉城聚会（二首）	25
18. 回母校江北二中	26
19. 饯别淮安丁驾龙君	26
20. 窦履坤君离渝	26
21. "九运会"陈星强夺冠	27
22. 吊红岩忠魂	27
23. 夜宿田家	27
24. 宿泰山中天门	27
25. 送房、窦二君离扬州	28
26. 梅花岭吊史公祠	28
27. 致京师奇康君	28
28. 思蜀	28
29. 读邓贤《中国知青梦》	29
30. 元伟君《绛帐拾零》	29
31. 自嘲	29
32. 和龙生兄《辟路》	29
33. 子夜月	31
34. 长廊	31
35. 老杨梅树	31
36. 半山亭	31
37. 日将暮，过习水箐山水库	32

38. 杉王礼赞	32
39. 悼朝定学兄	32
40. 烤羊场见闻（三首）	33
41. 水塘	34
42. 蛙鼓	34
43. 听歌	34
44. 看舞	34
45. 高楼吟（三首）	35
46. 辞别羊九（二首）	35
47. 玉台山积翠亭	36
48. 滕王阁（二首）	36
49. 杜家客栈	37
50. 字水岸夜宵（二首）	37
51. 宿龚滩（十首）	37
52. 过没水洞	39
53. 至公桥兴怀（三首）	40
54. 忆昔	40
55. 春归（二首）	41
56. 遣怀	41
57. 出长城（二首）	41
58. 过阴山（三首）	42
59. 青冢（二首）	43
60. 作客蒙古包（二首）	44
61. 看套马	44
62. 别力古台沉思	45
63. 走二连浩特	45
64. 呼和街头	45
65. 沙坡头	46
66. 观潮（二首）	46

67. 读方路贺岁诗	46
68. 和方路学棣	47
69. 贺书山、正华伉俪大寿	47
70. 贺沧浪诗社二十周年	47
71. 吊大民兄	48
72. 象山脚下	48
73. 苏马荡看日出	49
74. 远瞻齐岳诸峰	49
75. 齐岳山兴怀	49
76. 山间飞鸟	49
77. 龙生兄赤水行	49
78. 题龙生兄遇故人	50
79. 送玉兄出塞	50
80. 嘉陵江上	50
81. 送房、窦二君离扬州	51
82. 寿恩师钟心见先生九十华诞	51
83. 读树民君燕子矶头小照	51
84. 题照	51
85. 答故旧	52
86. 月在东窗	52
87. 暮溪行	52
88. 咏浑天仪	52
89. 咏圭表	53
90. 读龙生兄《饭后》	53
91. 车过秦岭	53
92. 渡口	53
93. 船过香溪（二首）	54
94. 江顺轮上（二首）	54
95. 青郊	55

96. 看逐骑	55
97. 首过镇江往扬州	55
98. 山里客来	55
99. 答碧松	56
100. 酷暑，赴黔道上	56
101. 看海	56
102. 毕业赋诗（二首）	57
103. 莫愁湖观鱼	57
104. 和树民"峨眉"	57
105. 隆冬夜怀远纪	58
106. 除夕返乡	58
107. 和佛山黄继深君	59
108. 感事怀江左诸同窗	59
109. 游张家界武陵源	59
110. 约张榕兄金刀峡游	60
111. 痛悼雨祥胞兄	60
112. 梦金陵诸友应约习水避暑	60
113. 约树民、履坤入川	61
114. 道别同窗	61
115. 读碧松赠诗（二首）	62
116. 和玉兰《读面山居诗词》有感	63
117. 挽维政弟	64
118. 贺何乔师七旬华诞	64
119. 恭祝何乔恩师九秩华诞	65
120. 贺尹老从华教授八秩华诞	66
121. 漓江行	66
122. 桃源行（七首）	67
123. 山路行	69
124. 咏古楠	70

125. 登剑门翠云楼	70
126. 返乡吃刨汤行	71
127. 仰卧滩头记乡愁	72
128. 后龙山歌	73
129. 来龙山歌	74
130. 立鄂西苏马荡放歌（四首）	75
131. 这座山	76
132. 苏马荡行记	76
133. 致玉兰兄	77
134. 卜算子·春	77
135. 浪淘沙·失题	77
136. 南楼令·梦回母校南师大	77
137. 如梦令·良宵	78
138. 鹧鸪天·蒙全治兄八旬华诞	78
139. 江城子·四面山中	78
140. 浪淘沙·过"重庆大轰炸惨案遗址"	79
141. 高阳台·扫叶楼、还阳泉	79
142. 高阳台·吊金陵魏源故居小卷阿	80
143. 金缕曲·夜游秦淮	82
144. 满庭芳·瘦西湖	82
145. 卜算子·答钟陵学长	83
146. 金缕曲·悼别钟陵学长	83
147. 念奴娇·箐山记	86
148. 扬州慢·秋夜思	87
149. 高阳台·送碧松、驾龙二君返淮安	87
150. 口占答朱、丁二君贺寿诗	88
151. 满庭芳·寿尹老从华九旬华诞	89
152. 金缕曲·日暮，剑门关怀古	89
153. 水龙吟·登翠云楼怀病中张榕诗家	89

154. 沁园春·阆中滕王阁寻古	90
155. 满江红·吊阆中张飞墓	90
156. 金缕曲·哭张榕兄	91
157. 水调歌头·黄果树观瀑	92
158. 念奴娇·读去年小照	93
159. 忆旧游·宴别莫愁湖	93
160. 闻碧松兄《吟潮拾贝》将付梓寄调凯歌	94
161. 水调歌头·读董老味甘先生《诗词歌赋选集》	94
162. 满江红·闻示意警报,过抗战胜利纪功碑	95
163. 自度曲·梦滑翔机场	95
164. 满庭芳·恭祝熊秉衡校长九旬华诞	96
165. 行香子·深秋,小阳春,过丽江黑龙潭	96
166. 碧云深·瘦西湖	97
167. 自度曲·送大民	97
168. 自度曲·丙申冬过香港遣怀	99
169. 桂枝香·洱海边上	99
170. 忆秦娥·惊闻领袖毛主席逝世	100
171. 自度曲·过零丁洋遣怀	100
172. 自度曲·送房树民君之鄂西	103
173. 青玉案·致嘉渝兄	103
174. 浣溪沙·苏马荡遣怀	104
175. 浪淘沙·忆往日　致友人	104
176. 蝶恋花·写怀	104
177. 唐多令·梦中游	105
178. 自度曲·致玉兰君	105
179. 陌上花·寿玉兰	105
180. 浪淘沙·我的中国梦	106
181. 鹧鸪天·丁酉除夕夜登故园山中	106
182. 踏莎行·鄂西荆山中	106

183. 水调歌头·返麻城寻祖 …… 106

184. 临江仙·恭祝恩师何乔先生期颐华诞 …… 111

185. 巫山一段云·望荆山 …… 111

186. 眼儿媚·作客苏马荡 …… 112

187. 朝中措·致敦铨兄 …… 112

188. 千秋岁·怀胡元伟君 …… 112

189. 望海潮·荆山下过夜 …… 113

190. 八声甘州·荆山凝望 …… 113

191. 鹧鸪天·送龙生兄赴曲阜 …… 114

192. 自度曲·悼颖萍君辞世 …… 114

193. 千秋岁·戊戌冬过义全表兄旧宅 …… 114

194. 锦堂春慢·冬日于明德公园思旧游 …… 115

195. 减字木兰花·去麻城孝感寻宗 …… 117

196. 汉宫春·答乡邻 …… 117

197. 浣溪沙·遥望梦里高楼 …… 117

198. 苏幕遮·珠江堤上 …… 118

199. 锦缠道·走陈家祠堂 …… 119

200. 诉衷情·松塘古村写怀 …… 120

201. 霜天晓角·游陈村花市归记梦致玉兄 …… 121

202. 自度曲·龙生兄川西六镇归来 …… 121

二、新体诗 …… 122

1. 等候 …… 122

2. 告别 …… 124

3. 寻 …… 125

4. 朗月 …… 125

5. 明月流光 …… 125

6. 夜之歌 …… 126

7. 灯蛾 …… 127

8. 青城首宿 …… 127

9. 云边 ······ 127
10. 大写生 ······ 128
11. 断腿爷爷 ······ 128
12. 豪客 ······ 129
13. 流星雨 ······ 130
14. 绿叶的痴迷 ······ 131
15. 大山雪声 ······ 131
16. 给你 ······ 132
17. 九月的祝福 ······ 133
18. 雪霁 ······ 134
19. 朝天门放歌 ······ 135
20. 小姑娘，你在哪里 ······ 138
21. 春，在大地上漫行 ······ 143
22. 写在希望的田野上 ······ 145
23. 所见 ······ 146
24. 咏小菜园迎房、窦二君 ······ 146
25. 瘦西湖看垂钓 ······ 147
26. 小画家（儿歌） ······ 147
27. 闹新年（儿歌） ······ 147
28. 张巴五回来了 ······ 148
29. 投入她的怀抱 ······ 149
30. 还乡行 ······ 150
31. 归来首宿山城旅舍 ······ 152
32. 过秦岭（三首） ······ 153
33. 江上即兴 ······ 154
34. 飞向万隆 ······ 154
35. 读报 ······ 156
36. 望星空 ······ 157
37. 报喜去 ······ 159

38. 求侣 ·· 160

39. 给金奇康君 ·· 161

40. 宗琦、国明新婚志庆 ··· 161

41. 邂逅 ·· 162

42. 岸上脚印 ·· 163

43. 在院子里 ·· 163

44. 自语 ·· 164

45. 喜鹊闹喳喳 ·· 164

46. 开山去 ·· 164

47. 修路 ·· 165

48. 旧地重游 ·· 165

49. 别实习地 ·· 166

50. 写给陆学康同学 ··· 166

51. 夜插田 ·· 167

52. 看电影梅兰芳《游园惊梦》 ································· 167

53. 一只麻雀 ·· 167

54. 小弟和小鸟 ·· 168

55. 我真想 ·· 168

56. 写在新世纪边缘 ··· 169

57. 作答 ·· 170

58. 她去了 ·· 171

59. 岛上海望 ·· 171

60. 饮罢 ·· 172

61. 山与雾 ·· 172

62. 竹筏 ·· 173

63. 所见 ·· 174

64. 蛙鼓虫鸣 ·· 174

65. 月儿 ·· 175

66. 夜深了 ·· 175

67. 夜风	176
68. 星儿	176
69. 落日	176
70. 朝霞	177
71. 激起	177
72. 邻居	177
73. 高空	178
74. 月儿高	178
75. 绿荫	179
76. 夜幕	179
77. 寂静	179
78. 醒来	180
79. 呆鹅	180
80. 玉手	181
81. 山乡行	181
82. 读某君《心语》	181
83. 窗口	182

散 文 编

《面山居集》散文编简介	189
一、游威尼斯记马可波罗	190
二、去佛罗伦萨	194
三、斗兽场怀古	199
四、游瑞士琉森	203
五、初见巴黎	210
六、塞纳河看桥	214
七、过香榭丽舍读法国史	218
八、游卢浮宫随记	224
九、说三道四话"埃塔"	234

十、写广州第一村 ………………………………………… 238

十一、寻朱澄墓 …………………………………………… 243

十二、吊魏源故居小卷阿 ………………………………… 246

十三、他走了，灯还亮着 ………………………………… 249

十四、记与诗家张榕先生晚年的交往 …………………… 254

杂 俎 编

《面山居集》杂俎编简介 ………………………………… 267

一、也谈《桃花源记》与系诗的关系 …………………… 268

二、从合音词的训释看"如何"结构 …………………… 273

三、古汉语中"如何"结构新探 ………………………… 286

四、古汉语"如何"结构探析 …………………………… 291

五、杨树达氏《词诠》第一卷刊误记 …………………… 297

著编后记 …………………………………………………… 324

01

诗词编

卷前语之一

（一）题《面山居诗词》

一

性情中人，诗词方家。
咏时感事，真情无涯。
清新沉雄，朴实不华。
健笔纵横，晚景明霞。
诗品人品，艺苑之花。

尹从华

二

集景披霞处，坐爱面山居。相知几许，浅斟低唱步同趋。勿忘龙蟠虎踞，但觅清词丽句，灌顶好醍醐。雅奏黄钟伍，秀挺傲霜株。

诗朋聚，衷肠吐，志情舒。此中真趣，先鞭得意便长驱。赋咏春风缕缕，吟啸琼花栩栩，乐道在宏敷。伫望云鹏举，誉满海天隅。

调寄《水调歌头》 董味甘

三

少好诗文契夙缘，长兄诱掖信心坚。
忧时感世情怀写，寝馈缥缃年复年。

秣陵负笈沐春风，深获名师指引功。
投分同门文汇友，芸窗诗谊倍尊崇。

坝上交欢亲杏坛，卜邻隔墙幸瞻韩。
吟情艺苑多年系，传贺珠韬功不刊。

平淡诗风耐咀含，思深绪密句中参。
笔耕心织荣优奖，灵气天然万象涵。

童明伦

四

天府空蒙，流光暗度。林间雾罩迷新路。心头仿佛起微澜，诗缘根植情深处。

望眼云霞，思偕鸥鹭。纷纭世事萦烟树。面山舒啸正逢时，韶华应约随朝暮。

调寄《踏莎行》　龙光复

五

歌乐缘藏久，白下昔曾居。江头江尾江上，浪涛共君趋。丽日凭栏寄慨，月下举杯唤友，豪气醒醍醐。寂寞嘉陵岸，秋色凤凰株。

诗情茂，词章秀，襟怀舒。一朝兴起，呼来骏马共驰驱。此日集成开卷，展尽平生心事，岁月可重数？依旧山中去，直取岭之隅。

调寄《水调歌头》步董味甘教授韵　魏锡文

卷前语之二

（二）读《面山居诗词》　房树民

一

那天维理、履坤和我三人从扫叶楼下来，顺着广州路往东走，西沉的残阳拉长了我们的身影。维理提起了魏源的名字；我说他的故居小卷阿，就在不远处的龙蟠里，正好路过。关于小卷阿，我曾在一封致维理的信中略作描述：

此前我探访过魏氏故居，模样还不如给你的照片上的那么干净：左边门外摆着一个修鞋摊子，窗户上晾着几双破鞋；墙上贴满了大大小小的野广告。门边那个方块状的东西是块石碑，写着"魏源故居"字样。进得门来，垃圾满地，上面檩椽皆黑，莫辨本来面目。其东有一排窄矮的平房，南向，更破烂不堪，有框无门，室内室外，宛若垃圾场。

那张照片是从《扬子晚报》上剪下来的，记者呼吁有关部门尽早修缮魏源故居，三个人在紧闭大门的小卷阿周遭徘徊良久，直到暮色四合，人影幢幢，鸟雀聒噪，路灯齐明。

不久就读到了维理寄来的《高阳台·吊金陵魏源故居小卷阿》：

小卷龙蟠，乌龙雾锁，秋声月下归鸦。落叶梧桐，有灯初照谁家？摇摇半壁宅安在？吊魏公，不胜嗟讶。更苔深，风动蓬门，雨雪烟霞。　　哲人已渺魂何处，赋海图圣武，浪卷流沙。罗尔纲兮，只今还作天遐。一庵普渡去无迹，唤杜鹃，声彻天涯。算而今，依旧秋风，依旧飞花。

我很喜欢这首词。有人评杜诗"沉郁顿挫"，此词庶几得之。在致维理信中曾写下一段感受："上阕尤激荡人心，景语句句皆情语也；结句'依旧秋风，依旧飞花'集万端之感慨，不绝如缕。"其实清代末期如魏源者众矣，诗人忧时感世，不禁咏之叹之，借以写情怀耳。

二

忧时感世，家国情怀，向来是中国知识分子诗歌创作的核心精神和中国诗歌的优秀传统，当然也是《面山居诗词》的重要闪光点。"销烟池畔旧时功，忧患百年过眼中。铁垒金汤今尚在，不堪国耻吊秋风。"（《吊虎门销烟池》)，和"军列南驰举世惊，香江此去作干城。罗湖桥上今宵月，流照汉家万里营。"（《送赴港驻军》)，展现的正是中国近当代史上两幅对比鲜明的画面：屈辱的百年，也是无数仁人志士，前赴后继，"拼将十万头颅血，须把乾坤力挽回"（秋瑾《黄海舟中》)，终于赢得胜利的百年；"罗湖桥上今宵月，流照汉家万里营"，景色多么美！气魄何其壮！吐出的是十几亿中华儿女胸中可充塞天地的浩然正气！此外，像《浪淘沙·过"重庆大轰炸惨案遗址"》等作品，都以黄钟大吕，发聋振聩之声警时醒世，令人印象深刻难忘。

位于贵州习水的箐山森林公园，享有兼黄山之奇，华山之险，泰山之雄，峨眉之秀的美誉。维理的一双贤儿女出于反哺之义，近几年来每逢溽夏都早早订下房间，请父母来此避暑。与维理过往甚密的诗家万龙生先生有《习水箐山》九首，单道箐山之美，其中《春醇》一诗似乎就是写维理夫妇的："原本一道山谷/如今筑坝成湖/满盛盈盈春醇/醉煞西山绿树/更自天外飞来/一对恩爱白鹭"。这一对恩爱白鹭翩然飞翔于山峦林薮之间，那喈喈的啼鸣，便是维理笔下的汩汩滔滔，不择地而出的诗章，《扬州慢·秋夜思》词是其中的一篇：

或谓箐山，东皇佳构，淙淙壑水相闻。看炎天万里，奈赤地难任。正思此，阵风一过，水吟蛙语，树影森森。过黄昏，明月修篁，蝉唱虫鸣。　天涯未远，算而今，重又惊醒。伤涝北旱南，生民苦了，牵我情深。休说山山秋色，溪流淌，月照层林。啸长天，还我天时，哀我生民。

东皇佳构，溪声相闻，明月修篁，树影森森，好一个美景良辰！然而，作者眼前闪现的却是炎天万里，赤地难任，涝北旱南、生民苦了，禁不住对天长啸，发出"还我天时，哀我生民"的长长叹息！

这就是维理。

三

谈维理的诗，不能不提到那首撼人心扉的诗《小姑娘，你在哪里——为汶川大地震罹难者致哀》（简称"小姑娘"）。2008年5月12日四川汶川县发生了8.0级地震，造成7万人死亡，37万人受伤，一万七千多人失踪；严重的灾情震撼了诗人的心。维理致信于我："了却'心债'写了"小姑娘"诗。汶川，我去过。"据"小姑娘"后注："诗成于2008年6月12日汶川大地震周月之时"。此诗，维理多次修改，又一次诗后落款是"余痛未尽之日，2008年7月21日"距地震两月有日，但诗人依然是"余痛未尽"——

> 我面对着地震肢解的街区/我面对着残垣断壁/我面对着教学楼的废址/我面对着地陷后的运动场地/我面对着不倒的旗杆/和那呼啦啦的旗/我的心啊/被撕裂了/我对长空呼喊着/小姑娘/你在哪里
>
> 亿万的呼喊/亿万人的泪光/亿万人的努力
>
> 编织成了/那无边的/璀璨星际
>
> 小姑娘/看见了吧/听见了吧
>
> 小姑娘/你在哪里

诗甫一面世，便引起了广泛注意，好评如潮，以至时隔地震7年之后的今天（2008—2015）世界华人作家协会等主编的《唱响中国梦》被这一巨著收入并评为"特等奖"，谓：该诗作"洋溢着强烈的民族自豪感和爱国主义激情，具有很高的思想性和艺术性"，这些都与诗人的情感深挚厚重，气势豪放激越，语言的勃勃穿透力密不可分。维理在前引的来信中却说："小姑娘"是赶出来的，在当年8月29日的信中说得更为坦诚：

> 说也奇怪，"小姑娘"那首诗，是赶出来的，从动笔到写，就仅断续花了三两天，几乎是一气呵成。我写这样诗，含修改至少得一两个礼拜，因为看"京奥"，故曰"赶"。"小姑娘"最初完成是130多行，初觉较满意，打印后越看越不是滋味，又进行了打磨，弄到今寄上的，只存90多行。由于模型已经铸就，再打磨也不会有多少提高。

这番话传示了创作的金针：铸模与打磨。打磨是千锤百炼，刮垢磨光，以提高作品的成色；而铸模（模型的铸定）才是关键。地震发生时场面之惨烈动魄，救人场面的感人肺腑，救灾场面的紧张有序……这些天天通过电视、广播、纸质媒体强烈揪紧诗人的心、震撼诗人的灵魂：

> 今年泱泱华夏，震撼人心的事颇多，喜事哀事不断，似走马灯一

样,心灵的负荷,难以承受。

(2008年7月28日维理给笔者的来信)

累月的情感积累、涵泳、酝酿、熔铸,终于如岩浆喷发,难以承受的心灵负荷,一刹那间,化为天风海雨,洒落纸上便是大珠小珠落玉盘般的锦绣华章!

四

那年冬天维理到我家作了几天客。当时我还住在徐州。坐下来闲聊,说起途中观感,维理说这里的山和家乡那里的山不一样:这一带的山都是光秃秃的、苍黄的,没有绿意;我们家乡的山,整个冬天都是绿绿的。说话间他的眼神痴痴的,仿佛回到了巴山蜀水。维理想家了。

维理诗中不乏写巴山蜀水的,都很美,如"重峦叠雨初晴,水天清,风泠泠"(《江城子·四面山中》),"翠云千里横空,俯瞰锦绣风云走"(《水龙吟·登剑门翠云楼怀病中张榕诗家》)。这都是巴蜀的山。但如今我重新琢磨维理"我们家乡的山"这句话,似乎具体有所指。难道不是这座山吧:

月华又是照霜华,雾色蒙蒙溪水蛙。
还是儿时山里月,曾依吾父种桑麻。

[原注] 余年少时,父辈在山沟里租了好几亩薄地,有桑树、有麻林等。农事忙时,也跟着父辈到山里采桑割麻和捉烟虫之类。稍长也跟着挑粪上山。

请注意结句那个"依"字,写尽父子情深。举家劬劳,相依为命,垂暮之年回忆儿时其情其景犹历历在目,铭心难忘。是家前的那座山。

《还乡吃刨汤行》展示的是家乡的一幅风俗画:杀年猪时,主人家必以各种下水邀请众多邻一聚,谓之"吃刨汤"。民风之纯朴、社会之和谐,宛若桃源中人。这是诗的第一章:

联袂冬至后,邀我返故家。轻车城北去,日影向西斜。车到出生地,往事陡增加。旧床猪圈上,今圈养鸡鸭。稍事复前行,又过数山垭。倦鸟飞片片,回归就山崖。家靠这座山,我靠山长大。吸一口乡土清芬,除却积年劳顿,抖擞一身潇洒。

"家靠这座山,我靠山长大。"维理曾说这座山是他们家生活之源,他常常上山;当然上山还有采桑、割麻、捉烟虫之事。我读后曾对维理说,我喜欢他这有人情味、有乡土味的作品。冬至返乡,以诗文纪履痕心迹,"家靠这座山,我靠山长大",十个字包含着回忆不尽、又酸又甜、飘然而来,又挥之不去的种种亲情往事。情满山,山含情,山我合为一体了。据维理说这也是他的诗词集以"面山居"命名的缘起。"山",就是老家门前的这座山。

所以问题实质不在于山色的黄和绿,只要有亲情、乡情在。看下一首:

> 春风伴我走天涯,野树芳菲掩故家。
> 溪水悠悠流不尽,回头又见石榴花。
> ——《返故里·二首》其一

家乡耀眼的石榴花,这次成了倾注乡情的载体了。

五

朋友圈里人人都说维理是个重感情的人,是个交友以诚、襟怀坦荡的巴蜀汉子;那一双谦和、热情的眼睛让你一下子就感觉到,人生原来是如此美好。

毕业30周年全年级同学返校聚会前夕传来消息,维理决定参加,为了赶时间,他乘飞机来!在那时不是普通人能坐得起飞机的,况且大家也知道,由于地区差别,重庆的工资标准是偏低的。……我们几个人站在机场出口处,远远看到身材高大的维理走下舷梯后,便一边挥手,一边跑来。二十五年后的今天还记得他满脸的笑容和兴奋的目光。在庆典上,当主持人报告王维理同学乘飞机从千里之外的重庆赶来参加聚会时,全场掌声久久不息。

维理后来写道:"从1963年到1993年,这30年是我的写诗岑寂期:新体诗不读不写,传统诗不读不写,竟忘了自己还会写诗,文缘、诗缘都断了。"(《代自序》)真遗憾,否则,我们今天一定能够读到维理表现这一段经历的激情四射的诗篇。

那是聚会次日的夜晚,多数同学都已踏上归途,我和维理还住在南山宾馆,这是30年来我们第二次见面(上一次是1961年),而下一次相见还不知是何时,彼此都有说不完的话。但维理和我一样,生性木讷、是不善言辞的人,无论是不谙世事、负笈随园的学生册代,还是历经沧桑、雪满巅峰的垂老之年,我们之间言谈时断时续。一个永恒的话题是他动员我游三峡,而且是"邀请弟妹一起来",他和嫂子全力接待。维理就是这样一个人,凡是他认为美好的,他一定要尽力与朋友分享,无论美食、美文或美景。有一年他暑假后返校,带来了一大包甜食,请在场的同学尝过遍,那一定是维理的老母亲亲自做的,可那是"三年困难时期"呀,米珠薪桂。他喜欢读《燕山夜话》,给我寄来了一本,意在分享;谁知道惹出祸事来呢!游三峡,他不知动员了多少次,我也一度下

9

了"买桨下渝州"的决心，但由于种种缘由，至今未能成行。

前年（2013）他又去了习水箐山公园，他享受到了箐山风物之美，他写诗赞美箐山，他想起了朋友们，"独乐，乐；不若与人同乐"，他不止一次对我说，"如果你能来此多好啊！"他痴痴的，竟成了梦：

> 又见箐山六月天，箐山遗我景依然。塘边蛙鼓响溪壑，四下幽篁听暮蝉。
>
> 几阵急风驱酷暑，多重树影送清寒。呼来梦里江南客，夜雨挑灯说少年。
>
> ——《梦金陵诸友应约习水避暑》

维理把它寄给了我。吟诵再三，心潮难平，在后来写给维理的信中，曾谈了自己的一些感受：

> 我特别喜欢《梦金陵诸友应约习水避暑》一诗。起句大气，境界开阔；中间两联，体物入微，对仗工稳；结句甩开万丈思绪，情溢乎辞。"呼来梦里江南客，夜里挑灯说少年"，是啊，我们都已步入老年，想起年少时负笈随园种种：真切，也模糊，兴奋也惆怅。

结尾两句，是真实感受。半个世纪前的事儿，记得真切的有几？即使是镂心刻肺的也痕迹渐渺了；唯有那灼人的友情，却像好酒一样随着时光流逝愈加醇香。"呼来梦里江南客，夜雨挑灯说少年"，那将会是一个怎样美妙的时刻呢？

六

> 杨柳含烟薄似纱，瓜洲渡口日西斜。
> 邗江水暖送君去，尚有药兰一树花
> ——《送房、窦二君离扬州》

[原注] 1961年8月房树尾、窦履坤二君与余相聚于维扬我处。房树尾有句云"药兰树下煮南瓜"句。

这应是维理与我近六十年的交往中以诗唱和的最早的一首。那年暑假，应任教于江苏省干部文化学校的维理之邀，我和履坤前往扬州相聚。那些天维理陪着我们游瘦西湖、赏五亭桥、登蜀岗、瞻仰平山堂，访个园、白塔等。有一天归来还享受了一顿"药兰树下煮南瓜"的美餐。别小看这个不大的倭瓜，那可是维理多日前就置备的，别忘了那还是"三年自然灾害时期"！维理住在学校里，院内有几棵不算很高的"药兰"树，满树开着肥厚的大白花，浓荫匝地；现在想来"药兰"可能是"玉兰"之误，扬州话"药""玉"音相近。七八月里开花，应是广玉兰，一名荷花玉兰。锅灶就支架在玉兰树下，咕嘟嘟地冒着热气，散发出诱人的香味儿。维理说"药兰树下煮南瓜"一句出自于我，可能是吧；我也只记得这一句，别的全忘了，只有南瓜那个香啊，那个甜啊，至今还难忘。

维理不久之后就调回了老家重庆，此后又是几十年不曾谋面，但"药兰树下煮南瓜"的情景谁也不曾忘怀。多情的维理曾有《感事怀江左诸同窗》记其事：

楚天望断是扬州，云雨巫山眼底秋。梦里吴音声了了，雾中秦栈路悠悠。

顷将款款期鸿鹄，无奈茫茫阻旧游。闻道江南风尚好，二分明月又当头。

真正了却多年的心愿，三人结伴再游扬州，那是2011年秋天的事，距上次聚首扬州已整整五十年。昔日青年，如今已是须发斑白的老翁；幸而都有老妻相伴，相扶相将，踯躅于已十分陌生的扬州街头。曾经在扬州生活有年的维理，站在车水马龙的广陌通衢上，四顾茫然，甚至连当年工作过的省干校也莫辨方位了。维理有词记其事：

淮左轻寒，隋堤秋柳，桥边红药方遒。五亭屏立，听我说尊瓯。湖上橹篙声起，船行处、梦里扬州。斜阳外，船娘几许，画舫数凫鸥。

休休，当此际、青楼梦远，豆蔻梢头。念三白芸娘，之子情稠。留下浮生犹记，凭谁问、金柜何求？夜阑尽，蜀岗望了，天水俱悠悠。

——《满庭芳·瘦西湖》

人世沧桑，时代迁变，少年情怀，老来心态，都在"夜阑尽，蜀岗望了，天水俱悠悠"里，随逝波渐渐淡去，直至了无痕迹。好一个"梦里扬州"！果然是寻梦来着！只有咱手足之情，还长存于心间、世间、天地间。

七

田园山水诗占了维理诗词创作几近半壁。这些诗，或清新俊逸，或沉雄豪迈，可圈可点之处甚多；它们既有鲜明的时代印记，也能看到前贤的身影。尤其可贵的是你能从诗词中看到他的性格和爱憎是非。清人李渔说："词虽不出情、景二字，然字亦分主、客。情为主，景是客。说景即是说情；非借物遣怀，即将人喻物。有全篇不露秋毫情意，而实句句是情意，而实句句是情、字字关情者。"（《窥词管见》）我很喜欢维理的《过习水箐山水库》：

几许残阳几许风，半山瑟瑟半山红。
汪汪一水如沉璧，众鸟翻飞逐碧空。

残阳、清风、丹崖、绿水、飞鸟、蓝天诸多具像被艺术地组合在一起，形成了一幅清新空灵的中国水墨山水，让你不禁联想起台湾摄影大师郎静山的作品，觉得维理的构思与这位大师的"集锦摄影法"有相通之处。在这里，你分明看到到了站在画面正前方的借物遣怀的作者，看到他善于发现美的眼睛。

有些诗只有短短的20个字，却同样温情依依、物我相融：

车前青山在，草木已经秋。
我与巴山月，相依下渝州。

——《车过秦岭》

这里的月已不是普通的客体，而是被赋予灵性的生命，令人想起李白"我歌月徘徊，我舞影凌乱"（《月下独酌》）的句子来。"我与巴山月，相依下渝州"，相扶相依，相应相求，世间情谊宁过于此？

然而，维理的田园山水诗，更有沉雄豪迈者在，而且更能显示作者的本色：

遥闻奔雷吼，千秋巨瀑悬。银涛天外飞洒，七彩驭澄潭。都道群龙壁挂，甚似翻江倒海，河汉卷狂澜。玉崩看珠碎，呼啸下尘寰。
掏胸臆，抒豪壮，寓飞湍。唯我筑黔大地，生气走前沿。环顾滔滔日月，浪及沧溟莽莽，涤荡净腥膻。从此示天意，万鼓震丛峦。

——《水调歌头·黄果树观瀑》

满纸烟云，满耳风涛，色彩强烈鲜明，感情昂扬激越，诗人的浪漫主义情怀充分展现，坚韧不拔的个性充分张扬，让你想到了西方印象派大师的画作，觉得就是这般模样的。

八

维理曾在一封信中这样告诉我："我信奉这两句话，'我不能出类拔萃，但我力争与众不同。'不知是谁说的，倘认可，也这样做吧。"我想这应是维理的生活信条，他愿与朋友分享、共勉。维理做到了，有他的《面山诗词》为证，有他的《游欧日记》为证，有他主持，主编的《重庆北碚三槐王氏宗谱·王家训卷》为证，有他的包括《红楼梦研究笔记》在内的诸多科研成果为证；不是"力争"，而是"已经"。

但是仅从这一点认识维理还不够，这只是维理的"表"，而不是"里"。我理解的维理，敬重的维理，我视作畏友的维理，是这首诗里的维理：

生在江湖总自夸，谈古论今说无涯。　从来不作朱门客，愿坐穷乡喝冷茶。

——《自嘲》

这就是维理，一个"从来不作朱门客，愿坐穷乡喝冷茶"的欹奇磊落的巴蜀汉子。这是解读维理诗词作品的一把钥匙，也是通过维理诗词作品认识维理的不二法门。

在诗词创作上我至今还是门外汉，我钦佩维理在这方面取得令人羡慕的成绩。一年之前曾凑成《致维理》一诗，今录于后以贺《面山居诗词》付梓，并以寄相思之意：

君住长江头，我住长江尾。思君不见君，共饮一江水。
明月何皦皦，照我石宝寨。随波千万里，影落凤凰台。
群山联袂至，其巅绕白云。寒裳涉习水，屐痕印诗痕。
朔风摇天地，万木尽折摧。何以遗所思？梅岗一枝梅。
我有相思草，采之高山岙。愿以持赠君，清夜慰寂寥。
我亦有鱼书，与君共勉励。上言加餐食，下言长相忆。

2014年2月14日
二〇一五年六月十八日金陵颂和园居

附：树民信（摘）

承蒙厚爱，要我为你即将问世的诗集写一点文字。你是知道的，我从来未写过这样的文章，怕写不好，有"佛头着粪之讥"，但在兄台盛情之下不敢违命——谁让咱们是逾半个世纪之交的畏友呢。应承下来了就时刻挂在心里，但转瞬间快到半年了，始终落不下笔来：原因只有一个，我能写什么呢？写咱们几十年的交谊？写我读兄台诗词的星星点点体会？写对当前传统诗坛的浅见薄识？抑或什么都涉及一点、煲一锅杂烩？总之，确定不下来方向，找不到切入口。很犯难。我怀疑自己的衰颓，脑子迟钝；快八十的人了，"盛年不重来，一日难再晨"。我记得答应过您，上半年交卷，我力争如期践约。您的自序也写好了，您学生的英译也泰半完成了，只有我这一篇还处于难产中。怕您着急所以专门写一封信以诉衷肠。请耐心等待！

2015 年 4 月 23 日

卷前语之三

（三）两栖诗人王维理

万龙生

　　认识王维理先生，那是2012年夏天，我们一起在贵州习水山中避暑，每天都在同一个屋檐下，同食一桌饭，加之有诗之同好，便自然成了新朋友。此先生本来长我几岁，却因为得知在我主持的东方诗风论坛，诗友们不分老少，都以"诗兄"相称；又因一道避暑的还有一位"东方"诗友龙光复先生，他便称我为"大诗兄"，称龙光复先生为"二诗兄"。一连三年我们都一道在习水度夏，流连山水，悠哉乐哉，乐不思渝矣。

　　更大的收获还在于诗。由于气候宜人，又无俗事打扰，灵感时时来袭，使我喜获丰收。而在这样的条件下，维理兄心中那颗几近休眠的诗心倏地复活，一连三年，行吟不止，佳作迭出。而我们也因此成为诗友，返渝后仍然联系不断，交情益笃。

　　后来，我才知道维理兄不但诗词功夫很深，而且早年是从新诗步入诗的殿堂的。这很自然，他负笈南京师范学院的时候，尽管受过很好的古典文学教育，却正处于新诗行时，旧诗背时的大环境，怎么会去推敲平平仄仄呢？从他示我的《面山居诗词》打印稿来看，他完全是一位左右开弓、新旧皆擅的"两栖诗人"。有朋友称他的新诗写得好，是因为古典诗词修养深厚。这是很有见地的，可以说切中肯綮。其实，这正是当今不少新诗人的短板，而他们还不自知呢。

　　自然，维理兄有幸受过系统的教育，得过良师指点，腹笥充实，一旦有了合适的气候土壤，那种子破土而出，不用说便是自顺理成章，水到渠成的事。那么晚年在诗词创作上培育出这么多"迟开的蔷薇"同样不足为奇。同样，维理兄虽然不能以创作甚丰而自矜，却总是有感而发，绝不无病呻吟，"强说愁滋味"。

写了这么些话，还没有就维理兄的作品谈谈具体的意见。我看这就没有必要了。我只想谈出自己的一种印象，那就是总体上他的新诗逊于诗词。新诗中习见的过时的东西毕竟难以避免，现在看起来有的已经不合时宜了，还是一仍其旧，保留原貌好。而诗词作品因为多数是晚作、近作，那些不合时宜的成分，就很自然地被淘汰了，这就保持了《面山》诗的纯粹。

举个诗例吧，这是写我最喜爱的风景的。请读《梦金陵诸友应约习水避暑》：

又见箐山六月天，箐山遗我景依然。塘边蛙鼓响溪壑，四下幽篁听暮蝉。
几阵急风驱酷暑，多重树影送清寒。呼来梦里江南客，夜雨挑灯说少年。

起句似乎平平，然则颈颔二联状习水之景不仅如在目前，而且如闻其声，如觉其凉。末联切题，情谊浓郁如酒，不醉奈何？而且结句亲切自然，余味无穷。此等佳作看似平易，实则含蕴深厚，真可遇而不可求者也！难怪其金陵旧友大赞其妙也。

我的一生与诗结缘，曾因诗获罪，最终因诗得福。所以我总结大半生的旅程，总是情不自禁地想到一句话，并且每每有机会就会对人宣示："爱诗的人是有福的！"我想，这对维理兄应该也是很适合的。相信诗不会抛弃我们，而会与我们一路同行。最后，祝《面山居诗词》付梓，并且希望还能够读到续篇！届时我们举杯再相庆吧！

2015 年 7 月 8 日　渝州　悠见斋

卷前语之四

（四）戚世忠谈《面山居诗词》

维理学兄：

　　去年在宁同学聚会又收到树民转来的诗词集《面山居诗词》，非常高兴。但因多种疾病缠身，未能及时回信，特致歉意。

　　诗词装饰大气淡雅，和你的诗词风格一致。中英文合璧又拓展了阅读传播的空间；内容涵盖了传统诗词和新体诗，这又给诗的爱好者以深刻的启示：既要不懈地学习和创作传统诗词，也要学习和创作新体诗，两条腿走路，做到水乳交融，才能有更加光辉的未来，这也是当代诗的发展方向。这方面你的创作实践为我们作出了榜样！

　　读了《面山居诗词》，我写了几句顺口溜以表达我的一点感受。

菊与梅

没有众花陪伴
在秋和冬的季节里
描绘着春光的明媚
致
礼

世　忠
2017 年 5 月 22 日晨

[注] 金陵同窗戚世忠

　　得世忠此信后，感慨不已。多次去信，皆泥牛入海。心急了，与纯一兄多次探寻世忠所在。直到这个月 8 号，从广州待回渝的候车厅里，听纯一手机告世忠于去年（2018 年 4 月）仙去，凶信是纯一从世忠妹妹邻居告诉纯一的。世上又少了一个知音，只唏嘘不已了。

（2019 年 2 月 12 日）

《面山居集》诗词编简介

面山诗词，作者诗编。新体八十，学诗在先。传统两百，写在近年。家国情愫，寄寓绵绵。忧时感世，动我心弦。山河览胜，华彩翩翩。偶遇夸奖，策我瞻前。诗心永在，面对崇山。

一、传统诗词

1. 吊虎门销烟池

销烟池畔旧时功,忧患百年过眼中。
铁垒金汤今尚在,不堪国耻吊秋风。

[注] 指虎门,今属广东东莞市虎门镇虎门炮台旧址及其周边。1839年林则徐销烟于此。销烟池今尚存,炮台遗物巨炮铁垒等亦在。今为爱国主义教育基地。20世纪80年代末叶凭吊于此。

2. 送赴港驻军

军列南驰举世惊,香江此去作干城。
罗湖桥上今宵月,流照汉家万里营。

[注] 1997年7月1日香港回归日清晨,当时央视记者白岩松,对"赴港驻军"作了出色的全程报道。

3. 怀邓公小平

盛事良宵灯火红,相期百载路重重。
明珠今日归华甸,大地春深怀邓公。

4. 赴杭道上

衡阳雁过夜飞霜，远别乡关去亦忙。
满座吴歌兼楚语，秋风一枕到钱塘。

[注] 1991年秋出席苏州训诂学研究会年会，与会者有中文系徐光烈君，火车南行先到杭州，转船沿运河到苏州。

5. 姑苏一宿

堤上堆烟夜味浓，萧疏杨柳冷梧桐。
遥山远树沉迷雾，坐话秋声到晚钟。

[注] 1991年秋与院中文系徐光烈君，出席苏州训诂学会年会，住一星级宾馆。与业师著名语言文字学家徐复老师见。徐复老师对我说："论文《从合音调的训释看"如何"结构》就应该这样写，今后继续写下去。以后你的文章我都读。"

6. 友人刘君玉堂归来

兰台走马去匆匆，沧海归来尚挽弓。
池苑萋萋寻旧梦，依然故宅月朦胧。

[注] 兰台，本指汉代宫内藏书之处，此借代刘玉堂君的高校教学工作。

7. 写在1999年

大树迎风上碧霄，枝柯高处凤还巢。
诸君欲问何能尔？破石盘根过路桥。

[注] 中华人民共和国建国50周年。

8. 寿何乔师八旬华诞

家山已远久睽违，五十年间晤见稀。
不忍群鸥江海隔，愿循旧路共徘徊。

[注] 值合川中学建校 100 周年华诞，余联络了当年同窗文先、龙钊、世祯为恩师祝寿。

9. 所思

又见春风满碧苔，青青客舍燕归来。
子规泪尽窗前月，不信君心唤不回。

[注] 所思者，台湾宝岛的和平统一也。

10. 返故里（二首）

一

春风伴我走天涯，野树芳菲掩故家。
溪水悠悠流不尽，回头又见石榴花。

二

祭祖今来奠馔馐，绿兮菽稻已盈畴。
都溪流碧青山在，欲与葱茏铸壮猷。

[注] 明末清初吾先祖王通礼、王辅礼、王合礼三弟兄带领全家，由湖广麻城孝感乡鹅掌大丘，来川定居于都溪（即今重庆北碚王家湾地段）。因张献忠乱辅礼避乱到贵州。

11. 秋歌（二首）

一

南山忙也北山忙，忙到谷黄酒正香。
兴来横笛三千曲，不让秋光负夕阳。

二

菊黄时节走山乡，叠玉堆金谷进场。
煮酒桥头街肆上，秋风秋雨话重阳。

[注] 1986 年重阳节前往出生地与同胞姊妹聚。

12. 入住青城

入住青城日影斜，竹林边上听泉蛙。
最爱隔邻双燕子，呢喃声里筑新家。

[注] 2007 年夏岭、洁送往都江堰青城山避暑。青城山是青山，这山绵延数百里环护成都大平原，这城，便是城墙（great wall）了。

13. 看雏燕

雏燕出巢试着飞，蓝天一去翩翩回。
青城山下水波绿，剪剪春风绕宅追。

14. 走青城山飞泉沟

满眼青山对碧空，云生涧底雾重重。
飞来百练迎风舞，多少人行烟雨中。

15. 重聚金陵（二首）

一

远酬故旧渡崇关，夕照秋风发半斑。
又是梦回寻往事，月华如练下钟山。

[注] 巴蜀老诗人、抗战时期"饮河诗社"诗人许伯建先生谓："真唐音也。"戴危叨老人也说这是好诗。后危叨书成条幅为我补壁，至今挂余书房。此次聚会热闹空前，时当辅导员居思伟老师，同窗谈凤梁（师大校长）同桌陪坐，谈带我向众师长、同窗敬酒致意。

二

钟山影影路迢迢，千里归来秋月高。
学舍依然承大化，弦歌翻作满江潮。

附一：房树民《和〈远酬〉》

蜀山迢迢系吴山，相思卅载鬓早斑。
江卷离声流入梦，金陵城上月初弯。

附二：树民自注

第二句是偷罗隐的，它或者可以让我们忆起七月廿一日，从老窦家回到南山宾馆，办完手续，已是凌晨了吧。凌晨在宾馆的那间南向的房间，相对长谈，然后是一起踏着晨雾，他殷殷送我走在南师大寂静校园里的一段难忘的旧事。

附三：世忠来信

去年秋，你偕夫人不远万里来宁聚会于玄武湖，这是我们最期盼最高兴的一次聚会了。我想到了李白的《赠汪伦》诗，相比之下，玄武湖比桃花潭大得多，也美得，多我们同窗之情更深。你的《远酬》及树民《和"远酬"》无论是表达感情深度及技巧皆可与李诗媲美。

（2012年1月18日）

附四：钟陵《送维理君》（二首）

一

一别金陵三十年，窗朋砚友多华颠。
天涯偶聚情如海，彩烛华灯照醉筵。

二

飞觥传筹欲醉时，离肠得酒茧抽丝，
多情无奈难轻别，漫赋阳关劝酒辞。

［注］钟陵注云："王维理同学自四川带来五粮液与同窗共品巴山蜀水之情。"

附五：履坤谈"五粮液"

维理兄：您的信已转炳隆、老二诸兄，他们很感动。阿梁说您的心意大家领了，"五粮液"可免，不必破费了。

1990年6月25日信摘

附六：日志

今年（1990）7月19日，应邀飞南京，出席南京师大我年级校友聚会。20日夜与师友聚宴。当年与会的老师有徐复、许汝祉、吴奔星、吴调公等教授、唐圭璋老师病重未与会，孙望老师已辞世。时校领导冯世昌、归鸿、王臻中。皆与会。会间有词学大师唐圭璋老师的高足钟陵兄，少年事入诗朗诵，大民兄解说，又兼以当年歌舞，与聚者皆叹惋，伤往事也，竟夜不散。归来有日，成是章以志。

16. 赠汤大民同窗

五十年间是与非，一朝罹难入艰危。
堂前杨柳丝丝绿，又见春归燕子回。

[注] 2005年夏作江南五城游，过南京电邀大民夫子庙、王谢堂一见，其时纯一、炳隆、树民、履坤都到了。之后，成是章寄大民。

附：炳隆病中念同窗者

秋已立，夜变长，鸿雁悄然下夕阳。
红花谢，绿叶黄，莫忘早晚添衣裳。
桂树茂，菊散香，微风款款携清凉。
寄白云，托流水，真心中秋送吉祥。
愿君多安康！

[注] 纯一告诉我，他手机短信中曾收到一首诗虽未署名，但从情调上揣测，估计是炳隆所作。（履坤信语）

17. 蓉城聚会（二首）

一

岁月悠悠情久牵，春风伴我续前缘。
乍逢锦水惊华发，夜雨敲窗说少年。

二

合江亭畔故人多，唤侣呼朋荡笑波。
争说当时年少事，桐油灯下影婆婆。

[注] 相聚者皆1950—1952年，初中原江北二同窗，童师旅、王安福、殷立万、刘支玉、江礼芬、陈朝定、姜凤梧与余。原江北二中，在今重庆北碚静

观镇，今名王朴中学。时晚间照明用桐油灯。相聚三日，其乐融融者也。

18．回母校江北二中

蜀山影影路迢迢，沧海归来秋正高。
学舍依然承大化，弦歌翻作两江潮。

[注]原江北二中所在地，即今北碚静观镇王朴中学处。江北二中原貌已不可寻。该校是革命烈士王朴抗战时接受中共南方局指示，为便于开展革命工作，接办，从天津内迁的志达中学。

19．饯别淮安丁驾龙君

一璧山泉一璧霞，竹边叠石借为家。
倾觞尽盏劝归客，别梦依稀到海涯。

[注]时，余原宅旧地名"文昌庙"（今"庙"早不存）。宅乃叠石堡坎建成，右侧多有蔽空竹树，宅侧对歌乐山泉。丁驾龙第一次来访是在20世纪80年代中叶。

20．窦履坤君离渝

几回梦里送相知，才上船头路转迷。
风转离声流入夜，江头江尾子规啼。

[注]1993年秋履坤带领江苏省中学语文组来川考察，返苏绕道重庆来访，住二宿，乘船东下。余送至朝天门港，告别离去。

21. "九运会"陈星强夺冠

仗剑远行豪士风，羊城逐鹿压群雄。
归来满路花飞雨，霜叶如丹月似弓。

[注]"九运会"渝夺冠者，唯一陈也。

22. 吊红岩忠魂

红岩英烈玉无瑕，泽润神州系万家。
每念忠魂千古事，长街行处著春花。

[注]烈士歌词："带镣长街行，告别众乡亲。杀了我一个，自有后来人。"

23. 夜宿田家

夜宿田家心绪多，牛头山望对天河。
老爹我敬一樽酒，谷熟再来一只歌。

[注] 20世纪50年代末叶，到南京郊新庄劳动，结识了张姓农家，之后常往焉。张老爹待我如子侄，至今不忘。

24. 宿泰山中天门

转辗中天月如眉，夜来更尽暮云垂。
悠悠惆怅歌寥落，古寺青灯照梦时。

[注] 20世纪50年代初叶，南京师大中文系同班同窗约游徐州、泰山一线。

25. 送房、窦二君离扬州

杨柳含烟薄似纱，瓜洲渡口日西斜。
邗江水暖送君去，尚有药兰一树花。

[注] 1961年8月，房树民、窦履坤与余相聚于维扬我处，树民有句云："药兰树下煮南瓜"句。

26. 梅花岭吊史公祠

祠前梅岭气空蒙，胜日寻芳吊孤忠。
丹心说尽桃花扇。更见梅花逐逐红。

[注] 1961年冬日将暮，往扬州梅花岭吊史公可法者，唯余一人耳，故空蒙者。

27. 致京师奇康君

饮别渝州岁月多，依依情谊未曾磨。
借问西来长江水，梁君可给一支歌？

[注] 1959年4月6日，贵阳梁宗琦君来信，言金君奇康已与李本慧同窗喜结连理。

28. 思蜀

月华又见照霜华，闲院庭空闻蜀蛙。
扬州男儿好催马，遥寄身边一段霞。

29．读邓贤《中国知青梦》

悲歌一曲入苍茫，何事阿娇葬大荒？
巷祭寻常总有泪，秋风冷月哭残阳。

[注] 南京汤大民君读是诗信云："感慨良深，吾身陷囹圄时，父病逝囹外，也有一诗记悲戚，请勿与外人道。"

30．元伟君《绛帐拾零》

不列诸侯不慕名，生来倜傥笔纵横。
鱼城绛帐书生累，唤起春莺第一声。

[注] 胡元伟君与余20世纪50年代初同窗。《绛帐拾零》集个中诗不少，记重庆合川教坛盛事亦多，堪称鱼城（合川）民间独立撰教育史者。

31．自嘲

生在江湖总自夸，谈今论古说无涯。
从来不作朱门客，愿坐穷乡喝冷茶。

[注] 朱门者，仗权势富贵人家者也。

32．和龙生兄《辟路》

君辟莽丛为路通，披荆道上正兴隆。
天南海北走相告，名勒千秋当首功。

[注] 龙生兄（倡言称"诗兄"），有大志，带头与吕进、端诚、光复诸同好续前贤如闻一多、何其芳诸先生余绪，创研格律化新诗，十年了，业绩可观，

29

其势已动全国诗坛。

附一：辟路　万龙生

身在莽丛无路通，神清尚可识西东。
披荆斩草有何惧，开辟新途兴更浓。

附二：给一点材料

今天上午，万龙生先生与我通了电话。他和我要推介的周仲器、黄淮早已相识，且就新诗格律化问题曾交换过看法，由于观点主张不同，闹到不欢而散的地步。他们虽都倡导新格律诗，似都不能相容，因而你我搭桥之议，就此作罢吧。当下诗坛派系林立，好作品不多，笔墨官司却很热闹，是是非非，是局外人根本就搞不清的。

南京汤大民给笔者信　2013年11月13日

附三：周仲器

1959年毕业于南京师范大学中文系。中国现代格律诗学会《现代格律诗化》主编，主要从事中国新格律诗研究。2012年5月当选为江苏省中华诗词学会顾问。主编有《中国新格律诗选》《中国现代文学新编》《中国新格律诗论》《中国新格律诗选萃》《未名斋文存》《中国新格律诗史论》。

附四：李长空《黄淮其人其诗》（摘）

2009年初，先生给我寄来了《点之歌——黄淮新格律诗选》《黄淮九言抒情诗》《黄淮哲理小诗选》《中华塔诗》《诗人花园》等多部他已出版的个人诗集和参与主编的全套《现代格律诗坛》杂志、参与编选《中国新格律诗选萃（1914—2005）》著作，使我对他有了全面的了解。最近，我有幸又读到黄先生近作《望星空——黄淮微型格律诗900首》《人类高尔夫——黄淮自律体小诗300首》《戏说汉字诗卡90首》《黄淮动物成语诗卡》、《最后一棵树——黄淮自律体新格律诗选》，于是欣然撰写此文以向先后致敬。

33．子夜月

　　箐山城外景依依，溪水潺溪汇一池。
　　此去群车烧烤处，正当子夜月明时。

[注] 此诗及咏长廊、老杨梅树、半山亭、过习水箐山水库、杉树王诸诗，皆成于贵州习水箐公园避暑旅次见闻。时在2013年7—8月间。下参《烤羊场见闻》。

34．长廊

　　廊高临水又临风，雄踞涧溪南北通。
　　遥望天边增一色，画图入我梦魂中。

[注] 长廊，属羊九箐山公园住宿部，供避暑者休闲聊天处，长近100米，高20—30米。廊红色翘角，远观蔚为壮观。

35．老杨梅树

　　老杨梅树白云端，风雨舒卷如许年。
　　此山多少寻常事，都在叶枝树皮间。

[注] 树干有文字标明"树龄在130年余年"。

36．半山亭

　　新建山亭尚未名，与杨一树气萧森。
　　登临次次寻禅处，半带清风半带云。

31

37. 日将暮，过习水箐山水库

几许残阳几许风，半山瑟瑟半山红。
汪汪一水如沉璧，众鸟翻飞逐碧空。

附：树民谓

残阳、清风、丹崖、绿水、飞鸟、蓝天诸多具象艺术地组合在一起，形成了一幅清新空灵的中国水墨山水画，让你不禁联想起台湾摄影大师郎静山的作品，觉得维理的构思与这位大师的"集锦摄影法"有相通之处。在这里，你分明看到了站在画面正前方的借物遣怀的作者，看到他善于发现美的眼睛。

房树树《读面山居诗词》

38. 杉王礼赞

杉王参天八百年，沧桑写到白云边。
神树跟前思良久，叶枝沾惠给人间。

［注］杉王树在习水东皇镇南 30 公里处，菩提寺侧。据传树王植于南宋理宗绍定六年（1233），时袁世盟奉诏平播（古播今遵义）于此。为平息民族割地纷争，以箭落地划界，倒插一树苗。今这树苗历近八百年，已成了擎天神树。数百年来，当地乡民前来祈福，以求树王佐佑。余来此游，所见树王枝丫上，挂满写明姓名和祈祷语的红布条不以千计，也得以百数。

39. 悼朝定学兄

夜来风雨起哀思，遥忆当年桥上时。
邀聚阳城寻旧梦，于今有梦也凄迷。

［注］朝定，陈姓，今重庆北碚人。1950 年至 1954 年同学于原江北二中、

合川中学。去年余邀朝定等九位同窗相聚合川中学母校为何乔恩师寿九十华诞。这是2012年10月下旬的事。之前7—8月间陈慨然应约往贵州习水避暑。谁也未想到2012年底或2013年初体检查出肝硬化病灶。今年（2013）5月6日电话传来，朝定走了。余心也沉重，即电告大连、北京、贵阳诸同窗。20世纪50年代初叶朝定等同窗，借桥亭子处农舍自炊。

40．烤羊场见闻（三首）

一

食客车车进烤场，宰羊屠烤二工忙。
顷刻羔羊化为肉，缤纷美味进回肠。

二

满载羊车到院门，有人监护未留神。
羊多不听人呼唤，跑进深山老树林。

[注] 烤羊场是习水箐山公园内宾馆部设施之一。当笔者读到"羊多"句时，其旁一青年女性王，大声接下来说："要跑！要跑！"人报："跑了三只。"

三

山中月朗城边村，人散香消炉火停。
遍地骨渣久捉摸，晨鸡已报月三更。

[注] 每到节假日或周日、周五、周六，各种年龄段都有，主要是少壮派，亦有全家来者，来此吃烤羊、鸡、鸭、鱼等消费，据经理杨说："一只羊，还加上水酒瓜果吃下来也得花上四千元出头，如一瓶茅台、习水大曲之类，一两千元。"

41. 水塘

溪水一塘多锦鳞，池中浮藻动纵横。
急风起处春波绿，树下小姑看入神。

42. 蛙鼓

蛙鼓塘中敲有村，林间众鸟也来频。
壑溪深处藏斯乐，居者自云山外人。

43. 听歌

清歌一曲透林梢，琴伴歌声破寂寥。
天外飞来金翅鸟，东西南北俱悄悄。

[注] 每天清晨，总见到习水新城区登山晨练的年轻女性五六个结伴，在山路上停下来唱歌起舞，准能给这寂静的群山带来不少温馨。

44. 看舞

苗条几许到山腰，舞曼随歌正作潮。
君看云端片片鸟，伴歌伴舞自游遨？

45. 高楼吟（三首）

一

面山面水面天涯，云里寄身揽物华。
坐爱东皇观景处，福荫千秋与万家。

二

雄踞娄山云海间，滔滔习水护城垣。
乡人争说红军渡，万马千军闯大关。

[注] 黔东北习水县新城区东皇镇，于箐山顶作贵州省级重点项目，斥巨资建一类江汉之黄鹤楼，楼高八层，将剪彩。楼名正在征集中。楼高处，天朗气清时，可眺望到红军四渡赤水第一渡口，即习水土城镇焉，习水今美称红城。

三

乘风几度上楼塔，迷雾云中作仙家。
眼底万山皆拱伏，晨披朝日暮披霞。

[注] 贵州省斥巨资，在习水箐山公园地段山顶上，建造一颇类江汉"黄鹤楼"的高楼作为避暑又一设施，楼名正征集中。箐山公园是贵州省级公园。

46. 辞别羊九（二首）

一

别兮羊九走黔南，秋雾满山情也绵。
留得红都斟酒意，深情好与友人谈。

[注] 羊九，全称叫"羊九箐山森林公园"。拟到贵阳后将与年少时同窗一聚。红都即习水，因二万五千里长征红军四渡赤水，第一渡就在今习水土城镇。

二

箐山来去累三遭，一别东皇入梦遥。
秋光秋水伴前路，回望楼头酒旗招。

47．玉台山积翠亭

群山滚滚上琼台，万丈丹梯云雾开。
字水护城开奇景，莽苍顷顷入情怀。

[注] 取杜甫诗句"中天积翠玉台遥"之意命名。登此亭，远山近水，丹青城郭，最佳观景台之一。

48．滕王阁（二首）

一

滕王元婴是与非，工书画蝶世稀微。
欲知帝子今何处？请到玉台山上来。

[注] 玉台山、滕王阁在阆中城北，有"万丈丹梯"长999米，直通玉台顶。滕王，唐高祖李渊第二十二子元婴，太宗李世民弟，封滕州（今山东滕县）据史籍（《画断》《宣和画谱》）载，滕王"工于画蝶""亦善画""喜作蜂蝶"。今阁大殿内塑有滕王作画巨型铜像。滕王，史料载，微词甚多。

二

滕王阁边子美诗，阁楼久慕我痴迷，
二诗镌刻绝岩上，字字熏风引遐思。

[注] 杜甫客此有《滕王亭子》《玉台观》诗二首。

49. 杜家客栈

杜家客栈杜家诗，客栈而今名尚垂。
借问诗翁下榻未？今之栈主答更疑。

[注]《杜家客栈》谓"杜甫、陆游、李商隐、黄庭坚、司马光、苏东坡等曾浪迹此。"

50. 字水岸夜宵（二首）

一

字水江滨夜未央，一竿酒旗正高扬。
去去来来外地客，店家不嫌招呼忙。

[注] 字水，即嘉陵江，这里指嘉陵江绕阆中城区这一地段。

二

初上华灯照夜宵，月光渔火对江桥。
猜拳都是街边客，欲与老夫话寂寥。

51. 宿龚滩（十首）

著名国画大师吴冠中生前慕名来龚滩，面对长约两公里的石板街，自语"是唐街，是宋城，是爷爷奶奶的家。"大师在此，创作了著名的作品《老街》。

一

如璧乌江静不流，龚滩明月说千秋。
人来人去船行处，山里凤凰过往稠。

[注] 龚滩在重庆酉阳乌江段凤凰山南麓。

二

横断乌江黔与巴，龚滩夜色实堪嘉。
特来寻梦觅踪迹，吊脚楼下听琵琶。

[注] 乌江是界河，南为贵州，北为川渝。

三

琵琶声里月横斜，日影熹微阵阵蛙。
曙色蒙蒙古道上，土家女儿早当家。

四

吊脚楼高接地阴，凤凰展翅已凌云。
夜来明月几时了，照着龚滩镇上人。

[注] 吊脚楼，是龚滩独特景观，临乌江，依绝壁悬建。

五

西秦客馆傍山隈，百代经营今式微。
脚力纤夫都去矣，只今川盐满边陲。

[注] 客馆，即会馆，是西秦（陕西）客商经营川盐等物资的经营人员的驻地者的办事机构。川物资经过乌江转运西秦，今客馆内戏楼尚在。

六

桥重桥上雨渐渐，篝火场中作舞池。
少年男女舞歌曼，可是情深意恰时。

[注] 桥重桥，龚滩一景观。雨渐渐即雨时停时下。渐，渐灭的意思，修辞学上叫部分整体，此取"灭"的意思。桥重桥下有一歌舞场坝，土家族少年男女，节假日、喜庆日多借此歌舞。

七

冉家院子古来风，闻道多家说不同。
但见土司阁楼上，绣女抛丝作锦红。

[注] 旧时，传土司恶婚俗，凡治所有新婚者，新娘得先与土司头人过夜，叫"初夜权"。据介绍今龚滩"冉院子"是当年土司头人宅第。

八

石板道青照夕阳，有楼闺阁绣花忙。
土家女儿选夫婿，挂有绣球窗口上。

[注] 青石板道，始建于南宋末年，长达2千米，沿江跌宕起伏，经数百年磨砺，仍青幽如玉，光可鉴人。

九

翩翩白鸟压江飞，两岸山高入翠微。
孤月随云山顶上，任风吹来又飞回。

十

道别龚滩欲曙天，殷殷别去景依然。
第一关前留影迹，名城唐宋作真传。

[注] 第一关，龚滩古镇石板街道上一景点。2014年3月7—8日余酉阳游龚滩并桃花源。

52. 过没水洞

一宵春雨涨荒湫，步入涧溪作梦游。
才闻水声笼四野，瀑飞即见涌田畴。

[注] 2014年（甲午）清明节返乡祭祖，过有祖茔之地的没水洞处。所谓没水，即溪水至此便流入阴河了，水就在地面上见不到了。这是故乡的自然界的一道奇观。溪水的尽头，在嘉陵江边有地名干洞子，应与该溪水相连接，但没有水，这更"奇观"了。

53. 至公桥兴怀（三首）

一

至公桥上我来归，莽莽草深暮色微。
为识前朝真姓氏，凿痕深处读残碑。

[注] 清光绪三年（1877），华莹余脉溪涧尽头地段，为便来往客商，乡人修建有一单拱石桥。桥乃当时北连接川北、汉中，南直到长江川东，重庆的交通要道。南桥头立有深黄色花岗石六面体，高4米许石柱，柱上凿刻有清朝某姓举人撰写的碑记。吾祖捐资等亦刻其上。

二

至公横跨壑丘间，四处清泉已流完。
唯怜此涧鱼虾尽，难道当前不忍看。

三

七月半间月上时，乡民祈福多于兹。
烧钱化纸至天晓，今见至公启梦思。

[注] 七月半（十五），中元节。祭奠先人英灵的日子。

54. 忆昔

月华又是照霜华，雾色蒙蒙溪水蛙。
还是儿时山里月，曾依吾父种桑麻。

[注] 余年少时，父辈在山沟里租了好几亩薄地，有好些桑树和麻林等。农事忙时，也跟着父亲等到山里去采桑、割麻和捉烟叶虫之事。稍长便跟着挑粪劳作了。

55. 春归（二首）

一

迟迟春日到天涯，野树芳菲掩旧家。
绿水青山流不尽，回头又见石榴花。

二

一上高楼入翠微，烟笼远树暮云垂。
白鹭林间一片片，小童赶鸭扬鞭回。

56. 遣怀

问君今日意如何？争斗廿年罹难多。
不是秋风吹渭水，歌吟岂会慰汨罗。

[注] 1980年纠错，落实政策也。时余在市纺校。有语云："秋风吹渭水，落叶满长安。"

57. 出长城（二首）

一

此去北疆万里程，座中旅伴说纷纭。
谈到穹庐话未了，雁声已报出长城。

二

汽笛声声过塞关，边风阵阵月如弦。
望断天涯目极处，一行孤雁入云山。

[注] 2015年（乙未）7月17日，火车往内蒙古呼和浩特，经锡林郭勒盟往避暑地别里古台，女、婿处。

58. 过阴山（三首）

一

列车对对走边关，云天浩渺落日悬。
敕勒川头影绰约，苍苍莽莽过阴山。

[注] 敕勒川，在今呼和浩特市南阴山（大青山）南麓，今有敕勒川博物馆。北朝有敕勒川民歌云："敕勒川，阴山下，天似穹庐，笼盖四野，天苍苍，野茫茫，风吹草低见牛羊。"敕勒，古少数民族。歌由鲜卑语译出。

二

塞草青青接大荒，秋风骀荡复斜阳。
阴山脚下牛羊涌，天外蒙包野茫茫。

三

遥对阴山思缠绵，此山叠处狼烟残。
烽燧台前读史迹，寇边胡马越千年。

[注] 阴山，在内蒙古自治区中部是古匈奴游牧民族活动生息的主要地区，西汉前期刘高帝武帝时期，匈奴冒顿单于当政多有寇边事，李广、李陵事出于此时期，时汉朝势弱于匈奴。

59. 青冢（二首）

一

一宵风雨到呼和，青冢金河景最多。
满车都说和亲事，出塞昭君是壮歌。

二

塞上今宵夜色娇，此时青冢正秋高。
昭君月下乡关曲，幽怨琵琶声渐悄。

[注] 青冢，在金河县（今呼和浩特市）南，《明妃传》（敦煌遗书唐写本）：昭君死后葬在西南有受降城（今内蒙古乌拉特旗北），"墓已八百余年，今坟尚在"。宋乐史《太平寰宇记》："青冢在金河西北，汉王昭君葬于此。其上草色常青故曰'青冢'"。《汉书·南匈奴传》："昭君名嫱，那郡秭归（今湖北兴山县）人也。初（汉）元帝时乃请掖庭（宫中官署名，掌宫人事，亦妃嫔住所）。时呼韩邪单于来朝，帝敕以宫女五人赐之，昭君入宫数载，不得见御，极悲怨，乃请掖庭令求行。呼韩邪临辞大会，帝召五女以示之昭君丰容靓饰，光照汉宫，顾影裴回，竦动左右。帝见大惊，意欲留之，而难于失信，遂与匈奴。及呼韩邪死，其前阏氏子代立，欲妻之，昭君上书求归，成帝敕令从胡俗，遂复为后单于阏氏。"

又唐杜甫《咏怀古迹》："群山万壑赴荆门，生长明妃尚有村。一去紫台连朔漠，独立青冢向黄昏。画图省识春风面，环佩空归月夜魂。千载琵琶作胡语，分明怨恨曲中论。"董必武《谒明君墓》："昭君自有千秋在，胡汉和亲识见高。词客各摅胸臆懑，舞文弄墨总徒劳。"

60. 作客蒙古包（二首）

一

边关牧草色青青，且看天低压长云。
邀我蒙胞招饮处，滔滔云里走羊群。

二

云山云海影婆娑，话别蒙胞与朔漠。
主人劝酒留归客，面对琼餐奈若何？

[注] 在避暑住地，认识了一郭姓青年，由这位青年领到他的一位蒙族亲戚家"蒙古包"作客，品尝蒙家品：奶茶、蒙族"闷倒驴"簿烈酒、手把肉等。主人好客，频频劝餐焉。主人介绍，他家放牧群羊两千余只，他顺手一指说："那一大片奔跑的羊，就是我家的"，云云。

61. 看套马

阿巴嘎马亦天骄，草上骋驰野性高。
套马少年追落日，挥杆响处浪滔滔。

[注] 阿巴嘎黑马，蒙古语"阿巴嘎哈日阿都"，千百年来该马在这片土地（即今谓阿巴嘎旗地区）广袤的草原上繁衍生息，经历严寒、酷暑、干旱、风雪等考验，逐步形成了今天套马杆追逐的那种优良品种，成了阿巴嘎草原上的一道亮丽的风景线。此马是岑参"五花连钱旋作冰"之马乎？

62. 别力古台沉思

万里来寻草正青，古台别力向天倾。
借问当年争战事，天骄弓箭可留痕？

［注］别力古台，"一代天骄"成吉思汗同父异母弟也。此以其人名作内蒙古阿巴嘎旗下镇（相当于县）地名。别力古台，佐成吉思汗立战功者。天骄，公元前89年（汉武帝征和四年）匈奴狐鹿姑单于给武帝信云："南有大汉，北有强胡。胡者，天之骄子也。"

63. 走二连浩特

联袂驱车走二连，诗词碑刻列前贤。
巍巍国门凭栏望，风雨潇潇如许年。

［注］二连浩特，我国与蒙古国接壤之国门也。国门我侧甬道立碑众多，碑上皆刻有历代边塞诗名篇。国门侧有火车纪念广场，陈列着我国始发经乌兰巴托往苏联莫斯科列车模型。

64. 呼和街头

黄河一套有呼和，敕勒一川富庶多。
玑珠胪列肆街上，月下华灯走绮罗。

［注］一套，河套也。黄河流域富庶地区，有云："黄河百害，唯利一套。"

65．沙坡头

欲访黄沙情久牵，驼铃声里读长天。
沙坡头看人潮涌，云淡淡兮落日圆。

[注] 呼和浩特市西南有库布齐沙漠，沙坡头指此处者。到此访黄沙，骑骆驼、"看人潮涌"的沙坡头是在今年（2015年）8月31日下午5时许。

66．观潮（二首）

一

岛上万鸦飞复飞，海天已远身影微。
凝目深深望不尽，群鸦片片赶潮回。

二

望断云山照落晖，孤帆远影任风吹。
几处红霞天接水，歌台舞榭云间垂。

[注] 2016年秋，随子媳王岭、陈洁六众往游印尼太平洋中之万鸦老岛。

67．读方路贺岁诗

炊烟昨夜满城郭，南国春来故事多。
天外贺诗传慰语，金鸡报晓听豪歌。

[注] 丁酉（2017）春正初一，得方路手机发贺岁诗，时余等在南国珠海迎新春焉。

附：方路贺岁诗

恩师教诲一世情，一路前行眼更明。
又是一年春花放，金鸡报晓催人行。

68. 和方路学棣

金鸡唱晚进园门，瑞犬旺旺迎主人。
喜看来年春走处，东西南北梦成真。

附：方路戊戌贺岁

遥闻金鸡回山林，近迎福犬来家门。
众生共话人间事，祈愿顺心梦成真。

69. 贺书山、正华伉俪大寿

一颠霜雪付崇楼，雨雨风风八十秋。
歌乐高分影迹在，豪情寄寓偕同俦。

[注] 岁次丁酉（2017）初夏，欣逢书山君八十华诞并伉俪正华女士古稀大寿，拟小诗以志庆焉。

70. 贺沧浪诗社二十周年

春满江南花满溪，沧浪亭畔听吟诗。
黄钟大吕闻天下，绝胜寒山夜半时。

[注] 苏州市诗词协会会长魏嘉瓒先生来信云："由南京师大汤大民先生介绍致函于您""明年元宵节是我社建社二十周年，我们拟编写纪念刊物，举办诗书画展。今特想贵诗社写首贺诗，以壮我社声色。"云云。

附：魏嘉瓒先生给笔者的信

王维理先生：

　　由南京师范大学汤大民先生介绍致函于您，无故叨扰，先请谅解。知您是诗词大家，在歌乐行上拜读了您的几首大作。向您学习。

　　我是苏州市诗词协会会长，沧浪诗社社长。明年元宵节是我社建社二十周年，我们将编写纪念刊物，举办诗书画展。今特想您为贵诗社写首贺诗，以壮我社声色。如能请书法家写成条幅更好，我们一以影印上书，再则在展览时展出。王先生如能亲自执笔或书写最好，但最好写明是重庆××诗社××书。如能满足我们这一愿望，最好能在九月十日之前寄来。以便我们早些做编辑工作。

　　重庆是直辖市，人才荟萃。希望我们诗社之间能加强联系。王先生是行家，希望有诗作寄赐。

　　另有我社情况介绍和公函两纸附上，供参阅。

　　欢迎王先生来苏州旅游。

　　暑天炎热，希多保重。

魏嘉瓒
2003 年 8 月

71. 吊大民兄

　　噩耗传来路万千，金陵一别景依然。
　　或逢昨夜潇潇雨，洗尽尘埃与屈冤。

[注] 2016 年 8 月 18 日，与妻避暑于贵州桐梓忽得同窗张纯一手机电话，告汤大民病逝。时纯一在北京，他也是回南京才知道的。

72. 象山脚下

　　胜日踏芳漓水滨，象山脚下人纷纭。
　　往来竹筏已如织。桂子飘香总断魂。

73. 苏马荡看日出

群山滚滚走亭台，舞榭歌台云里埋。
朝日山头刚捧出，咻咻众鸟迎风来。

74. 远瞻齐岳诸峰

齐岳远瞻云雾间，风车恰似驱马杆。
奔腾万马走吴楚，火火风风过重山。

75. 齐岳山兴怀

兴来齐岳伫山巅，浩荡烟波上接天。
瑶台玉宇且相望，拟借仙槎到月边。

76. 山间飞鸟

群山列列向天倾，齐岳高峰绕梦魂。
云来云去山间涌，众鸟鸣飞松树林。

77. 龙生兄赤水行

赤水君行又一遭，呼风唤雨一肩挑。
今年又值好风景，喜看东方涌海潮。

附：万龙生《咏竹》

> 节劲心空品自高，经寒破雾干云霄。
> 便居寒舍得君伴，无肉无鱼江海遥。
>
> 2018年，初夏赤水旅次

78. 题龙生兄遇故人

滔滔赤水伴君游，游到泸州古渡头。
戴君邀与兄相见，零落之忧逐水流。

附：万龙生《赤水迂回》

> 赤水迂回千里流，遇君恰在市南楼。
> 堪悲故友几零落，欣获江城邀再游。
>
> 2018年5月17日
第12届渝蜀黔诗词研讨会上

79. 送玉兄出塞

此去北疆牧草青，朔风浩荡看长云。
边声几处君驱马，洒洒潇潇到漠城。

[注] 据说是《重庆晚报》邀市部分诗词家北出塞采风，玉兄与焉，事在今年（　）5月。

80. 嘉陵江上

巴水嘉陵夜漠漠，两三船女江上歌。
秋风扬帆橹欸乃，摇出月星一片波。

81. 送房、窦二君离扬州

驭水朱桥月样虹，依然白塔横西东。
留得影师三者照，婵娟兄弟望中同。

82. 寿恩师钟心见先生九十华诞

虫沙淘净海悠悠，为报恩师北凤楼。
今歌盛世庆华诞，遍地春风洗旧愁。

[注] 恩师钟事，见《我的文缘与诗缘》（代序）中。

83. 读树民君燕子矶头小照

2019年4月下旬某日，金陵房君树民微信发来燕子矶前牡丹盛开小照数帧，读后以志之。诗云：

燕子矶头牡丹开，花前怅望我徘徊。
何时更进一杯酒，天外邀君归去来。

84. 题照

2019年5月初日又是树民微信传来20世纪60年代初叶余与老妻合影两帧，问摄于何时何地？余翻检几十年前旧相册，得知相片背面，有诗记其事，告树民，树民云："好诗！宜收入集子中。"

其诗云：

峨眉山下稻粱肥，渔郎传讯几催归。
巴山送出皎皎月。酒到兴时莫停杯。

1962年1月27日于沙坪坝

85．答故旧

群峰捧日出，万象一时开。
我告故乡人，中秋归去来。

86．月在东窗

月在东窗外，给山镀上金。
故旧炎风里，家家盼月昏。

［注］月昏者，月边多为云雾蒙蒙，遇示天将有雨焉。民谚："毛虫毛月，冲断田缺。"电传故里重庆地区连晴高温最高达40度好些天了。

87．暮溪行

叠石垒新居，相邀溪谷行。
径荒人不见，烟雨满衣襟。

88．咏浑天仪

浑天就近移，钟山见天低。
历历三春树，株株欲吐诗。

89. 咏圭表

穆穆圭表在，华夏又一章。
日月频转动，青春永世长。

[注] 20世纪50年代末叶，春日结伴游南京紫金山天文台，见天文仪器浑天仪、圭表为之感动，归来成二章。据知浑天仪，乃汉张衡（78—139）发明，测地震之仪器，又叫候风地动仪。圭表，测日影移动之仪器，类今之时钟，计时器也。

90. 读龙生兄《饭后》

饭后溪边坐，山岚大吐凉。
心已寄天外，雨风肆作狂。

附：万龙生《饭后》

饭后水阁坐，晚风阵阵凉。
谁言天外事，暴雨扫八方。

91. 车过秦岭

车前青山在，草木已经秋。
我与巴山月，相依下渝州。

92. 渡口

渡口不见人，欸乃出乡关。
长风吹落月，云挂两三竿。

93. 船过香溪（二首）

一

夹江青山里，云深住有家。
当年浣洗处，未曾识琵琶？

二

骑去烟尘尽，沿江伴帆征。
香溪今夜月，不闻琵琶声？

[注] 杜甫《咏怀古迹》诗，咏昭君事"千载琵琶作胡语，分明怨恨曲中论。"

94. 江顺轮上（二首）

一

去吴巴山近，登楼思故亲。
羡煞船中客，答询皆土音。

[注] 江顺一轮，几十年了，今天还在否！甚念？

二

日暮长江里，相知船上楼。
山月多情意，随船到码头。

95. 青郊

极目青郊外，山花正吐红。
道中车并马，处处说春隆。

96. 看逐骑

少年打马去，门外土飞飞。
天际一佳色，骑虹与落晖。

[注] 南京郊外牛头山麓，支农劳动时，清晨所见，山边出现的逐骑图景。

97. 首过镇江往扬州

大江流此处，浑欲到海边。
长风吹万里，助我来帆间。

[注] 1960年6月南京师院毕业到扬州省干校工作。

98. 山里客来

故旧踏春去，山中有客来。
不道农耕事，但言梅始开。

1960年12月

[注] 时晚我一年同窗，朱碧松君妻由苏北淮安来扬州师院，也来我处省干校。此时处在"三年困难时期"，不便说农耕事。

99. 答碧松

地僻荒野大,欲书无何之。
愿君早挂帆,共读巴山诗。

附:朱碧松《赠别维理》

巴渝人西去,长江水东回。
未知何岁月,再与君相会?

100. 酷暑,赴黔道上

踏上箐山路,浑身顿觉凉。
吾乡倘如此,酷暑也春光。

[注] 2013年(癸巳)立秋节后,骄阳似火难当,只好入黔,或谓"受不了,躲着走。"黔北习水有箐山森林公园,是避暑胜地。

101. 看海

四野正茫茫,海波也浩荡。
君看一叶舟,正逆风冲浪。

[注] 2016冬12月下旬到珠海避寒,到海边看海、听海、喊海焉。

102. 毕业赋诗（二首）

一

白云舞征衣，请缨从戎时。
有我赤子心，永随周天日。

二

剑门为君开，云间应有帆。
桨击吴歌起，思君发扬子。

103. 莫愁湖观鱼

莫愁观鱼肥，湖水照征衣。
红豆生南国，北地也有枝。

[注] 莫愁湖，在南京水西门外，明时为中山王徐达家园。相传卢姓莫愁女旧居。1960年7月3日，余与房树民、窦履坤二君游焉，房树民有诗记其事。

104. 和树民"峨眉"

一

剑阁峥嵘秀，征帆竞江流。
风掣八方主，雪飞众岭头。

二

栖霞展翅翼，俦侣待凫鸥。
北有奇人志，放歌击桨游。

57

附：房树民《赠维理》

一

峨眉天下秀，丰华映江流。
崔巍顾八荒，绰约感三秋。

二

彩岫金云翅，银虹玉搔头。
何得适所愿，买桨下渝州。

[注] 和二诗，树民诗末标明"一九六〇年七月廿八日于南京"。时临南京师院毕业在即，赠和留念。

105. 隆冬夜怀远纪

一去阳关隔，风沙掩路津。孑身拘远役，羽翅罗荆榛。
天末少欢悦，岁寒多楚辛。萧萧煎百虑，夜雨过三更。

[注] 远纪，20世纪50年代末打成"右派"遣送甘肃白银市某煤矿监督改造。余与远纪在1979年前，音信全无。

106. 除夕返乡

还乡联袂去，步履沿山行。涧溪多雾霭，竹树满暮云。
露冷沾裙裾，径荒杂楚荆。山风吹阵阵，爆竹两三声。

[注] 1982年2月5日到北碚戴家116中学淑妹家与众姊妹聚，欢度春节也。

107. 和佛山黄继深君

  戊戌冬避寒佛山桂城早茶间，经岳之佛山友人陈燕雯女史介绍得识黄继深先生，当日晚继深电传来赠诗，余和之云。

  海月风飘絮，桂城漫话茶。识君恨太晚，姓杂实非家。
  年末走南粤，霜颠说物华。人生二百载，入水作浪花。

2018 年 12 月 27 日

[注] 伟人云："自信人生二百年，会当击水三千里。"黄继深先生赠余大作名《海月风絮》。

附：黄继深《赠渝州王维理君》

  渝朋冬有约，同品桂城茶。握手识维理，谈诗仰杂家。
  盛年膺国栋，晚岁逐朝霞。教授云游处，长开智慧花。

108. 感事怀江左诸同窗

楚天望断是扬州，云雨巫山眼底秋。梦里吴音声了了，雾中秦栈路悠悠。
倾将款款期鸿鹄，无奈茫茫阻旧游。闻道江南风尚好，二分明月又当头。

[注] 21 世纪初有金陵同窗窦履坤君率众来访，言及江南华西村事，颇为感动。

109. 游张家界武陵源

占尽人间造化工，千峰竞峙傲苍穹。虬株烟雨遮真面，缆道云天走彩虹。
溪水源头悲子骥，梦魂醉里说陶公。武陵自古神仙地，黄发垂髫今又逢。

110. 约张榕兄金刀峡游

金刀一峡白云端，去路盘盘险且难。乡里兴资成栈道，客中有眷叹高寒。丛丛翠竹摇新雨，叠叠回滩卷激湍。峡口秋风天外月，瀑飞霞舞梦中看。

[注] 张榕有《金刀峡记游》《宿靖园山庄》诗记其事。

111. 痛悼雨祥胞兄

家山岑寂动哀思，面对童孙忆旧时。尚有音容影里在，犹闻儿女梦中泣。乍暖还寒惊夜晚，逆风吹雨怨春迟。只今欲拟全家照，不见吾兄何处觅。

[注] 2011年（辛卯）4月22日凌晨5时20分，胞兄维瑄，号雨（禹）祥辞世，悲痛难任。是日也，晨6时许侄思兰驰电，得噩耗，余即电瑞、淑、瑜三同胞亦电义全、义明，开发表兄弟诸人。拟即往故家致哀。

附：王维瑄《哭慈母》

面对慈颜动哀思，儿孙绕膝忆旧时。望中依稀音容在，人去难知儿女啼。朔风吹雨惊岁晚，高岭送寒恨春迟。而今重摄全家照，慈容难在影中觅。

112. 梦金陵诸友应约习水避暑

又见箐山六月天，箐山遗我景依然。塘边蛙鼓响溪壑，四下幽篁听暮蝉。几阵急风驱酷暑，多重树影送清寒。呼来梦里江南客，夜雨挑灯说少年。

[注] 南京房树民先生谓："我特别喜欢《梦金陵诸友应约习水避暑》一诗，起句大气，境界开阔；中间两联体物入微，对仗工稳；结句甩开万丈思绪，情溢乎辞，'呼来万（梦）里江南客，夜雨挑灯说少年'，是啊，我们都已步入老年想起少年时负笈随园时种种：真切，也模糊；兴奋，也惆怅。"

113. 约树民、履坤入川

夜到山头巴水流，茫茫千里望中秋。映月吴钩声亦细，笼烟羌管韵多愁。有心陋室约黄鹄，无桨兰舟滞渚洲。该是春风今日好，借帆最宜溯江游。

114. 道别同窗

耄耋之年，应师大同窗之邀，往金陵与聚，心绪难抑，行前凑成小诗以答厚我之情。岁次辛卯菊月念九日。是日也，正玄武金桂留香，莫愁丛菊吐艳，栖霞红枫耀眼之时，还有清凉山、扫叶楼、其旁随园念念之地。

亲朋骨肉并同窗，聚散此时心倍伤。但使江南长驻客，何须字水去留忙。金陵师友偏怜我，巴蜀狷生竟作狂。回首频频白下路，三年辛苦不寻常。

[注] 2011年10月25日，应金陵诸同窗十二，邀往聚，时北京郑一华同窗亦与。吾等年事已过七旬，恐难再聚，余多惆怅。

附一：建南谈《道别同窗》

大函大作捧读甚感兄对同窗情谊至深。与兄同学一场亦颇感欣慰。不过，我要劝兄不必留恨，同学朋友岂能朝朝暮暮。千里搭凉棚，天下没有不散的筵席！友谊交往，宜用加法：毕业五十一年了，还能有这种机会相聚，难得难得，要珍藏心中慢慢反刍品味。不宜作减法，总觉得来去匆匆，言不尽意，何日重逢，惆怅无比。……

2011年12月15日

附二：炳隆同窗给笔者的信

维理：

大扎及诗作均敬收读，不胜感佩。老来赋闲，吟点诗，填点词，不失为自娱自乐的高级情趣追求，应该继续下去。人不能没有点精神。

你的诗作，今天已转给臻中，请释念。

我已于去年年底，告别讲坛，学校的一切工作都辞了，因为70周岁了。去年五月，我迁居到城南，总好像在过去。偶尔路远迢迢地回一趟南师，也很少见到熟人，南师也变得陌生了。一代人的告别，也许就是这样，在我，不过感到具体化而已。

上个月，南京的同学，由张行、苏其礼主持，在教育厅聚会，与会者有纯一、汤大、老窦、树民、戚世忠、万建南、刘惠蓉、徐文兰、陶永玉和本人，石敏因病未参加。曹金陵，也未到会。会上公公爸爸，婆婆妈妈们叙旧，谈天说地，也谈及你和外地同学，不胜思念。到会的人都健康，除了汤大，大家都食饱，衣暖，有很好的晚年。这里，我代表全体同窗，祝你及全家安康！

再见　即颂

安康！

弟炳隆
2007年11月15日

115. 读碧松赠诗（二首）

一

一别随园岁月匆，离怀总在大江东。青春留迹情长在，白首相思意更浓。电讯乍传惊望外，故交犹健喜心中。者番重续江南梦，卮酒说诗与友同。

二

一颅霜雪对江流，凝望竹西数十秋。十载狼烟增百感，半生潦倒费吟讴。友朋音信常萦念，家国情怀终未休。人道晚来风景好，二分明月忆扬州。

[注] 朱碧松君，自20世纪60年代初叶维扬别后，联系中断半个多世纪了。一个偶然机会，从钟陵兄寄来的《江海诗词》中得到了在淮安的事，又通过钟陵的几番联系，碧松来了诗作，相互思念有了交接。竹西，扬州地竹西亭也，此借代扬州。

附一：钟陵信示

"请人查询，朱碧松同窗现在淮阴工学院，副教授，淮安诗协副秘书长。通讯地址淮安健康西路144号淮安诗词协会。"（钟陵信摘）

附二：朱碧松《维理来访》（二首）

一

韶光染白少年头，久别重逢五十秋。妙语满胸常逗趣，小诗频作任吟讴。燃残红烛灰犹热，吐尽银丝心不休。愧对友人少建树，晚来弄韵亦风流。

二

来也匆匆去也匆，故人离别各西东。巴山夜话情难尽，运水长流意更浓。云树千里遮望眼，友情万斛蕴心中。何时再写归来赋，一种相思两地同。

[注] 碧松得知余在重庆师大后，梦寐中相聚，又别去。时在2011年10月下旬。

116. 和玉兰《读面山居诗词》有感

有感读来心展舒，一枝清韵东方珠。翩翩才调瑶台上，绰绰丰姿众鸟呼。横笔新挥三尺剑，全城争读玉兰书。古稀我道正年少，恰似朝阳照玉株。

[注] 诗友，黄玉兰女史号东方一枝兰。届古稀，以此辞志贺焉。三尺剑，《史记高祖本记》云："吾以布衣提取三尺剑取天下，此非天命乎？"

附：黄玉兰《读王老师〈面山居诗词〉》

来拜山中一劲株，且行且咏尽情呼。烟霞缈缈萦仙境，玉鸟声声吐妙珠。笔墨常新胸坦荡，诗心不老韵宽舒。寿高彭祖人何在，百岁先生梦不孤。

117. 挽维政弟

　　维政，余之同宗弟，1949年至2014年，天各一方，不曾谋面。2004年春夏之交由余发起，我们都退休了，组建家训公族清明会，并整编宗谱。我与政弟，近三个年头的爬山涉水，不顾寒暑的操劳，于2006年丙戌岁清明节，如期完成。宗谱在，家训公族一年一度的清明会正常的运行着，15个年头了。作为主持者的我，想起维政弟，不胜悲切，成是诗以寄哀思诗云：

　　听雨楼头任水浇，小园望断风萧萧。才闻天外归雁阵，却有漏声报路遥。梦回难觅座中客，花落方知岁月凋。我恨年前多痛事，沉疴不起泪滔滔。

118. 贺何乔师七旬华诞

　　甲戌孟秋之月，是时也，秋风悄渐，熏风和畅。同门诸生，海天归来，欣聚华堂于涪江之滨，寿恩师何乔先生七十华诞。胜日也，别来四十年矣，鬓发星霜，感怀万千，谨以此辞记之。
　　辞云：

　　　　忆往昔之邈远兮，念故枝而南翔。
　　　　路遥遥而仰止兮，酬劬劳于沧桑。
　　　　滋桃李其成蹊兮，实累累而俱芳。
　　　　情种种而弗尽兮，喜良宵之煌煌。
　　　　樟容与之辽远兮，别三江而回肠。
　　　　顾南山之青苍兮，介上寿而福康。

[注] 时与聚者有世芳、美玉、继昌、龙钊、世桢、朝定和笔者。

119. 恭祝何乔恩师九秩华诞

忽日月之推迁兮，逾半纪而回航。
路漫漫其修远兮，摅赤忱于玄黄。
瞻兰蕙之玉树兮，华葳蕤而竞芳。
情拳拳其不止兮，逢明时而激昂。
宾朋众以志庆兮，动三江于华堂。

附一：寿联

留半纪情深，九秩志庆。
酿百龄酒在，十年可期。

[**注**] 2012年秋余邀大连的德生、北京的世芳、新乡的文先、贵阳的宗琦、成都的陈朝定聚于母校合川中学为恩师何乔老师祝90华诞。写此注时，主持者的我，心情是沉重的，当年相聚者的朝定、德生已先后作古，文先已得肝癌，我还有什么好说的呢？

附二：寿何乔恩师九秩华诞纪要

是日也，秋风送爽，金菊吐艳，五谷飘香，诚四海承平之时。

岁月匆匆，当年翩翩，今已蹒蹒。忆及母校，萦怀何乔老师，绵绵情愫，终成滔滔。约聚合阳，回到起跑原点，心潮难平啊！当年母校、师长，我们何曾敢忘。

值得庆幸啊！时任语文课，和我们朝夕相处的何老师仍健朗。半个多世纪了，他还时常叨念着我们这一群遍布神州大地的学生，"他们怎样，好吗？""他们又出成果了吧！"

今天啊！回到起跑原点，我们将从这里出发，去实现祖国对我们的嘱托，去实现自己对人生价值的追求，我们有愧无悔。今天啊！我们从天之涯，海之角，回来向教育我们，启迪我们的恩师何老师祝寿，让我们同声祝福："老人家，期颐乐康！"

2012年10月

120. 贺尹老从华教授八秩华诞

忽日月之不阿兮，念故土而回航。
路漫漫之偃蹇兮，摅赤忱于沧桑。
滋兰蕙其盈野兮，实累累而馨芳。
情眷眷之难止兮，逢明时唯其昂扬。
宾朋聚以志庆兮，酌华堂之于湘江。
瞻涂山之青苍兮，颂上寿之而福长。

[注] 潇湘，湘人主办营业之"潇湘大酒楼"，在重庆沙坪坝区内，2015年改建综合性的枢纽站"沙坪坝站"，酒楼已拆除。原大酒楼名为马识途所书。

121. 漓江行

驭长风而南迁兮，瞻前路之行忙忙。
机轰鸣而上征兮，轻盈盈而逐昊苍。
感脚下之涌动兮，吾之思随其荡荡。
既朋辈之为伴兮，俯乡关其可眺望。
树青青列吾土兮，楼幢幢矗吾山梁。
此别去之难舍兮，望老屋而牵柔肠。
挟风伯而为伍兮，骞旌旆而为之张扬。
白云之化为狗兮，告世道其历之沧桑。
有云之君也然聚兮，纷总总迎吾莽莽。
瞰群峰之齐云兮，被晚霞而琳琳琅琅。
霞万化而无度兮，时为羽衣时霓裳。
是仙子之欲飞天兮，是仙子之晚理靓妆。
嘱吾六龙之弭节兮，望崦嵫而勿西傍。
机摇摇浮而降兮，穿云雾其丹桂飘香。
高象山之为碧玉兮，众竹筏竞逐漓江。
漓水滨之物阜兮，列珠玑而满梧苍。

羌南国歌舞盛兮，邀远客聚兹于华堂。
宾主欢而琼筵聚兮。廊庑静灯火煌煌。
辞东道而不忍去兮，步栖迟也复徜徉。
别众山之滴翠兮，登银燕而离南疆。
问君何时归去来兮，得待来年丹桂香。

122. 桃源行（七首）

世界上有两个桃花源：一个在你心中，一个就在重庆酉阳。

一

子骥劝慰久，偏作桃源行。
抬头望古洞，洞高渺入云。
秦人畏秦火，负笈万里行。
来此大酉洞，载籍因之存。
此事乡人告，听者神复神。

二

穿过大酉洞，便作桃溪行。
溪见打渔翁，箬笠打桨频。
溪水流汩汩，溪岸遍植林。
我来正其时，落英正缤纷。
此与渔人见，大可持其平。

三

过了桃花溪，就到避秦村。
村民作古装，村口把宾迎。
服饰不曾见，陶令叫"外人"。
穿着秦时衣，市场难找寻。
多谢设计者，真会动脑筋。

67

四

陶公园田居，种菊颇具名。
菊花尚未发，沾露水灵灵。
待君重九来，菊酒任君品。
对面是南山，悠然寄傲性。
归去来兮宅，辞官后建成。

五

来到靖节祠，肃立整衣襟。
陶公塑像前，三拜献敬诚。
祠中展品多，件件皆遗训。
告诫瞻仰者，节操守本性。
走出陶公祠，心动不平静。

六

桃花源畔望，游客多如云。
来来又往往，密集鼓乐声。
抬头一望去，有伏羲洞名。
路旁绳索上，锣鼓难数清。
众多祈祷语，花样也奇新。

七

走出大酉洞，回首问津亭。
立津亭良久，心潮荡万顷。
往事越千年，寻源还有人。
寻源即寻梦，鼓乐雷轰鸣。
万人摆手舞，声震动天庭。

[注] 2014年3月7日往重庆酉阳龚滩游，宿龚滩旅店。次日游酉阳桃花源。

附：陈景星《咏大酉洞》（三首）

一

古洞何须辨年前，此处耕织即神仙。
我来不学痴渔父，准拟携家住十年。

二

古籍茫茫说避秦，仙源无分自迷津。
天台一样来刘阮，总是桃花误引人。

三

不知魏晋并忘秦，古洞桑麻尽隐沦。
倘许一廛容我住，披蓑愿做打鱼人。

[注] 陈景星（1836—1916?）酉阳人，55岁中进士。

123．山路行

行行复行行，我沿山路行。我行月朦胧，路上未见人。山鼠洞中出，时见路上陈。山鸟宿丛莽，天早还未醒。山树列成行，早已高入云。临风波浩荡，枝干向天横。

行行复行行，我沿山路行。但见三五个，边走边笑迎。自谓背水者，结伴皆善邻。个中稍长者，莫过六十春。他言多风趣，吸引好些人。

行行复行行，我沿山路行，我家有老母，九旬已挂零。清早来背水，背水尽孝心。吃喝又拉撒，饮水要谨慎。吾妻在深圳，打工找大银。有子过二十，省城读文凭。下岗我打工，城里搞后勤。老板总夸我，说我勤和诚。树我为先进，年年多奖金。年奖又三千，老母笑吟吟。我家已小康，吃穿从不贫。什么是小康，我也不去评。索来笔记本，记之教孙孙。

行行复行行，我沿山路行。新路多坑洼，走来左右倾。君不见，左倾复右倾，向前脚不停。

君不见，习水箐山顶，高楼快建成。待君明年来，竣工剪彩日，登极顶，看看习水大地、大前程。君知否，归去来，行不行？

附：南京房树民先生谓

我还喜欢《山路行》，因为他写的是我们的衣食父母，中国农民的现实生活：真实的表现了农民的生活感情的诗作，乃是时代的需要。但这样的作品，今不多见。

2013年11月22日

124. 咏古楠

来兹普照寺，古楠何苍苍。
一千二百载，俯仰动肝肠。
柯株逼日月，临水有岷江。
古堰清波涌，涛声更汤汤。
树冠如车盖，众鸟任栖翔。
直身天地间，青城山之阳。

[注] 青城山外山景区，有普照寺，其侧有一古楠树。据示，此楠树有1200年历史，树高近百仞，树冠如车盖，枝柯直逼蓝天。楠本珍贵物种，树龄如此者世间罕见。传开国功臣，许世友大将遗言死后土葬母墓旁，以尽人子孝心。后成事者取武夷山楠木为棺。

125. 登剑门翠云楼

剑阁心仪久，只今走翠云。沿山遵古道，巨柏伴步行。乡人谓秦柏，七株惊尚存。

蜀山已不兀，满眼皆柏林。脚踏张飞道，树高与云横。挥师三百里，树柏十万身。阿斗巨柏在，树干歪洞倾。后人解歪洞，阿斗作魏臣。宋柏多巨树，唐柏未具名。

明代一李璧，知州剑阁城。剑阁好知州，率众大植林。柏林满蜀北，千载树功勋。路过李璧祠，心潮汹难平。祠前叩拜众，答谢昔贤人。

　　桓侯一塑像，提锹壮其神。留有张飞井，终年清且醇。淘井又植树，其情激后昆。回首翠云楼，绿波正滚滚。

[注] 翠云楼，即翠云廊楼在古剑阁县与剑门关之间。翠云廊史载为张飞作阆中太守时率师所植，多谓张飞大道，后词"里程三百，植柏率师十万宗"是也。

126. 返乡吃刨汤行

　　联袂冬至后，邀我返故家。轻车城北去，日影向西斜。车到出生地，往事陡增加。旧床猪圈上，今圈养鸡鸭。稍事复前行，又过数山垭。倦鸟飞片片，回归就山崖。家靠这座山，我靠山长大。吸一口乡土清芬，除却积年劳顿，抖擞一身潇洒。

　　宾主既相见，倾情把手拉。主人具刨汤，也备糖酒茶。围桌谈乡事，说桑又说麻。乡音自不改，总把今儿夸。主人送归客，送到果棚下。棚架沉甸甸，果大满枝丫。果味甜且醇，劝我多摘拿。吸一口乡土清芬，除却积年劳顿，抖擞一身潇洒。

2014 年元旦

附一：南京房树民先生谓

　　我喜欢这有人情味的、有乡土味的东西。最近尤其偏爱怀旧的东西。冬至返乡，以诗文记屐痕心迹：家靠这座山，我靠山长大，情于山，山、我为一矣！

[注] 2016 年，在《中国文艺名家传世作品集》评审中，获特等奖。

附二：龙光复《满庭芳·作客山村》

　　野雾迷茫，小村新洗，草木摇动冬寒。瓦房田埂，犹似旧家园。遥想春秋荏苒，千百度落照苍烟。年关近，刨猪汤沸，聚友庆团圆。

皆言，雷雨季，流光早逝，愁少心宽。愿持酒邀君，行令猜拳。主客话锋正劲，杯盘叠，风卷云残。扶门望，老树已翩翩。

附三：万龙生《陪维理兄返乡》

从前的猪圈上方
曾经是你的小窝
时间没改变什么
可你两鬓已皤皤

你从这僻静的山村
飞起了一只凤凰
凭你年轻的骁勇
遨游知识的海洋

你回到黝黑的起点
找不到童年的光阴
有谁认识你呢
一样耄耋的我

陪你走此一遭
叹故乡归路迢遥

127. 仰卧滩头记乡愁

头枕万里波涛，仰卧滩头小岛。
张开坦露双臂，接受大海拥抱。

乡风乡雨潇潇，梦魂岛上牵绕。
往事滚滚相续，溪头还有溪桥。

溪桥来往便道，深藏涧溪蓬蒿。

还是那等荒芜，眼前浮现不少。

便道前有小庙，长年雨淋火燎。
孤零零是碑柱，碑文多遭凿掉。

山青青兮悄悄，草蓬蓬兮寂寥。
我来寻兮足迹，人指张飞故道。

风雪夜雨深宵，笃笃梆子声敲。
更夫故道巡夜，老乡把门关好。

山顶山脚山腰，沟前沟后雪飘。
围炉细说虎年，三唱雄鸡报晓。

遥望野狸小岛，海中水环迢迢。
鹭鸥片片飞过，高矗珠蚌城标。

我与枕下波涛，告别仰卧小岛。
坦露我的心迹，投入大海怀抱。

[注] 2016年12月21日到2017年2月8日与维淑、太乾、潘嵘侄等避寒于珠海湾仔沙，岳好友陈小红空宅，宅临大海，余甚爱之，也喜独坐海滩，望着汪洋大海冥想。野狸岛，在珠海香洲区，新建珠海大剧院侧，海湾中。大剧院，以巨大的珠、蚌结构造型，作为珠海特区城标。

张飞大道乡人世代相传，多指在今重庆北碚、合川通往川北阆中地段，千多年了，路基已不复完整存在。乡人传，大道是三国蜀将张飞带大军往下川东云阳为兄长关羽报仇走过的路。

128. 后龙山歌

后龙之山，背靠我家。山起华蓥，滔滔东下。此山碧翠，满树鸠鸦，山藏野兔，野猫老鸹。山前小溪，绕过院坝。溪流潺潺，青蛙鱼

73

虾。溪水澄透，洗衣浣纱。山有溶洞，石人石马。当年警报，避炸作家。洞对来龙，树海云霞。

　　山前巨树，千年枝丫。春来特茂，虬干挺拔。顶天立地，势如大厦。遮遮风雨，避避旱魃。乡民举宴，榕荫之下。排上十席，也能容纳。余之少时，常来此耍。钻钻树洞，骑骑竹马。今树不存，心乱如麻。大跃进时，连根而拔。哀哉黄桷，我的冤家。

[注] 后龙山，蜀华蓥山之余脉，其尽头即嘉陵江之北碚地区天府镇干洞子段是也。

129. 来龙山歌

　　来龙牛角，有段佳话。抗日军兴，山顶辟坝。滑翔机坪，飞机几架。飞机起飞，橡皮弹拉。俯望嘉陵，复旦夏坝。夏坝对岸，机坪更大。翔机遨游，还是潇洒。翔机降落，山呼乌拉。初见飞机，就在这达。初见飞机，我还是娃。

　　古庙牛角，人气也大。住持僧人，一两个吧。佛祖圣诞，声动山崖。锣鼓喧天，钟敲磬打。虔诚男女，皈依佛法。吃顿素餐，把佛牵挂。川主庙会，气派还大。敬香敬酒，鞭炮礼花。答谢川主，物华人发。今庙不存，炼钢火化。哀哉牛角，我的冤家。

[注] 后龙山正面相对者，即来龙山，亦华蓥山另一系脉，与后龙山系脉平行。来龙山顶有庙，叫牛角庙，与庙相对者即1942年新辟的坪台，就是培训抗战时期培训飞机驾驶员的滑翔机坪。今庙在全民大炼钢铁时，作为炼钢燃料烧掉了；而今机坪已杂草灌木丛生，但机坪模样还可得见。来龙山顶可俯望北碚老城区。抗战时期，上海复旦大学内迁北碚嘉陵江畔夏坝。

130. 立鄂西苏马荡放歌（四首）

一

云山云海又云风，眼下青苍月似弓。
形迹托身天地外，瞻前回首任横纵。

二

云山云海又云风，月落西楼无足踪。
拾得人生探险路，涛声撼动万千松。

三

云山云海又云风，日出东窗照苍穹。
人道今朝风物好，丛楼眼里各西东。

四

云山云海又云风，日坠西厢月朦胧。
万户千家沐日月，去来总是路匆匆。

［注］丁酉夏大暑前二日（2017年7月16日），与老伴往鄂西利川谋道苏马荡，借一旅舍消夏避暑焉。是处鄂西丛山峻岭间，众多如我者，朝夕晨昏，沿车行道，登群山之极顶，或谓"观景台"。凭栏瞰观日月升起沉落。云山、云海、云风、云松向我涌来，写怀其时耶？

131. 这座山

风车排列山巅，任风儿在天外飞转。
给了这千门万户，灯火一盏盏一片片。
风车排列山巅，任风儿在天外飞转。
我这颗童稚心啊！去抚慰那溪壑绵绵。
风车排列山巅，任风儿在天外飞转。
看看那莽苍群山，像天神把万马驱赶。

[注]"山"指苏马荡口处辽望之齐岳山系列之山。

132. 苏马荡行记

苏马荡，土家族语，意谓老虎饮水的地方。

丁酉立秋后，暑气恶难休。避暑鄂西去，苏马荡作游。莽苍皆绿水，古为仙人陬。

愿作仙人者，策杖荡口遛。凭阑一放眼，齐岳眼底收。齐岳山列阵，似万马奔走。山风撼林树，松涛应山吼。山深多野趣，枝蔓满弥猴。山鸟遍山唤，无处不咻咻。

唤来皆君子，气度亦千秋。个中楚君者，言自黄鹤楼。此君性憨厚，坦饮因耽酒。醉时语绵绵，醒来说梦游。时而谈时事，调侃说炎秋。还有一君子，进出不离讴。偶言不平事，嬉笑吐烦忧。每晚街边舞，高调展歌喉。闻者多点赞，欢呼并拍手。

君不见，几多苗条，几多情侣，几多夜阑，几多游。苏马荡边，恰是，凉风正飕飕。

[注]苏马荡，位于利川市谋道镇药材村，有"中国最美小地方"之美誉。猕猴，桃也，水果，尤为当地特产。

133. 致玉兰兄

一宵传慰语，几度撞心弦。珍爱君之意，伴我到永远。闻者心既动，寄寓橐笔端。

初读东方韵，得识一枝兰。植兰三径荒，馥郁且翩跹。翩跹凌五岳，佳什遍山关。

回望诗仙子，往来云海间。诗仙子今云海间，请君记取玉兰篇。

[注] 玉兰云："书既然送给了我，为什么要转送他人？我很生气，我买个放大镜读，就是了。"之后，又云："我不知道，君对书的感情那么深。书，我留着读。你别伤心，我也别生气。我珍君之意，让他伴我到永远。"

134. 卜算子·春

晓雾云横，疏篱桥边道。都说江南处处春，着意青青草。任呢喃语燕，把春事相告。三月落红逐汛来，别有渔郎报。

[注] 思念余之第二故乡金陵、扬州也。

135. 浪淘沙·失题

千里送兰舟，愁满汀洲。盈盈一水恨悠悠。红豆衣成今寄欤！谁解离愁！覆水终难收，幽梦未休！柔肠无奈去无由，伫立空阶秋路冷，月下帘钩。

[注] 应"红豆集团"征诗用，此张榕先生告我，张也与焉。

136. 南楼令·梦回母校南师大

风雨锁高楼，顿然暑气收。行期紧，快理归舟。叠嶂绵绵顺水去，重领受随园秋。

归心久未酬,天涯老白头。怅年华,逝水东流。载酒赓歌湖上过,真个是,少年游。

[注] 为2002年南京大学、母校南京师大百年校庆。

137. 如梦令·良宵

玉树、银花、流霞。宝石周天遍洒。今夕是何年!又是不周山下。山下!山下!正值扬鞭催马。

[注] 1976年10月粉碎"四人帮"之时。

138. 鹧鸪天·蒙全治兄八旬华诞

一枕三江梦未残,皇天罪我亦非烟。远来道贺报知己,借得香醪醉月边。山叠叠,水湾湾。轻车便我返城关。城关门里黄粱熟,语语声声告慰甜。

139. 江城子·四面山中

重峦叠翠雨初晴,水天清,风泠泠。几家葡萄,雨后正莹莹。天外飞来人字雁,行渐远,不留停。

夜来露冷有蝉鸣,吐清音,谁与听?云敛天高,恰是月三更。正问山妻今夜月,伊不见,了无痕。

[注] 四面山,此指重庆江津地段的丛山峻岭,是著名的避暑胜地,群山绵延,直与黔东北群山相连。余往贵州习水避暑前,2009年夏避暑于此。

140. 浪淘沙·过"重庆大轰炸惨案遗址"

秋水拍蓝天，潮去潮还。两江汇处雾如烟。七十年来寻旧垒，隧道盘盘。怒发尚冲冠！碧血斑斑。大轰炸地久留连。劫火硝烟都散尽，月照涂山。

[注]"遗址"在今重庆市中区较场口。"惨案"发生在1941年6月5日晚，日机持续四五个小时的疲劳轰炸，在防空隧道发生了避难者窒息、践踏伤亡惨案，遇难者约2500多人。有的全家遇难，有的仅存孤身一人。吾村的罗二娘是幸存者。据罗二娘讲，日机空袭那天，她家只有她，未进隧道掩体，在黄包车上，解除空袭后，黄包车夫把她拉回家，这时的家已成一片废墟，什么都没有了。家人已死在今谓较场口防空洞里。罗二娘，无法生存，罗二爷把罗二娘拉回了我们的村子，村里单身的黄包车夫罗二爷，便与幸存者的罗二娘结为一对恩爱夫妻。罗二娘，姓什么，从未打听过。据她说，她家原还是很殷实的。罗夫妇无后，死于20世纪60年代初。

141. 高阳台·扫叶楼、还阳泉

扫叶楼前，秋风垂柳，林间夕照鸣蝉。唱得凄清，半千好写愁闲。故居新构山隈处，且僧房，日暮堪怜，有画图，飞瀑銎丘，扑面云烟。

此来凭吊知何去，但蒿莱径曲，驻足兴叹。或谓词皇，废兴几度几番。还阳泉在，笙歌息，去匆匆，雾帐长干。莫留连，秋月春花，已到城边。

[注]半千，龚贤（1618—1689）字，明末清初战乱，隐居南京清凉山购建房舍，即今之"古扫叶楼"，此亦即龚贤故居。龚贤工于书画，画作有"扫叶僧"幅，置楼上，故名。词皇，抗战前著名学者诗人卢前，建议于清凉山建词皇阁，纪念南唐后主李煜在词发展史上的成就，1984年卢前好友词学大师唐圭璋师又向南京文化当局重提此事。还阳泉，清凉山寺旁有南唐中主李璟保大三年（946）义井即今谓还阳泉。

附：大民信摘

两次寄来的诗文复印件，均已拜读。"卜算子"情意真切，"高阳台"慨吊往古，令人一咏三叹。唯"横笔"一词，我未能理解，因我常见的多是"纵笔"耳，或"骋笔""挥笔"之类。

2011 年 12 月 28 日

142. 高阳台·吊金陵魏源故居小卷阿

小卷龙盘，乌龙雾锁，秋声月下归鸦。落叶梧桐，有灯初照谁家？摇摇半壁宅安在？吊魏公，不胜嗟讶。更苔深，风动蓬门，雨雪烟霞。

哲人已渺魂何处？赋海图圣武，浪卷流沙。罗尔纲兮，只今还著天遮。一庵普渡去无迹，唤杜鹃，声彻天涯。算而今，依旧秋风，依旧飞花。

[注] 罗尔纲（1901—1997）著名太平天国史学家。晚年最后出版的著作中，对其《普渡庵调查记》（导致"普"的不存，"小"的残破，魏氏后裔的断子绝孙）事还津津乐道。"普"传洪秀全元妃避难出家处，在魏宅"小卷阿"。

附一：建南谈《高阳台·吊魏源金陵故居小卷阿》

凭吊了魏源故居，思古之幽情深沉而动人。南京至今还未修葺魏源故居，也许当局者从旅游资源经济效益的角度考虑的吧。魏源"师夷长技以制夷"的提法很了不起，至今大多数国人还做不到，他们不是'师夷'而是'媚夷'！因此让老百姓了解魏源，其实是很有意义的。你的词也是在这点上发出无限感慨的。

给笔者信 2012 年 3 月 20 日

附二："卷阿"出自《诗·大雅》中《卷阿》

篇：卷者，曲也，阿者，大也。魏源后半生居此处，《海图国志》即在此处完成。20 世纪 50 年代，魏宅已拆毁殆尽，仅存两间瓦房，魏源亲题"小卷阿"石刻宅名，"文革"中也被毁。

附三：房树民　从魏源故居"小卷阿"说开

《高阳台·吊金陵魏源宅小卷阿》，写得非常好，沉郁凝重，上阕尤激荡人心，景语句句情语也；结句"依旧秋风，依旧飞花"，集万端之感慨，不绝如缕。读君之作夥矣，窃以为当首推此篇。

我存有一张魏源故居剪报，是刊登在2009年2月11日《扬子晚报》上的，今检出来寄上。此前我探访过魏氏旧居，模样还不如照片上的干净：左边门外摆着一个修鞋摊子，窗口上晾着几双破鞋；墙上也是贴满了大大小小的野广告。门边那个方块状的东西是块石碑，写着"魏源故居"等字样。进得门来，垃圾满地，上面檩椽皆黑，莫辨本来面目。其东有一排窄矮的平房，南向，更破败不堪，有框无门，室内室外宛若瓦砾场；看来这些地方早先是住着人家的，后来迁走了。再往东便是乌龙潭。这份剪报的文字部分开头说"有一条6米多宽的小巷龙蟠里"，可能指的是故居南门挨着的那条窄巷，并不是故居西门（照片所示）对着的大马路（今之龙蟠里）——即后文所说之龙蟠里。

南京报上至今未提到魏源故居修葺后重新开放的消息。

朱自清说南京是一个古董铺子，诚然。作为城市，它不是中国最古老的，它的历史遗存，也可能不是中国城市中最多的；但是它处处都能令人引发思古之幽情，可能与这个地方曾发生的许多的人与事有关：他们或叱咤风云，或慷慨悲歌，或苍凉凄美，或为啼血杜鹃，或为剖心义士，或为扇下美人，即使这一切早已化作历史烟云，但其点点滴滴都深深地浸入这吴头楚尾之地，让后人为之唏嘘、为之扼腕、为之流连。有人说它是六朝故都，有人说是九朝，十朝故都，但屈指数来，几乎都是短命王朝，似乎一串串都是伤感的故事。百年来，兵燹似乎特别垂青于它，先是洪、杨，后是倭寇，掠劫烧杀，民心不一，残存至今者，不过是搬不走的城墙，移不动的石象而已，曾有的物质文化都化作传说了。今天在南京访古，有一些恐怕连痕迹都寻觅不得的。你只能说，某人某就住在某个地方，或者某件事某件事就发生在这一带，如此而已。三山街，是当年金圣叹（1608—1661）被砍头的地方，但今之三山街，绝非有清一代的三山街；桃叶渡，多美的名字、多美的故事！但今日之桃叶渡，一片浅水而已。这些年有时也

81

访古探幽，结果往往失望，"山川形胜，已非畴昔"。

2012 年 2 月 27 日

143. 金缕曲·夜游秦淮

十里秦淮月。更哪堪，经年风雨，凤箫声歇。桃叶渡头人去后，来燕堂前城堞。正寥廓，华灯照彻。柳絮风吹船面过，有携来，旧侣赓歌咽。情未了，漏声叠。

《桃花扇》里花纯烈。算而今，琼楼高在，媚香女杰。逝水涓涓如是去，来者滔滔过客。《扇》逢禁，新续凄切。栖鸟也知如此恨，料不应清泪，应泣血，谁傍我，问天阙？

[注] 孔尚任（1648—1718）《桃花扇》1699 年剧成，轰动一时。次年春正月成功上演。以后殆无虚日。观者无不"掩面独坐""唏嘘而散"。

144. 满庭芳·瘦西湖

淮左轻寒，隋堤秋柳，桥边红药方遒。五亭屏立，听我话尊瓯。湖上橹篙声起，船行处，梦里扬州。斜阳外，船娘几许，画舫数兔鸥。

休休！当此际，青楼远去，豆蔻梢头。念三白芸娘，之子情稠。留下《浮生》犹记，凭谁问，"金柜"何求？夜阑尽，蜀岗望了，天水俱悠悠。

[注] 瘦西湖，扬州名胜地。《浮生》即《浮生六记》，清代沈复（1763—1825）著，字三白。述三白、芸娘伉俪情笃。沈、芸夫妇苏州人，卜宅扬州大东门有年。芸死，葬西门外金柜山。《浮生六记》自 1874 年（清同治十三年）浮出水面后，情牵文人雅士，争相传诵，寻三白、芸娘不绝于途。陈寅恪、俞平伯、林语堂、郑逸梅诸前贤大家是也。个中今人韦明铧寻得颇具规模。

附：蜀岗

蜀岗，山名，扬州城西即唐代高僧鉴真讲经的大明寺，今平山堂所在地。瘦西湖北行，直抵蜀岗脚下。取《朱子语类》说：岷江夹江两岸而行，至扬州而尽，首尾衔接与扬州。因此山脉来自西蜀，故以名山"蜀岗"。

145. 卜算子·答钟陵学长

曙色尚蒙蒙，还是随园去。剑罢南山带露来，再致相思意。
昨夜答宾朋，君亦滔滔语。又见当年情满山，横笔书胸臆。

[注] 去年（2011）10月25日晨，与老伴往母校南师大随园校区，寻当时读书处"中大楼"（今"文学院"）。绿树蓊郁蔽空，灌木丰茂阻路，转弯抹角下行数十级，寻找记忆中的去处，总迷路大有"安知峰壑今来变"之感。折回复上行，见钟陵兄剑罢下行，言拟往余旅次"敬师楼"所。钟陵告余有《卜算子》词相送，以示同窗情谊。

附：钟陵《卜算子·送维理》

60届同窗王维理君远来巴蜀，欢聚金陵随园，赋此以赠。

风雨赴江南，飞践随园会。千里遥携巴国酒，满酿相思味。
最忆少年行，莫说沧桑事。共惜黄昏夕阳红，争灿余霞丽。

2011年10月

146. 金缕曲·悼别钟陵学长

虎踞关前月。问何由，乍来风作，吟旌摧折？楚尾吴头君去矣，又见随园星没。伤往事，其情都切。案上留笺谓我语，更南山踏露殷殷别。《卜算》词竟长诀。

词坛扬笳勖名杰。主青莲，纵横江海，蜚声天接。淮水涓兮悄然去，五月熏风犹烈。听啼鸟，杜鹃不歇。山鸟声声如是唤，料诗魂已到九霄阙。天与我，共悲耶？

[注] 钟陵（1933—2012），余南京师大同窗别后50年来，于去秋（2011）10月相邀重聚母校，其情事见钟陵赠《卜算子》词及余答词。

83

留笺，指钟陵曾往余旅次"敬师楼"欲见未果，留笺语谓"如不即见，祝江南行顺风"云。2012年6月17日不幸逝世，噩耗传来，令我难以接受，成是章以志哀思。

附一：金陵世忠信摘

《金缕曲》纯一说"相当好"这是真话。词中形象地概括了钟陵在词的创作方面的成就，可补"讣告"之不足，这是对他最好的吊唁了。

(2012年10月18日)

附二：讣告

唐宋诗词研究著名学者、南京师范大学教授钟陵先生因病医治无效，于2012年6月17日上午11时57分不幸逝世，享年80岁。

钟陵教授出生于1933年6月7日，江苏东台人，中共党员。1949年参加工作，先后在东台实验小学、金南小学、工人子弟小学从事小学教育工作。1956年9月至1960年7月在南京师范学院中文系学习。1960年8月至1961年3月任江苏省委宣传部教育处干事，1961年3月调入南京师范学院中文系古代文学教研组工作，历任助教、讲师、副教授、教授，1994年2月退休。

钟陵教授长期从事中国古代文学的教学与研究工作，曾为本科生和研究生开设十余门课程，参与并主编《中国古代文学作品选》《中国古代文学史》《中国文学通史》等重要教材，为中文系的本科教学与研究生培养付出了很大心血，为中文系古代文学学科的建设与发展做出了重大贡献。钟陵教授学养深厚，精于中国古代文学研究，尤其擅长唐宋诗词的研究，曾负责完成国家古委会项目《词话续编》、国家重点出版规划项目《历代词纪事汇评》（金元卷）、江苏省"八五"规制项目《词学史》等研究任务，参与全国社科八五规划项目中国文学通史《宋代文学史》的编写，同时撰写了大量有关唐宋诗词研究的学术论文，如《唐诗选注释商榷》《读唐宋词琐记》《晏殊家世生平事迹补辨》《晏几道生卒年小考》《论柳永》《陈亮朱熹的论辩与南宋学派之争》等，出版了学术专著《辛弃疾山水词略论》《中国文人风情大观》等，其中《中国文人风情大观》曾获得1993年全国优秀图书金钥匙奖。这些论著对唐宋诗词诸多疑难问题均有精深独到的见解，获得了同行专家和学者的广泛好评。退休后任江苏省诗词协会副会长、《江海诗词》编委会主编，主编《江苏省花诗书画集》《风雨龙吟》等著作，对活跃江苏老年文化事业做出了突出的贡献，产生了积极的影响。

钟陵教授一生热爱教育事业，情系学术研究，无论讲坛执教，还是学苑笔耕，他都淡泊名利，无私奉献，其学问和人品深受广大师生的尊敬和爱戴。如今斯人仙逝，苦别仪式定于情何以堪，我们为失去这样一位好老师、好同事表示沉痛的哀悼！

钟陵教授遗体定于2012年6月21日（星期四）上午8时在南京石子岗殡仪馆西中厅举行，参加告别仪式者请于当天上午7时到随园校车队乘车前往。

钟陵教授治丧小组工作地址：南京师范大学文学院办公室

钟陵教授治丧小组联系电话：83598452　传　真：83249665

钟陵教授治丧小组

2012年6月18日

附三：汤大民谈钟陵送行

维理学长：

21日上午六时半，我去菊花台为钟陵送行。告别仪式在8时开始，由文学院总支书记主持，南师副校长潘百齐读讣告，而后钟陵长子钟霆作答谢词，没有同事、学生讲话，先后约花了半个小时，仪式就结束了。送花圈的人不少，最显著的为已退休的省委书记顾浩以及省、市诗词协会，挽联也不少，对钟陵作为诗人作了肯定和颂扬，惜陈词较多。《讣告》为南师人所写，只谈及其教学和科研成就，对其诗词创作的成就未有提及。参加告别的约100余人，因正值高考阅卷期，文学院的师生很少，年轻人也少。

20日下午，我专程去钟陵家会见夫人孙煜明，向她转述了你的悼念，她深表感谢。

钟陵走得太突然，连医生也没思想准备，夫人更是丧感，作为老同学，我也怎么没料到他竟然如此决绝。只能用长痛不如短痛来猜度钟陵的心思了。他是怕留给生者留下太多的麻烦吧？好在，善后处理是在平静中进行的。悄悄地来，悄悄地去，不带走一片云彩，钟陵确实有这种行事作风。他的学术论文、诗词创作，晚年任诗词协会副会长等，我是很少知道的。

附上讣告一纸，虽不能传其音容笑貌于万一，念旧时，不妨读读。

在宁其他同学都很平安，也都能够自我珍重。一切望勿悬念。

祝

夏祺！并向嫂夫人好！

汤大民

2012 年 6 月 24 日

147．念奴娇·箐山记

壬辰（2012）年，虽立秋节过，秋阳暴烈，结伴往贵州习水避暑焉。

纵横远眺，亘云烟万顷，新晴雨歇。又见归来蝉唱处，滴翠箐山同壁。素月清晖，姮娥玉兔，寂寞广寒侧。杨梅树老，虬须还说岁月。

帘外溪壑潺湲，坝中篝火，赢得喧呼烈。榻上归人酣睡去，廊庑华灯照彻。旧友宾朋，新交初识，镇日崇山折。一山秋爽，赚来多少狂客。

2012 年 10 月 15 日

[注] 半山腰有一杨梅树，高 20 米许，枝叶婆娑，标有树龄 130 多年字样。

附：树民信摘

我特别喜欢下片"帘外溪壑潺湲，坝中篝火，赢得喧呼烈"诸句，不知为何联想到陈与义《临江仙》的句子："忆昔午桥桥上饮，座中多是豪英。长沟流月去无声，杏花疏影里，吹笛到天明。"总觉得从情、景、趣、味四者来说，有相近似之处。

2012 年 12 月 9 日

148．扬州慢·秋夜思

或谓箐山，东皇佳构，淙淙壑水相闻。看炎天万里，奈赤地难任。正思此，阵风一过，水吟蛙语，树影森森。过黄昏，明月修篁，蝉唱蛩鸣。

天涯未远，算而今，重又惊醒。伤涝北旱南，生民苦了，牵我情深。休说山山秋色，溪流淌，月照层林。啸长天，还我天时，哀我生民！

[注] 2013 年 7—8 月余避暑贵州习水。

149．高阳台·送碧松、驾龙二君返淮安

取道金陵，随园看了，楼边银杏梧桐。大草坪前，当年学子今翁。那回高炉今安在？问钟山、牛首春风。沿长廊，心意沉沉，步履倥偬。

孙唐二哲园深处，有唐音宋韵，开启鸿蒙。念念清凉，词皇阁高几重？石头山下淮安去，急于行，巴月情浓。别流连，怕误归期，怕乱行踪。

[注] 2013 年春朱碧松、丁驾龙二君从江左来访，适雅安地震仅在渝两宿假金陵随园母校归淮。高炉，指 1959 年大炼钢铁事。孙唐，指唐诗专家孙望及宋词大师唐圭璋老师。

附一：朱碧松《贺维理八旬华诞》（三首）

一

诗海扬帆韵味长，教坛培李播芬芳。
莫道年高春去也，余辉闪耀胜朝阳。

二

金陵结伴写春秋，友谊花开岁月稠。
文学院里同学习，瘦西湖畔并肩游。

三

回渝圆梦显身手，返里有才壮志酬。
韵海扬帆频添彩，红楼探索亦悠悠。

附二：丁驾龙《贺维理八秩大寿》

一

蟠桃宴会聚宾朋，交错觥筹显身手。
八秩寿星诚醉客，未能赴会惜情隆。

二

欣逢盛世放天晴，日有骄阳夜有星。
喜看诗坛传雅韵，祝君髦耋晚霞明。

三

吟诗作赋慎推敲，盛世讴歌挥巨毫。
求实求新不仿古，佳词丽句赋新潮。

150．口占答朱、丁二君贺寿诗

霜雪满颠八十秋，秋风秋雨过渝州。
天假以年真属我，世间写尽喜和忧。

[注] 成"高阳台"送朱碧松、丁驾龙二君返淮词后，读二君贺寿诗，口占一绝作答，补于此。

151. 满庭芳·寿尹老从华九旬华诞

宴宾楼前，两江秋水，楼边来去车流。宾朋纷至，席上列珍馐。甲子一轮半到，举杯寿：彭祖同俦。秋阳外、风流多少，弟子满神州。

悠悠！心底事，荒唐已去，风采当头。喜旷世蓝图，风雨同舟，还有同心处处，君行矣，步履鸿猷。情难已，十年可待，再谱百年龄讴。

[注] 尹从华，20世纪40年代在南京政治大学毕业。20世纪80年代执教于重庆师范学院。

152. 金缕曲·日暮，剑门关怀古

日照关山缺，正苍茫，征云远去，战声都歇。眼底秦川图画里，历述战痕列列。壮士气，拔刀挥月。读到丞相出师泪，泻殷勤不尽崇山叠。凭吊地，壮歌烈。

迎来剑道残阳血。算而今，雄关新蠹，临风栏阅。细雨廊前骑驴在，看我入关来客。有诸葛，挥师去处，赋与江山多少意，都在祁山这等情结。雁过也，日将没。

2014年6月6—7日在阆中、剑阁

[注] 剑门关前有"姜维剑门挽狂澜"，将士咸怒，拔刀斫崖塑像，蜀汉后主炎兴元年（363），后主"衔璧"降魏，并敕令姜维等放下武器亦降。塑像以示力挽狂澜壮士气节。

153. 水龙吟·登翠云楼怀病中张榕诗家

翠云千里横空，俯瞰锦绣风云走。卷帘眺远，季春时候。秦树汉株，夹道蓊郁，林深柏寿。急风吹荡在，廊内外，林涛吼。

联袂携亲别后，恐相期、不再难又。天涯行旅，谁为知者，天长人瘦？翼德树功，张飞又井，频频回首。这端情不舍，正当皓日，吟

风翠秀。

[注] 翠云廊，古谓"剑州路柏"，称为"三百里程十万树"，传为三国时张飞率兵所植。"廊"在剑州古城与剑门关之间。身在旅途阆中，时时念及病榻上的诗家张榕兄也。

154．沁园春·阆中滕王阁寻古

万丈丹梯，耸翠纵横，尽被春风。有滔滔字水，巷间城垣，楼台廊苑，都赋葱茏。今我寻今，里程三百，植柏率师十万宗。将军事，在骄阳影外，风雨声中。

凌霄直上九重，眼底烟云三数峰。问当年帝子，今归何处？者来多系，车骑雍容。画栋朱栏，缤飞蛱蝶，叹我阁中画笔工。了无憾，便临摹尺幅，亦足融融。

[注] 玉台山、滕王阁在阆中城北，有"万丈丹梯"长999米，直通玉台山顶。滕王，唐高祖李渊第二十二子元婴，太宗李世民弟，封滕州（今山东滕县）据史籍（《画断》《宣和画谱》）滕王"工于蛱蝶""喜作蜂蝶"。今阁大殿内有滕王作画巨型铜像。

155．满江红·吊阆中张飞墓

暮雨初晴，明月在，樯橹方泊。桓侯事，荒冢独吊，寒烟萧索。过往来人身至此，将军墓冢都吟哦。虏未除，以此动干戈，向京洛。

蜀之地，烟漠漠。蜀江碧，山如昨。念益州天府，龙腾虎跃。直指秦川曹魏虏，平生早许兴汉约。待归来，一路凯歌回，万方乐。

[注] 章武（刘备年号）元年（221）从刘备伐吴，行前被部将杀害，头送云阳，身葬阆中，后追谥为桓侯。

156. 金缕曲·哭张榕兄

月下乌飞绝。问苍茫，夜来风作，吟旌摧折？忽报先生今去矣，但见地悲天咽。追往事，此情难说。唯我涂山总记取，忆金刀一峡一湾月。走栈道，身行捷。

词坛韵事勋名杰。算而今，诗文留韵，吟声天接。字水涓涓寂然去，五月薰风犹烈。听宿鸟，子规泣血。且有溪涧声声唤，挽诗魂已到九天阙。谁为我，文章伯？

[注] 张榕（1929—2014）四川合江县人。先后作过机关职员、教师、拉过板车、当过石工。先后在四川建材工业学院、重庆师范学院任教。1982年参加四川省、重庆市作家协会。在中华诗词学会主办的全国诗词大赛中获得过一、二、三等奖，共七次奖。四川省诗词学会理事、副会长、四川，重庆诗词协会顾问。著有《张榕诗词抄》《榕庐诗文》。

附一：李维嘉谈张榕

王维理老师：

多承来信告知张榕兄逝世的消息，十分悲痛！在《岷峨》诗侣中，丧失了一位杰出的诗词作家。在全国第一流诗词家中，张榕也是名列前茅的。他的辞世，是不可弥补的损失。张榕伉俪情深，曾共患难，贤夫人悲痛至深至巨。尚望节哀，珍重。敬托维理老师转达我的慰问。此祝
教安！

李维嘉　再拜
时年96于医院

附二：李维嘉《哭张榕》

姹紫嫣红春意浓，非关弄月与吟风。才哭渊如抗癌逝，又丧高手撒手终。一生名句惊当世，千载丰碑敲警钟。重读遗诗唯再拜，吟坛绝响荡长空。

[注] 李维嘉先生，原四川省政协副主席、四川省诗词协会会长。四川省诗词学会创办人之一。

157. 水调歌头·黄果树观瀑

遥闻奔雷吼，千秋巨瀑悬。银涛天外飞洒，七彩驭澄潭。都道群龙璧挂，甚似翻江倒海，河汉卷狂澜。玉崩看珠碎，呼啸下尘寰。

淘胸臆，舒豪壮，寓飞湍。唯我筑黔大地，生气走前沿。环顾往来日月，浪及沧溟莽莽，涤荡净腥膻。以此示天意，万鼓震丛峦。

[注] 是日也，2014年8月22日。子媳王岭、陈洁来习水接往贵阳，游举世闻名的黄果树瀑布。车到达贵阳时已近黄昏，觅近郊一旅舍住焉。次日冒大风雨，行百来里抵目的地。乘巨型两级长扶梯下，果见震荡人心，震荡丛山峻岭的大瀑了。

附一：树民语

满纸烟云，满耳风涛，色彩强烈鲜明，感情昂扬激越，诗人的浪漫主义情怀充分展现，坚韧不拔的个性充分张扬，让我想起了西方印象派大师的画作，觉得就是这般模样。

2014年3月1日

附二：元伟语

新著《水调歌头·黄果树观瀑》到达顶峰。瀑布壮丽景色，恢宏气势，在兄笔下宣渲染得更加气势磅礴，笔底波澜，是兄上乘之作，堪称写作上的里程碑。

附三：大民谈"黄果树观瀑"

大作《水调歌头·黄果树观瀑》也已拜读，有几处处未能甚解，现提出来，请抽空函复：

1. 词的平仄可不如律、绝句严格，但亦不可不讲。"遥闻奔雷吼，千秋巨瀑悬"为"平平平仄，平平仄仄"，苏轼"明月几时有，把酒问青天"为"平仄仄平仄，仄仄仄平平"，"落日绣帘卷，亭下水连空"为"仄仄仄平仄，平仄仄平平"，"昵昵儿女语，灯火夜微明"为"仄仄平仄仄，平仄仄平平"两两相较，大作"千秋"改用"仄仄"或"平仄"声调之词，抑或"遥闻"改用"仄仄"或"平仄"词，可能更恰当些。

2. 何谓"璧挂"？
3. "舒"呀？"抒"呀？
4. "寓奔湍"何意？
5. "奔雷""奔湍"，两"奔"可否换其一？
6. "筑黔"何意？是否是"贵州"的别称？

（汤大民　信摘2014年11月3日）

158. 念奴娇·读去年小照

韶光逝水，念那年绛帐，影中寻得。总忆当时相聚地，文化宫边明月。面对涂山，系心沧海，浪迹江天阔。杰英处处，梦中总见历历。

引吭又起弦歌，华堂聆听，应者和成拍。此去经年天地远，际遇归来何夕？问我诸生，诸生记否？柳絮花飞雪。者番相别，又添多少霜发。

2014年4月于重庆师范大学

[注] 2013年4月20日，子、女假北碚"美味轩"为我80贺寿相聚。28年前，职工大学学生江明友、王志德、张锐、韦纯良、余德春、杨晓韵、韩萍、余礼波等与寿。这批学生是我任高校教学工作以来印象最深者。那是1982年吧，我40来岁，他们刚从"读书无用论"中解放出来，读书，求知欲都大，精力旺盛；作为任课老师的我，精神也特别振奋。时过境迁，往事以为陈迹。想着这些，今年重读小照，填是词以寄情怀。

159. 忆旧游·宴别莫愁湖

恰菊残时节，阵风吹过，遍地留痕。茗品处，携来砚友，几番寻

93

度，怎奈无凭？宴游总有惆怅，还记别来情。湖上艇纵横。扶疏岸柳，多了温馨。

有新知旧雨，胜棋宴郁金，细数挚诚。滔滔皆满座，看主人惠我，语出频频。琼筵终非长在，无计永同行。念此总伤神，归来先到水西门。

[注] 2011年10月26日南师约同窗前往水西门外莫愁湖与聚。莫湖，余曾与房树民、窦履坤二君告别南京，往扬州赴任前来此品茶。白云苍狗，品茗处不可寻也。此聚由刘惠蓉、徐文兰二同窗作东。游湖后转往南京名酒家饮宴。尤东道主刘惠蓉频频劝餐。胜棋（楼）、郁金（堂）皆莫湖之景点。相传明太祖与明开国大功臣徐达角棋于此，达胜，太祖以此楼赐之。楼旧址原郁金堂，今在楼后矣。郁金堂为莫愁女居所。沈佺期诗云："卢家少妇郁金香"。楼下有餐饮处。此次聚餐饮店名"神农山庄饭店"在秦淮河畔，电视塔旁。据履坤信。

160. 闻碧松兄《吟潮拾贝》将付梓寄调凯歌

读罢吟心词，拾贝听吟潮。万里尺书既到，淮海起波涛。恰似缤纷岁月，为有江东大地，丽日照狂涛。看龙蛇飞动，椽笔续风骚。

随园聚，维扬别，悉心雕。还我邗沟山水，往观廿四桥。慰语终成追忆，偏值隆冬节侯，风雨过深宵。寄语传胸臆，诗苑卷新潮。

[注] 碧松赠诗云："文学院里同学习，瘦西湖上并肩游""燃残红烛灰犹热，吐尽银丝心不休"。

附：朱碧松说《凯歌》

最近一两个月，我在家整理故旧，准备再出个诗文集，名曰《吟潮拾贝》，初稿已成，半年后付梓，有兴趣可为我写个贺诗。

碧松信摘抄　2013年1月21日

161. 水调歌头·读董老味甘先生《诗词歌赋选集》

都爱晚霞丽，读赋动心潮。长联公展钟志，大海尽滔滔。唯我涂山日月，意在苍茫大地，巨制干云霄。龙翔看凤翥，走笔卷风骚。

忆畴昔，念扶掖，又今宵。更是殷殷情切，多番问寂寥。由此终成往事，邀聚诗词歌赋，伏枥共明朝。托语寄胸臆，翰苑涌狂涛。

[注] 长联，指今重庆江津人钟云舫（1847—1911）"拟题江津临江城楼联"，上下联各806字（共计1612字），世称"天下第一长联"，钟以为"联圣"。董味甘先生有《钟云舫天下第一长联解读》行世。董先生每有巨制，辄赠我。董味甘是重庆师范学院第一位赞我写传统诗词者。为出席董先生《诗词歌赋选集》聚会作。

162. 满江红·闻示意警报，过抗战胜利纪功碑

闻警功碑，云行处，舞停歌歇。烟帐里，有涂山在，此情激越。七十年来荣与辱，滔滔总是铁和血。追往事，难去旧时痛，情郁结。

冤魂哭，惊天阙。闻拜鬼，何时灭！苍天还未死，胆肝都裂。钓岛亦台归我史，纪功碑矗心尤热。算而今，劫后尽归来，吊英烈。

[注] 2015年6月5日，市渝中区较场口"重庆大轰炸惨案遗址"举行向惨案死难同胞敬献花篮仪式，并鸣警报以示致哀。按：1941年6月5日晚6时，日机持续疲劳轰炸四五个小时，在防空隧道发生了避难者窒息、践踏伤亡惨案，遇难者2500多人。钓鱼岛，台湾地区多称钓鱼台。

163. 自度曲·梦滑翔机场

七十年过，又荒径重踏，苍翠松柳。凭栏去，字水龙山，滔滔脚下走。携来旧侣，又见葱茏处处，满树霞，有山鸟咻咻。

沧海来归，问身边老树，可也知否？滑行道，古堡侧畔，丛莽没渊薮。铁燕腾空，呼声满野阵阵，恰其时，听山摇地吼。

[注] 抗战时期，国民政府为了强化空防，寄希望于滑翔运动，在今重庆北碚嘉陵江东阳镇侧来龙山牛角庙处，1942年9月建成，滑翔机平台，即滑翔机场。余少时常结伴往焉。

95

164. 满庭芳·恭祝熊秉衡校长九旬华诞

又见葱茏,一湾秋水,山间多少人流。同窗归至,席上列珍馐。甲子一轮半到,举杯寿:彭祖同俦。骄阳外,风流弟子,俊彦遍神州。

悠悠!多少事,华年去远,风采仍留。又旷世蓝图,举棹共舟。更有前程道上,同行矣,步履鸿猷。情不已,十年可待,再谱百龄讴。

[注] 今年(2015)12月1日前,由我发起为当年原江北二中熊秉衡校长90华诞祝寿,以表达我们这群老学生对校长的敬爱之情,通过电话联系后,立即得到原江北二中老同学李洪福、赵颖、陈登万、杨士彬、罗书山,及外省的同窗童立英、涂天碧、刘承蓉等积极响应和支持。几十年,半个多世纪了,绝大多数同窗信息缺如,联系上的仅27人。这不能不说是主持者的遗憾。但我们也得承认,当年的翩翩少年,而今已是年过七旬的皤皤老者了。

165. 行香子·深秋,小阳春,过丽江黑龙潭

寂寞茫茫,潭水汤汤。玉龙舞,影动波长。象山天际,护我澄塘。看风吹过,深秋霜,满秋岗。

楼台耸翠,曲曲回廊。算而今,北雁南翔。一文亭在,说尽玄黄。正野花红,蜂儿追,蝶儿狂。

[注] 恰深秋,亦10月小阳春时节,由子媳王岭、陈洁,带六众,游丽江、大理,所感甚多,"行香子"为其一也。玉龙雪山,在丽江城北,其主峰扇子陡直插天际,是长江南岸第一高峰,也是北半球距赤道最近的海洋性冰川,或谓:玉龙雪山还是一座人类尚未征服的处女峰。其状貌黑龙潭影中可见。"一文亭",据传若干年前,潭边一老妇,向过往行人募凑建亭资金,每人一文,经年累月募资成,建成此亭,故名"一文亭"。

166. 碧云深·瘦西湖

和树民兄碧词

西湖瘦，白塔玉立人依旧，人依旧。石城饮别，五亭聚首。更作来年今日游。

芙蓉初醒，借扁舟。借扁舟，蜀岗山下，再写风流。

[注] 原注云："读房词，依韵一和，以志念也。"

附：房树民《碧云深·瘦西湖》

西湖瘦，绿杨烟里人依旧，人依旧。平山堂前，五亭桥头。浮生偶得数日游。

且簪鲜花，纵扁舟。纵扁舟，天光水光，风流人流。

[注] 原树民词前序云："与维理、履坤今年八月三日，游扬州瘦西湖。一年不见，其慌可知。今上午照相归来，心中不宁，若有知；下午雷雨声中，竟成此首。遵维理兄嘱抄于日记册。一九六一年八月十一日。树民记于扬州。"

167. 自度曲·送大民

大民仙去，是耶，非耶？给我长亭影在，娄山关外孤悬月。野语读来失绪，落霞晚照蒋山缺。留下随园青石，玄武匡庐，唤声叠。长相恨，吴头路远、楚天隔！

大民仙去，非耶，是也？读到笔卷波澜，洋洋洒洒九霄阙。告别中华文汇，高标书苑丹青册。怎奈涂山有约，子规月下，泪泣血。忆君语，声声句句情情切！

附一：大民走了

2016年8月18日下午5时许，与妻漫步避暑地贵州娄山关下舍侧，手机响了，是南京张纯一同窗兄打来的。言大民于上月30日辞世。又说，当时他在北京，回南京才查到我手机号。病起，送到医院，还未结论，就走了。各种思绪涌来，我该说什么，做什么？

中华、文汇，大民文字多首载刊物。丹青册，汤大民著《中国书法简史》。大民生前最后一次来信语说："你的诗情依然勃发，你的文情依然豪迈"。前年，与汤大民神交已久的张榕诗家辞世前，还想与大民相聚一见啊！传来大民辞世时，余在贵州娄山关避暑地。随园、青石、玄武、匡庐，大民宅第所在区宅名。《长亭野语》，汤大民随笔集。书苑，指汤大民著《中国书法简史》。"中华""文汇"读书报名，汤文字多首刊于此。

附二：张岳全《用离歌等待下一座花园——评汤大民〈中国书法简史〉》（摘要）

读罢汤大民的《中国书法简史》，激动的心情久久不能释怀。……

我相信汤大民是带着一种自豪和惊叹的感觉完成这部书法史的写作的。该书所述历史终于19世纪，戛然而止。在作者看来，在这之后，中国书法再无大师，这一悲剧性的现实，一方面凸现了中国书法上古史、中古史、近古史（作者创造性的中国书法发展史的分期）的灿烂与辉煌。从某种意义上说，亦是对中国古代书法所唱的一曲离歌，这离歌情到深处，读者随之激，随之扼腕；这一悲剧性的现实，另一方面深层地表达了对中国当下书法的担忧。作者这样发问："发展三千五百多年的艺术是否会成为尘封的古典，凭吊的遗踪，而不是活泼生长着的生命，"在这个层面上可以看出作者痛苦地感受着书法正在渐行渐远地离去。……

汤大民并非书法从业者，但他真爱书法，割舍不下中国这一最具代表性的艺术，呈现在这部书法史里的是作者调用了他全面的史学、哲学、美学的全面的积累，尤其是以美学中"意"这一概念的观照，使得这部书法史具有另一种情致。用作者的话讲，"意是中华民族的审美天性"。殷商到东汉这段时间的书法是"无意"的历史。"无意"的书法却产生了真正的书法，中国书法的审美基因就诞生于史前先民的"无意"创作。东汉晚期，中国书法才真正出现了审美自觉，审美自觉可以表述为"刻意"，刻意的结果是中国书法成为艺术化的存在，出现艺术大师的条件已经形成。然而，单单"刻意"到工，却又失去了艺

168. 自度曲·丙申冬过香港遣怀

城上高楼。多少事,眼里春秋。浮云天外,痛金瓯缺,恨悠悠。又湿泪眼,血痕襟袖,此情何休!

伤既往之窈窕,奈底事之飗飗?来兹凭吊,荣辱心头。算而今,车来马去人流,心潮涌,难湮我,旧恨新惆。

[注] 过香港,自然想到祖国这块宝地的沉重的历史,鸦片战争、日本的占领,还想到前贤闻一多先生的《七子之歌》,也想到1997年的回归日。抚今追昔加重了"遣怀"。

169. 桂枝香·洱海边上

苍山凝目,正泽国清秋,海天初读。顷顷琼田玉鉴,众峰锦簇。孤帆远影碧空净,劲秋风,风高浪逐。鹭鸥群起,流光点点,谁能图足?

算而今、遥遥岑矗。如列列楼台,海天相续。莫道凭栏如是,漫嗟鸥鹭。丛峦深处看飞瀑,恰阳春秋草且绿。只今来者,渔歌还听,先民谣曲。

[注] 2015年秋11月,亦小阳春时节由子媳岭、洁带队计六众,飞云南丽江、大理游。计程六日,数千里,感慨甚多,"洱海边"其一也。洱海,位于云

南下关东北,古称榆泽,总面积250平方公里。形似人耳,浪大如海,故名。苍山,又名点苍山,东临洱海,有十九峰,峰峦横列位大理西北,是云岭山脉主峰,是观洱海最佳处。古南诏、大理二国地域,余知之甚少。令人神往也。

170. 忆秦娥·惊闻领袖毛主席逝世

天低耶?巨星陨落真如铁?真如铁?泪雨滂沱,河山呜咽。

昆仑莽莽功卓绝,宏图遗愿昭日月,昭日月。心潮似海,漫天飞雪。

[注] 1976年9月9日零时10分,余在重庆轻工校,初闻主席去世,不敢相信,再屏息静听广播证实。

171. 自度曲·过零丁洋遣怀

丁酉(2017)年,孟春正月初旬,联袂乘海船,过零丁洋。是日也,熏风和畅,天朗气清,游先哲前贤文天祥鏖战之地,又读一代伟人毛泽东氏走笔过零丁洋诗,铭刻于内岛崖壁之上,成是诗记情怀。

渡海南来千年后。有崖门直矗,战声远,情悠悠。零丁洋上,仰英杰,谁与能俦?

岛上摩崖望高楼。巨手起狂澜,龙凤舞,风雷走。笔痕深处,潮起落,海涌人流。

[注] 抗元英雄文天祥(1236—1283)南宋江西吉水人。祥兴二年(1279)在崖门海战中被俘获,正月过零丁洋。元军元帅张弘范,一再逼他写信招降南宋在海上抵抗的将领张世杰。他出示《过零丁洋》诗,诗云:"辛苦遭逢起一经,干戈寥落四周星。山河破碎风飘絮,身世沉浮雨打萍。惶恐滩头说惶恐,零丁洋里叹零丁。人生自古谁无死,留取丹心照汗青。"以示心态。今人以一代伟人毛泽东氏走笔文天祥诗铭刻于零丁洋内岛摩崖高壁,激励来者。

附一：毛泽东氏手书《过零丁洋》释文

辛苦艰难［遭逢］起一经，干戈落落［寥落］四周星。山河破碎风飘絮，身世［沉］浮萍浪［雨］打萍。惶恐滩头说惶恐，伶仃［零丁］洋里叹伶仃［零丁］。自古英雄谁无死。留取丹心照汗青。

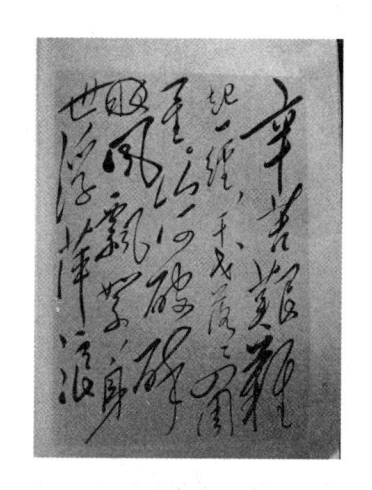

附二：谈毛泽东手书《过零丁洋》

今见重修建的宋元崖门海战文化旅游区，将毛泽东氏手书文诗《过零丁洋》这一墨宝放大刻作一大诗碑，高矗于零丁洋内岛崖壁上，面对水势浩瀚的零丁洋海域。

《过零丁洋》诗是一首震撼人心、传颂古今的好诗，中国诗歌精华之作、经典之作、不朽之作，因此，为多种古诗选本收录。但毛泽东这一墨宝在出版物中并不多见，由中央档案馆编，于1993年北京出版社出版的《毛泽东手书选集》有收录，《党风》杂志1993年12期曾刊载。一般人所熟悉的，是中学语文教材与上海古籍出版社《宋诗一百

101

首》相同的版本:"辛苦遭逢起一经,干戈寥落四周星。山河破碎风飘絮,身世沉浮雨打萍。惶恐滩头说惶恐,零丁洋里叹零丁。人生自古谁无死,留取丹心照汗青。"

毛泽东手书此诗,有几个字与上诗不同。文此诗存在不同的版本问题,现以文渊阁《四库全书》收入的《文山集》、明嘉靖三十九年张元瑜刻《文山先生全集》、南州楼藏五卷本《崖山志》等古版本,作比较,谈自己的解读:

一、第二句,上述三个版本,全部都是"干戈落落四周星"另人民文学出版社1979年出版的《文天祥诗选》、江西人民出版社1986年出版的《文山诗选注》等也是"落落"。可知这绝不是毛泽东书写的错字。

二、第六句,上述三个版本和现代版本都作"零丁",本诗指"内零丁"。而"零丁洋"作"伶仃洋"。《现代汉语词典》中,"伶仃"同"零丁"两个词头合为同一条注释。因此,毛手书不算错。

三、第三句,"山河破碎风飘絮",《文山集》《文山先生全集》是"风抛絮",但《崖山集》为"水漂絮"毛手书虽圈掉"水"字初落笔的"水"字仍有根据。

四、至于第一句的"遭逢"写作"艰难",不知他念的是什么版本,也可能因两个词平仄相同,而引致记忆错误了。而第四句《文山集》和《文山先生全集》是"身世飘遥雨打萍",都可通。而毛泽东手迹中"浮萍浪打萍"两个"萍"字这样的用法,七律中少见,有错的可能,但"萍……萍"与前句"碎……絮"也有照应的趣味。

从以上分析可见,毛泽东在手书这首诗时,是凭记忆写就的,没有落款签名,是一张很随意的习作,记忆小错并不奇怪。然而,这幅行草从书法角度看,作品大器,透出阳刚之气。其行笔流畅,灵气飞动,给人一挥而就,一气呵成的美感。分写在三张纸上,布局开阔。有毛体书法艺术鲜明的笔法。

在当代书法上,毛泽东以其独特的个性和高深造诣的书法,占有崇高的地位,从这幅字中也可体现,充满英雄气概的诗作配以豪放超逸的书法,更显大气磅礴。文天祥是历代称颂的爱国主义英雄,留下名篇:毛泽东是领导中华民族崛起的伟人,他敬仰文天祥并喜欢这首诗,伟人书法配英雄诗,珠联璧合,非常难得。是一件价值很高的文物。

附三：毛泽东书法签署和钤印

毛泽东书法80年，作品中却几乎没有钤印这个环节。无论题词、书信、批注、文稿，毛泽东都喜欢用毛笔或铅笔，以他独特的"毛字体"签上他的大名，并不理会世俗上那些繁文缛节：名章、贤章，从未用过。那么，毛泽东的书法作品为什么不钤印呢？写毛泽东书法80年这本书的过程中笔者发现，毛泽东书法是宗晋唐的，再加上毛泽东的刻意创新，现代人的目光看，毛泽东不钤印书法布局可以说是别出心裁，独出机枢；而从古代的书法源头上看，不钤印又是师法传统的。所以，无论怎样看都是毛泽东自己的道理。

据资料记载，至目前为止，毛泽东的书法作品仅有两幅《沁园春·雪》是用过印的，而且有一幅不是毛泽东自己钤印的，是别人刻制了印章，然后钤印在上面的。……毛泽东的书法作品签名而不钤印，这是毛泽东书法特点之一。杜忠明《毛泽东印谱书话·引言》（中央文献出版社）

172. 自度曲·送房树民君之鄂西

众山皆凝翠。算而今，八方来客，都道这般清纯，这般俊美。山鸟啾啾，这般清脆。溪流淌处，去路迢迢，环护青山长流水。

众山皆凝翠。算而今，纵横天赐，给了这多清凉，这多情味。满坡满岭，这多清辉。群山响处，雁阵声声，问君西去几时回？

173. 青玉案·致嘉渝兄

今番踏上利川路，且目送、君归去。锦绣年华谁与共？陈家深院，芸窗珠户，是为君居处。

秋风一夜扬沙去，别时难说离肠绪。欲闻闲时有几许？这般风起，满阶飞絮，桂子黄时雨。

[注]多年不见，闻已与某分手。

174. 浣溪沙·苏马荡遣怀

苏马荡高孤月悬，西风吹到白云边，勿以华年说迟暮，何须叹。
秋雨梦回茅舍远，高楼闻得漏声残，多少乡音多少恨，莫凭栏。

[注] 年迈避暑离乡于千里之遥的鄂西丛山之中，鄂西利川谋道苏马荡。

175. 浪淘沙·忆往日 致友人

把酒问江东，且尚从容。文昌一阁雾蒙蒙。总念当年携手处，难觅旧踪！

散聚也匆匆，有恨无穷。今年花比去年红。可叹来年花更好，竟与谁同？

[注] 2011年，余应金陵诸同窗邀赴宁与聚，之后游维扬，余年壮时供职所，同行者房树民、窦履坤二君街头寻故地，只见得街头"文昌"一阁，其余终不可得，唯怅然耳。补记于2017年8月4日鄂西利川苏马荡旅次。

176. 蝶恋花·写怀

伫立秋风雨细细。浪迹天涯，黯黯生愁绪。雁过衡阳残照里，有谁会我登楼意。

欲把雁归作一绘。翅卷波澜，壮我山河媚。吟罢蓝天与碧水，神州浩荡入吾寐。

[注] 避暑，总想多点作为，以用好老天给我的时段。

177. 唐多令·梦中游

　　落叶遍山丘，西风驱热流。算而今，又上层楼。眼里青山叠叠翠，隔些日，便清秋。

　　苏马荡边走，匆匆别利州。看人潮，多是新秀。载欣载奔楼下过，真个是，梦中游。

[注] 立秋，已过去五天了。气候也渐平和，隔壁的几位武汉朋友，已远去了，心中总有点儿依依。

178. 自度曲·致玉兰君

　　玉兰溢香，四野茫茫。念及当年旧事，倏忽间，儿女情殇。一夜秋风凄紧，天低咽，月坠西厢。

　　清韵流香，四海汤汤。历数昔时既过，算而今，春风骀荡。人道韶华易岁，云行处，朗朗晴光。

179. 陌上花·寿玉兰

　　春来万里江天，雨歇潇潇过后。月白清风，偏值伊人消瘦。鬓衰不耐五更夜，无眠但听风吼。怅无涯，傲骨都为天助，把香谨守。

　　算而今，有诗痕处处，南北西东奔走。绰约丰姿，相伴瑶琴高奏。遂心遂意归来日，千卉百花园囿。看群芳，人道缤纷争艳，是为君寿。

[注] 玉兰谓"写得太好了。收藏。"

附：黄玉兰《陌上花·丁酉冬舒怀》

　　晶莹剔透飘来，挟雨挟风欺晚。落地无声，偏绕市中东馆。白头怎敌风霜夜，无梦叫人肠断。忆无边，傲骨瘦梅谁护？把香匀散。

漫乾坤，任墨痕留住，玉洁冰心相伴。烁烁精神，幸有雅怀堪暖。意随画境相逢日，万物催生归雁。揾情思，让与群芳争艳，不因浑懒。

180. 浪淘沙·我的中国梦

伫立对丘岗，风雪冰霜。玉龙飞卷透晴光。云转苍穹山叠翠，步履康庄。

海天任遨翔，除却洪荒。江山影里何堂皇！还是醒来梦最好，写我华章。

181. 鹧鸪天·丁酉除夕夜登故园山中

一夜灯光耀碧空，银花玉树万千丛。
深山多了火焰味，鞭炮声声阵阵隆。
追以往，话重逢。依稀梦里说亲朋。
今宵移步楼台望，为报亲朋路重重。

182. 踏莎行·鄂西荆山中

云里楼台，雾中津渡，长亭望断无归路。不堪孤馆对春残，子规泪湿朝朝暮。

寄语春风，风传情愫，沉沉雾霭帐车渡。荆江有幸绕荆山，为伊流向湘潇去。（戊戌暮春时节）

183. 水调歌头·返麻城寻祖

岁月催人久，驱梦赴遥空。玉盘天外飞转，圆缺总相从。翻展沧溟莽莽，细检宗亲史绪，来意不轻松。万里寻亲至，绿野尚峥嵘。

都碑词，磨子碾，孝乡崇。兹情总系、族脉古今一点通。鹅掌大丘溪水，涌出层层佳色，橐笔记行踪。身在祖先地，满城唱大风。

2018年5月8—11日
湖北麻城县孝感乡鹅掌大丘

附一：麻城孝感乡鹅掌大丘

据我王家训族宗谱记载，我族原自"湖广省麻城县孝感乡鹅掌大丘"。麻城孝感鹅掌大丘，即今湖北省麻城市中馆一镇。鹅掌大丘，明代、清初、清中都叫鹅掌大丘，清中、清末又增叫"鹅笼司"，征税之地。今鹅掌大丘，鹅笼司都用。

都碑辞，系明末清初麻城人邹知新《都碑记》中文字。文中记载了，明洪武年间的"移民诏"，和移民在孝感的生活安排等情况，磨子、碾子、推磨、碾米即此。孝乡，即孝感乡。

邹知新，字师可，明末清初麻城人。明崇祯十五年（1642）举人。清顺治八年（1651）官襄阳宜城县教谕，后升山东莱阳县知县，因缉捕人犯违期，解职归田，诵读自娱。

大风，指大风歌。公元前195年，汉高祖刘邦率军东讨淮南王英布，归途中，留住故乡沛县，置酒沛宫悉召故人父老子弟宴饮，酒酣击剑曰："大风起兮，云飞扬。威加四海兮，归故乡。安得勇士兮，守四方。"

附二：王氏宗谱序（王家训卷）

尝闻物本乎天，人本乎祖，木本乎水之道，不可不言也。忆我祖来蜀卜筑于斯，本仁、厚、德、孝、慈之行，长发其祥。我后嗣者，也颇即见其繁盛。第昔所，葬之目，未镌碑志，恐后不知其墓，今特约集合族，立石镌志，并各房发派人丁，反已在、未在等，列名书镌于上。不唯我祖之墓，后有可考，而各房发派次序，亦昭然，决不忘本也。

粤稽祖籍，始自豫章。发派填实三楚（今黄河、淮河，至湖南、湖北一代）、黄州（今胡北黄冈）、麻城孝感乡鹅掌大丘（今清中叶叫鹅笼司，笔者2018年5月实地考察后注），我启祖王礼富公所生三子，长子王守礼、次子王辅礼、三子王合礼，自孝感乡三人于明朝洪武十七年甲子岁（1384）同至四川省川东道重庆府巴县分驻江北理民府礼里五甲地名杨柳沟（今重庆合川区土场镇），次子王辅礼插占本府地名杨柳沟、张家沟、二处为业，长子王守礼插占礼里三甲地名天池漕为业；三子王合礼插占礼里五甲地名合礼沟（上湾）为业。我等启祖是也历代相传，年数不知几何？人丁不知何许？及至兵变，其谱被窃，无所究焉！

闻而知之，我祖所生一子王家训公，娶妻邓氏，忽遇兵变，随营未归，逃至本省川北道顺庆府（今南充）周家店生我祖王兴英公，祖妣陈氏二十余年而归。去时人人济济，草木寥转；今时人民寥落、草木茂盛。唯吾祖兴英公夫室子女，不忍舍故，同归乡土。以为是序。

附三：族谱源流自序

盖家之有谱，犹国之有史也。史书之所以记载一朝。名业统系，言行得失以及政治盛衰，隆替正变者也。而谱殆亦载乎家之源流、之派、远近、亲疏，并以观乎前人也。创业垂统、言方行表，甚至承先启后，尊祖敬宗之大义而为子孙所世守，尤不看忽者也。固当。条分缕析，胪列精详。运年烟云。仍来耳，相继已久，龙蛇参杂，鱼目混珠。至于垂范晋遗之规，咸正无缺之泽，更当著之明训，尤为难忘者乎？其实，祖功宗德之深浅，视手已身之所受，而子孙之贤不肖，亦视乎己身之所作。凡治家久远之道，孝为功务也。世未有不孝顺，兄弟而能得子之友爱者也。报施之事捷于影响，兼之勤俭持家，耕读为正业，教本尽伦，和宗、睦族，存忠孝，去残忍，守本分，绝傲慢，唯冀后之人遵此明训，战竞惕厉，恪守先业。其余商贾、技艺、朋友、亲戚皆随处尽道，而皆不设机巧，不从刻薄；则是上不辱祖宗，下必获贤嗣，富贵福泽，享受无疆，由是荣光宗谱，亦如史书之昭古今，辉映天壤，此固吾族之愿矣乎！

存厚堂　王凤翩，字岁远，享年八十二岁沐手自序。

王凤翩，王家辉之孙，王家训之侄孙，王兴楚之子。凤翩生于清康熙四十三年（1704）甲申岁，乾隆五十年乙巳岁（1785）圣旨旌表，恩赐"耆老寿民"享年九十岁，大限亡于乾隆五十八年癸丑岁（1793）初一日。

附四：清明节祭祖纪实

三槐垂范都溪流碧青山在
太原存厚故土遗风绿水长

——重庆北碚地区三槐王氏王家训族丙戌年清明节祭祖纪实

北碚地区三槐王氏王家训族后裔，于丙戌年（2006）清明节（4月5日）假天府镇族人王维生宅院，隆重举办了清明节祭祖聚会。这次聚会是近百年来，家训公后裔首次大团聚，同时也是王氏宗谱王家训卷整编本成书首发会议，其意义十分深远，四百多年前我族先祖王礼富公率子由今湖北麻城县孝感乡鹅掌大丘，入川定居今重庆北碚王家湾地段，时名都溪。今家住王家湾家训公胞兄家辉公后裔也有代表与会。

仲春时节，四月五日，风和日丽，天朗气清，山花似火，群莺流啭！成百面大小彩旗，或高悬楼顶，迎风招展，或遍插庭院内外，随风猎猎。一幅描写我族风范的大红楹联："三槐垂范都溪流碧青山在，太原存厚故土遗风绿水长。"从宅院楼层顶上，垂空而下。似在呼唤四面八方家训公后裔归来。会场主祭台两侧一幅颂扬先祖德泽大红楹联"三株槐树名垂千古，一脉王氏流芳万代"，彰显气宇轩昂庄重。

归来了，归来了！年近九旬的长辈王朝禄老人归来了。远在大渡口地区，沙坪坝地区的代表王思华、王思模、江礼梅归来了。家住北碚城区的代表王维志、王维贵归来了。双目近盲，靠拐杖扶持的王思定归来了。大品湾、庄子坪、螃蟹井、罐香炉、水岚垭、后峰岩的代表结队归来了。归来了，60年来、近百年来，没有这样的祭祖聚会，来者相识，即使不相识，他们为共同的血脉所系：他们为共同的祖先所系，相聚一起，吐乡音，拉家常，谈子孙的创业，说好日子的生活，议生活的酸甜苦辣，是那么亲切，是那么自在。

十时许，祭祖仪式由家训公后裔王维政主持，在他向与会族人致欢迎辞，向列祖列宗灵位三鞠躬敬礼后，由陪祭王思文主持敬香、敬酒、敬饭、烧钱、化纸仪式，万响鞭炮，响彻云霄，祈列祖列宗在天之灵佑我后裔，吉祥如意，兴旺发达。整个祭奠既热烈隆重，也不失肃穆。

之后，由这次活动的主要发起人，《王氏宗谱》整编本主编，家训公第十一代孙王维理讲话，他在讲话中首先回顾了"少小离家老大回"的思乡念祖亲情。接着向与会者简介了三槐王氏尊祖敬宗的家风。他在讲话中，接着简介了宗谱的整编概况后说："一年多的奔波，一年多的爬山涉水，一年多的书海沉浮，一年多的核实查对，甲申（2004）、乙酉（2005）、丙戌（2006）挂角三个年头，整编本顺利竣工了，尽管还有诸多不足，这和我族家训公的后裔通力合作分不开的。其意义，其价值，正如《宗谱·后记》所说："可告慰祖先和绵延子孙，为了我族和谐，尊祖敬宗，老吾老以及人之老，幼吾幼以及人之幼。至于宗谱的直接意义和价值，正如家训公的又一后裔孙王维志所说："我军旅生涯二十余年，参加过抗美援朝作战，多次立功受奖，20世纪70年代转业，自编过一本家谱，由于资料不足，不齐，只能反应祖父以下后辈情况。"这次，他见到整编本后，对编写人员说："你们做了千秋伟业，我找到了我们宗族的根。"

《王氏宗谱》主编王维理在讲话中，鼓励家训公后裔，振奋起来，建设好家乡向宗谱献诗所说"都溪流碧青山在，欲与葱茏铸壮猷。"明清之际先祖王礼富公，率三子王通礼、王辅礼、王合礼入川定居之地都溪地段，即今王家湾一带，溪流如碧玉流淌，是因为这里有叠叠青山环护，我们多么想与先祖后裔一起，在这生机盎然的地方描绘雄伟的宏图，继承先祖艰苦创业精神，承先启后，让我们王家训公族家风代代相传，如《族谱源流自序》本王凤翩公言："由是荣光宗谱，辉映天壤"。这就是我们整编《王氏宗谱》对绵绵子孙的厚望。

（此次祭祖聚会，加上聚会时赞助集资计7350元，与会者120人，按预订印发宗谱60册，纪念杯60个，置办餐14桌，筹备组决定，对年事高未能与会的长辈，托他们的与会晚辈送上一份可口的菜肴，以表达对长辈的一份孝心）

王维政　王维理（撰）
重庆北碚地区三槐王氏王家训族清明祭祖聚会筹备组
丙戌（2006）年4月12日

184. 临江仙·恭祝恩师何乔先生期颐华诞

又值树人楼上事，座中都是豪英。三江日月走频频。榕荫楼影在，有我读书声。

六十年来为一梦，恩师期颐堪欣。师生欢聚过生辰。华灯高照处，庆典过三更。

[注] 原合川中学有一四层教学楼者，名"树人楼"。楼名为合川乡贤，太和人氏，近代著名史学家张森楷先生手书。郭沫若谓张先生是他的老师。余等20世纪50年代初叶就读于此。楼前巨榕遮天，榕荫密布，是读书的好去处。

2018年8月鄂西荆山下苏马荡

附：郭沫若说张森楷

张先生是我的老师，我在成都中学堂念书的时候，曾经听过他的历史讲义。他是我们四川乃至全中国有数的历史学专家，而且是很有骨鲠羹之气的一位学者。他的遗稿很多，闻有《二十四史校勘记》尚未刊行，近来也有好些是散佚了。这真是可惜。合川不乏有力的通达之士，为什么不为这位乡梓增光的学者表扬，而为国家保存这一部分可贵遗产呢？

《郭沫若全集》历史编第三卷364页

185. 巫山一段云·望荆山

故道荆山望，斜径伴江流。秋声数度入高楼。归去路悠悠。
烟雨朝朝暮，冬春夏复秋。杜鹃声里啼山丘。依此几多愁？

2018年8月13日
避暑于鄂西荆山苏马荡

186. 眼儿媚·作客苏马荡

秋水青山雾里埋，归雁过楼台。雁声几许，凭栏眺远，倾我情怀。
多情还在利州月，为我暮云开。小桥疏柳，山间客舍，雁去人来。

2018年8月14日于苏马荡

187. 朝中措·致敦铨兄

醒来楼畔乱飞鸦，天外走云霞。溪上满是秋柳，宅周尽种野花。
凭栏望尽，云层深里，目接胡沙。正是芸窗弦起，琴音不见沙哑。

2018年8月15日鄂西荆山苏马荡

[注] 敦铨兄，五年前为何乔老师寿后，音讯全无。余以为去塞外了。敦铨兄善治琴。

188. 千秋岁·怀胡元伟君

文峰街外，拾零春莺在。君去矣，伤情怀。遥遥孤影里，暮去烟云开。茗品处，涪江寂寞空相待。

忆及当年会，乡梓同舟载。携手处，今谁来？昨宵清梦断，难觅君风采。秋至也，鸿雁片片回沧海。

2018年8月20日鄂西荆山苏马荡

[注] 胡元伟君，余江北二中同窗，多年后又同舟回是合川中学任教，便是同事了。后余调重庆师院任教，音讯往来从未断。胡元伟攻读理科数学，也爱诗词之类。有记合川教坛盛事者曰《绛帐拾零》者，余在给胡的诗中有句云"鱼城绛帐书生累，唤起春莺第一声"。余与大经钱君、胡君最后一次品茗处，即在涪江岸榕荫下。今胡作古有年，思之怅然矣。

189. 望海潮·荆山下过夜

荆山东去，诸水聚汇，滔滔意气风发。万落千村，重峦叠叠，参差浩荡车马。直奔我吴下。听唤风呼雨，云际无涯。地藏珠玑，市列山珍更豪华。

自来荆楚如画。算金秋菱藕，百里山洼。众鸟翻飞，清歌泛夜，荡舟操手莲娃。梦里看浪花。耳畔起箫鼓，皓月烟霞。唯我图将此景，将去众人夸。

2018年8月22日荆山下苏马荡

[注] 荆山藏璧，指当年卞和老人献璧伤心之事。事见《史记》。

190. 八声甘州·荆山凝望

看秋来暮雨洗江天，几番过荆州。听风雨声紧，乡关月冷，斜照楼头。这等红消绿去，款款百花休。唯有荆江水，默默空流。

怎奈登临怨远，又乡关渺渺，归思难酬。算多年浪迹，诸事何悠悠？想伊人，楼台凝望，误几回、雾里认归舟。怎知我、凭栏千里，也正凝愁。

[注] 今年避酷暑于鄂西荆山苏马荡，整天与群山作伴，享受大自然的恩遇。不知为什么联想到好些年前游卢浮宫，观赏"胜利女神石雕"，"女神"矗立在海崖上，眺望其夫，从大海深处归来的情景。

附："胜利女神"纪念碑

公元前306年（东周赧王九年）小亚细亚（今土耳其亚洲部分）的统治者德米特里击溃了埃及托密王朝统治者的舰队。为了纪念这一胜利，德米特里下令在沙莫色雷斯岛（在今希腊东北角）海边悬崖上建立一座胜利纪念碑。

这个纪念碑，即今天见到的"雕像"，像存卢浮宫，无疑是拿破仑一世极盛时期东征西讨，掠夺来的。

胜利女神，她一位少妇，急切地凝望着征人的凯旋，迎着海风，站在悬崖顶端，探望大海深处来归征人的航路。昂首挺胸，高举双臂，作者夸饰焦急得腋下生双翼去迎接征人的胜利川归来。(详见拙文《游卢浮宫随记》)

191．鹧鸪天·送龙生兄赴曲阜

诗侣东方情谊崇，东西南北诗兴隆。中秋时节楼台望，曲阜歌声动碧空。雁阵阵，月溶溶。诗酒何事醉西风？归来去到涂山上，满眼秋声走彩虹。

[注] 龙生兄微信说："啷个不早点发来？"余云："忙。"

192．自度曲·悼颖萍君辞世

日月，从网上得知，好友周颖萍君走了。当时我对其夫何群立兄只说了一句话，世界上又少了一个好人。闷闷中过了些日子，成此曲送颖萍一路走好，以寄哀思。辞云：

歌乐月，嘉陵江干，唤声叠。
君去耶！雾帐重遮，天低咽。
情情切，恰似波澜，与天接。
钟山阙，君行迹在，续前哲。
倩影绝，音容婉转，梦中得。
未了业，再嘱大江，并贤杰。

193．千秋岁·戊戌冬过义全表兄旧宅

脚下龙山，宅基早土埋。兄去矣，动情怀。孤身在影里，有梦久徘徊。相聚处，冯家租宅今何待？

念及少年时，去来山内外。总如此，音容在。又见当年事，与兄驱牛崽。风寒紧，快快鞭牛回草寨。

[注] 江义全表兄，今年（2018）3月23日辞世。春节（2月16日）前，我通过电话，从其媳刁贵处，得知说表兄及健康尚可。得凶信感到唐突。该说什么呢？表兄故宅，是若干年前从冯姓家族租赁来的三几间小屋。与我家遥遥相望。这些年些年来，屋基在，模样早不存在了。

194. 锦堂春慢·冬日于明德公园思旧游

戊戌岁，小雪节刚过，与友人罗书山君者，茶叙于沙坪坝明德公园，面对湖光山色，顿生怀旧之思，念及20世纪90年代初叶，毕业南京师大30周年大聚会的盛事，不任唏嘘也。

雾帐初冬，廊回影动，竹丛亭外横斜。几许工夫，给我湖上烟霞。蜂蝶不知秋去，飞过残梗寻花。抹抹凋零，留与谁家。

才知青春无价，叹飘零长路，荏苒年华。整宿箫笙歌舞，任我嗟讶。满座青衫湿未，君记否？还有琵琶。天道人生易老，如是离情，撒落天涯。

附一：履坤信中说

维理兄：

大函收悉。谢谢。

您的信已转炳隆、老二诸兄，他们很感动。阿梁说，您的心意大家领了，五粮液可免，不必破费了。

原为避开他班，故要我负责联系，阿梁等不露面，现在还是四个班均聚会，故按过去和现在的干部情况，成立了新的筹备组，我的任务只是咱们班这一通知，其余我就不管了，均由筹备组负责。

您虽不能来，通知也照发，作个纪念吧！

至目前为止，只有王志超未有回音，估计他不会来，大概是不好意思回母校吧。

初步估计。咱们班将有45人左右来宁一聚，因故不能来者约三人左右（包括您、王志超、郑一华），其余均盼望那一天，届时将够热闹的。据知四个班估计有110人来，咱们班就占了将近一半！

前些时，我一直出差在外，现在至聚会，我是哪儿也不去了。
附通知一份。即颂

夏祺

弟

履坤

1990年6月25日

附二：笔者给房树民信

树民：

　　前日，收到全国训诂学研究会通知，说今年的年会之苏州召开，时间在十一月上旬，这样一来，今年三十毕业周年欢聚盛会，恐不能参加了，太遗憾了，也无法弥补了。

　　履坤发来的通知和信，他说："天大的事，也要搁下来"，我也去信说决定参加。现在看来，不行了啊，十一月是公费，又不想放弃。即使我不与会，"通知"说的那几项，我都照办。我也在昨天与履坤去了信。

　　最近较忙，新课要结束，命题考试，再加上一篇论文的修改，我在矛盾中挣扎。

　　如见到厚俭、鸿迏、福天他们，请向他们代我致候。顺颂

大安

维理

1990年6月13日

附三：日志

　　今年（1990）7月19日，应邀飞南京，出席南京师大我年级毕业30周年校友相聚盛会。

　　20日夜与当年师友聚宴。与会当年的任课老师有许复、许汝祉、吴奔星、吴调公等教授，任课老师唐圭璋教授病重未与会，孙望老师已辞世。校领导有谈凤梁校长、冯世昌、归鸿、王臻中，当年的政治辅导员居思伟老师也与焉。

　　会间，唐圭璋老师的高足钟陵同窗，以当年事入诗朗诵，汤大民同窗作解说。又兼以当年歌舞，以引发往事，与聚者皆叹惋，竟夜不

散。归来有日,是以志。

附四:树民还说

  毕业30周年全年级同学返校聚会前夕传来消息,维理决定参加,为了赶时间,他乘飞机来!我们几个人站在机场出口处,远远看到身材高大的维理走下舷梯后,便一边挥手,一边跑来。25年后的今天还记得他满脸的笑容和兴奋的目光。在庆典上,当主持人报告王维理同学乘飞机从千里之外的重庆赶来参加聚会时,全场掌声久久不息。

195. 减字木兰花·去麻城孝感寻宗

  天涯无际,笃笃车声随水去。岸柳烟霞,疏落山村日正斜。荆山崇列,汉水拍天星与月。千里遥程,孝感寻宗路难行。

196. 汉宫春·答乡邻

  冬去春来,着岭南江上,袅袅炊烟。无边风雨,留下几多余寒。梁间燕语,料乡关、应到庭檐。情难舍、席间煮酒,频频举盏劝宴。

  剪剪春风从此,恰缤纷柳絮,给了清闲。闲时总在梦里,看我容颜。新惆又见。问之君、可解新烦?归去矣、雁声正远,茫茫大地一片。

2019年1月11日于广东佛山桂城

197. 浣溪沙·遥望梦里高楼

  昨晚应邀与几位年轻朋友往佛山出席腊八诗歌会,与会诗歌作者及其爱好者不下千人,规模之宏大气氛之热烈,流光溢彩,多年所未有也。

这里闻知，余之故乡，渝中区有"101 大厦"地标高楼事。余甚为兴奋，成是章以志其时之情也。时余在岭南避寒焉。

窗外涂山万仞高，云天正好望飞桥，楼台飘渺卷狂涛。
碑矗矗兮依日月，车隆隆兮蟠山腰，舞台歌榭唱今宵。

2019 年 1 月 13 日

附一：重庆塔

重庆塔，未来都会级地标。曾用名"重庆 101 大厦"。建筑高 431 米，海拔 680 米的超级摩天大楼项目。重庆塔，位于解放碑中央商务区核心，作为重庆重点项目。致力于打造美丽中国的中国梦想工程，承载重庆作为中国五大中心城市形象职能。

附二：巴黎"埃菲尔铁塔"

埃菲尔铁塔，法国巴黎地标建筑塔。位于塞纳河南岸马尔斯广场。为庆祝法国大革命一百周年和在巴黎举办的世界博览会，由法国工程师古斯塔夫·埃菲尔负责设计建造，故名。1887 年始建，1889 年竣工。1930 年以前为世界最高建筑物。

《辞海》29 页（上辞书出版社）

附三：纽约"帝国大厦"

帝国大厦，亦作"帝国州大厦"，位于美国纽约市曼哈顿中心区。"帝国州"是纽约州的别名，大厦以此命名。1931 年建成。102 层，1950 年加装电视天线后，总高度达 443 米，成为 20 世纪 30—70 年代世界上最高建筑。

198. 苏幕遮·珠江堤上

江堤长，烟雾了。芳草萋萋，时正天方晓。多少鸣禽争树杪。片片春光，色色俱妖娆。

瞻长亭，奔故道。劝我诸君，快举归来桡。柳绿桃红花正闹。满地斜阳，岁月和春老。

199. 锦缠道·走陈家祠堂

　　燕子回时，屋宇陈祠依旧。问园林，阁楼何有？百年风雨沧桑后。步履高台、处处玲珑透。

　　转东村访亲，且寻新友。兴匆匆，沉吟漫走。有帘飘，应在该村，或此巷深处，许是桥头口？

[注] 余在岭南佛山避寒焉。戊戌冬月，访陈家祠。

附：陈家祠堂简介

　　陈家祠堂又叫陈氏书院，坐落在广州市中山七路。筹建于清光绪十四年（1888），于光绪十九年（1893）落成，是清代广东各县陈姓宗族合资捐建的一座合族祠。陈氏书院的建筑规模宏大，总面积15000平方米，主体结构面积为6400平方米。建筑装饰华丽，集岭南民间建筑装饰之大成。1988年被国务院批准列为全国重点文物保护单位。2002年和2011年两次入选新世纪羊城八景和羊城新八景，2006年被评为广州城市文化名片，2008年被评为国家AAAA级景区，是广东青少年爱国主义教育基地。

　　光绪十四年，陈氏书院建祠公所成立，推举首任驻美公使、清末总理各国事务员大臣、著名的外交官陈兰彬等48位陈氏绅士作为倡议人，发信到各地，以房为单位，发动各房陈氏宗族以题捐牌位的方式集资修建陈氏书院。他们以汉代太邱太祖为始祖，规定各房陈氏宗族只要交纳一定数量的金钱，就可以加入陈氏书院，将其祖先牌位放入书院的神龛中供奉。清光绪十九年（1893），广东七十二县陈姓宗族集资兴建陈氏书院落成。书院建成后，成为参与集资的各地陈姓宗族子弟到广州或办理各种事务时暂时居住的地方。

　　清光绪三十一年（1905），科举制度废除，在新的社会环境下，陈氏书院与当时广州大多数合族祠一样，及时调整其存在的形式而成为社团。

　　民国期间，陈氏书院内除了举办春、秋祭祀外，或出租、或自办过几所学校。1915年，广东公学租用陈氏书院为校舍。1928年广东体育学校在陈氏书院内成立。1935年，广东体育学校迁出后，陈氏文范中学在陈氏书院创办。日军侵华广州沦陷时期，各地陈氏宗亲因躲避战乱，没有聚会及举行春、秋祭祀。抗战胜利后，一些陈氏族人登报通告在陈氏书院聚贤堂召开恳亲大会，商议修葺祠堂、组建陈氏联谊会义、筹办中学等事宜。1947年7月，陈氏书院成立了"广东陈氏联谊会"，理事长为陈济棠（1890—1954），国民军陆军一级上将，在东征北伐时，李济深部下。广东人永远怀念陈济棠，邓公说广东人不忘陈将军）。同年8月，由陈姓族人创办的聚贤纪念中学，开始招收初、高中新生。

新中国成立后，1950年广州市政府在陈氏书院设立了"广州市行政干部学校"。1958年1月1日，广州市文化局接管了陈氏书院。1959年，以陈氏书院为馆址成立广东民间工艺馆。1966年"文化大革命"开始，陈氏书院先后被广州电影机械厂、广州新华印刷厂、广州32中学占用。

直到1980年12月31日广州市新华印刷厂迁出，把陈氏书院主体建筑及西院，正门马路和后院的一部分交给了广东民间工艺馆，1983年2月13日广东民间工艺馆复馆，重新对外开放。1988年，国务院公布陈氏书院为第三批全国重点文物保护单位。1994年，"广东民间工艺馆"更名为"广东民间工艺博物馆"。此后，在各界的呼吁和政府大力支持下，1995年收回了被广州市32中占用的陈氏书院前院。1997年广州复印机厂搬迁出陈氏书院，交出占用的东院、后院。陈氏书院的遗留问题逐步得到解决，恢复了昔日的容颜。

摘自《广东民间工艺博物馆》（文物出版社）

200. 诉衷情·松塘古村写怀

松塘伴我到南华，祠院走天涯。今朝雨后新霁，燕任风斜。
汪汪水，绕千家，对流霞。这端情愫，倾我襟怀，都与诸夏。

附：松塘村简介

松塘村，广东省古村落之一。位于佛山市南海区西樵镇金瓯村。

宋理宗（1225—1264）年间，区氏始祖区世来（宋朝儒士区桂林之子）于南雄珠玑巷南迁于此，至今八百多年的历史了。2010年12月定为国家级历史文化名村。

松塘村倚岗列建，百巷朝塘，自然环境优美，被誉为翰林村。

201. 霜天晓角·游陈村花市归记梦致玉兄

窗前灯灭，一夜西风烈。抹抹花稀天外，云行在，数枝月。
梦缺，情未缺。此待与君说。唯有那行归雁，知君也，画堂侧。

202. 自度曲·龙生兄川西六镇归来

六镇说归来，果然诗满怀。情动天涯，及天外。
放歌上琼台。天河水，滚滚滔滔，新一派。

二、新体诗

1. 等候

我徘徊在十里滩头
等候那远走的朋友

她是伴着晚霞走的
摇动波光
荡着小舟

她是披着秀发走的
发影悠悠啊
化作江水日夜奔流

沙滩上的屐痕已经凄迷
远去的桨声啊
还在耳边停留

十里长滩啊
积淀着今天的惆怅
昔日的芳踪啊
难觅难求

你,许是天涯飞倦的
一只孤雁
忘却了归期

在异乡滞留

你，许是晴空下的
一只闲鹤
又何需跟着浮云走

堤上的丛柳啊
无数次的枯荣

遍山的红叶啊
稀了又稠

我徘徊在十里滩头
等候那远走的朋友

附一：扬子江诗刊信

王维理先生：大作《等候》《朗月》留用，拟于 2008 年第 1 期。特告

扬子江诗刊编辑部
2007 年 11 月 27 日

附二：王臻中信

维理兄：

您好！

信及诗作收悉。谢谢您惠赠好诗，也谢谢您对《扬子江诗刊》的支持。该存该转的，已作处理，请放心。

"主编"一职，完全是挂名而已，我不懂诗，不顾问编辑部的事务。看来您的状态甚好，很高兴。有便请来南京一叙。即颂

近好

王臻中
2007 年 12 月 27 日

［注］臻中，时为江苏省作协主席，兼《扬子江诗刊》主编。

附三：履坤信

《等候》一诗的确意蕴绵长，清新优美。建议您投至《诗刊》一

等刊物为宜。

履坤
2002 年 12 月 23 日

附四：汤大民谈《等候》

　　你的诗《等候》，很优美，有新月派遗韵，耐人反复吟哦，且能勾起读诗人惆怅的思绪，比你的旧体更令我喜欢。诗是拣来的，不是做出来的。功力再深厚，如果没有灵感的偶然降临，诗作终难臻于上乘境地。

大民
2003 年 12 月 24 日

2. 告别

　　秋风起，菊花黄
　　虽说小阳春到
　　恰是斜柳瘦成行
　　枫叶儿悄悄
　　挂夕阳
　　朝披雾，晚踏霜
　　兰舟摧，离人忙
　　我今去也
　　君留此处

　　休叹别时别扭
　　且理来日红装
　　倚门望
　　雁双双
　　两三行

3. 寻

枫叶红了
篝火在林间
跳动
闪烁
伴随着
沉浮的流萤
独行者
醒来
踽踽而去
去寻找——那
昨天的声音

4. 朗月

朗月上山岗
心花顿然开放
缕缕馨香
沁入我的心房

朗月下山岗
心花悄然凋零
袅袅余香
窜进我的梦乡

5. 明月流光

明月流光

我敬候在
——都江堰旁
谛听
——那星空的回响

回头望
那——
亘古茫茫

瞻前望
直望到
那——
渺远的天穹边上

6. 夜之歌

漆黑的夜
你——
消弭了大地的一切刀痕
给人以平等

深沉的夜
你——
撒下的漫天星斗
给人以向往

透明的夜
你——
拨亮的万家灯火
给人以温馨

夜——

我颂扬你
我崇拜你

7. 灯蛾

飞蛾对光明的追逐
千万次的飞扑
即使是粉身骨碎
化为灰烬也不在乎

8. 青城首宿

青城山下
唯蛙鼓，蝉唱
我走进了
这个清凉世界
孙子的天真也忘却了
鼻息声
在居室的四壁冲撞

9. 云边

云边贴着几颗星星
月儿走进了云层
星星对我说话
我对星星发神

没有月婆婆管着
我们可以自由地
眨眨眼睛

后来，月儿走出了云层
星星都笑了
又好像对我说话

我对星星发神
伴着月婆婆

我们可以把
嫦娥的故事
作无限延伸

10. 大写生

苍天在头上
大地在脚下
人啊
在地平线上
——俯仰

11. 断腿爷爷

在行人密集街边
有一位断腿爷爷
躺着
时坐
时卧

身边有一只
求助的空碗

还有一对

磨损多时的
木制
假脚

我问
爷爷
为啥子——
不到救助站去
爷爷不作回答
我也没有话说

我——
内心的负荷啊
沉沉的
打从这里
走过

12. 豪客

鸟儿在窝里
耐不住了

劳蛛儿在墙角
不停地结着网

大餐结束了吧
豪客门
不
一群
饕餮
渐次
远去

吱吱的群鼠

争食着

琼筵的

剩余

我们的肥猫呢

13．流星雨

阒静的夜

沟顶

一眉淡月

远去

对岸

凄清的犬吠

情的升华

似梦幻碎片

横过山梁

裹挟着

广袤的四野

穹窿高处

泛起了

一阵阵

群星的

涟漪

14. 绿叶的痴迷

芽片
在隆冬将尽的
日子里
张开稚嫩的
小口

品味着
苍穹的
丝丝碎语

故土
唤回春风的时候
阳春三月
小雨霏霏
痴迷着
明天梅子的落地

15. 大山雪声

梅蕾错落地绽开了
冰天雪地

一条通往集镇的
山湾小路
是艳装的村姑少妇
赶办嫁妆年货
踏雪
走出来的

造化的根须
在冻凝的
土层深处
串行

枯柳已结满冰凌
料峭的朔风扫过
竹丛
树海
山里
山外
琼玉碎落

嘎吱，嘎吱
沙沙沙，沙沙沙
抽打着
隆冬时节
这大山的——沉梦

16. 给你

给你一片白云
让你去
——蓝天翱翔

给你万里波涛
让你去
——劈波斩浪

给你一方水土
让你去
——播种春光

给你一枝彩笔
让你去
——描绘梦中的翅膀

给你一把启动智慧的钥匙
让你去
——构建明天的殿堂

[注] 为爱孙王更生日写的。王更生于1996年2月27日。

17. 九月的祝福
——为重庆师大50华诞

踏上回家路
心进校门口
心潮波涌啊
紧握手，情难收

校友啊，校友
休问几多风雨
两肩青丝已白头
都道是

目光依旧
豪情依旧

穿过榕阴道
登上新教楼
似水年华
多少往事心底走
校友啊，校友

133

面山居集 >>>

欲问半月湖边旧事
幽梦几时休
玉兰树下切磋
柳絮缤纷飘满头

师长的浇灌
胜过陈年老酒
点点滴滴润心头
校友啊，校友

喜重逢
今聚首
来祝寿

沧桑五十载
美誉早铸就
五十载沧桑
芳菲留千秋

祝福母校
青春永驻
天长地久

祝福母校
永驻青春
大写风流

《重庆师大报》2005年9月16日

[注] 该诗在师大50周年校庆征文大赛中获三等奖，已收入"校史馆"。

18. 雪霁

雪霁天清

134

冰雪浸泡过大地

这山
这石
这嶙峋峭壁
这深沉的古陆
女娲传给我们的

那——
崖畔上
又是谁
留下的杵杖
正萌发着
幼芽

天火烧红的
夕阳晚照
几处归鸟投林

把这片玉色黄昏
还给了
这片苏醒了的
大地

[注] 2009年冬春之交华东、华南地区遭到意想不到的大暴雪，到2010年元宵节左右才有所缓解。写于元宵节。

19. 朝天门放歌

神山圣水
朝天一门
千古涂山正巍巍

我问两江
心往神飞

昨天啊
千军万马
打这里出发
今天啊
兵强马壮
从沧海来归

车队赶着船队
船队赶着车队
满载五洲四海
来来往往
紧相随

江城这般好
水碧山依偎

看
改造山河的大禹
回来了
涂山氏之女啊
高处望两江
这般姣好
这般妩媚

座座横江长桥
是玉带是群虹驭波
联缀江天成珠翠

望不尽的楼群大厦啊
高与白云接

华灯齐放
挥洒万道金辉

公路高速
奔驰铁马
传递深情厚谊
响彻东西南北走边陲

山山披彩霞
万类春风竞芳菲

林间百鸟朝凤
流啭声声清脆

畅欲言
尽举杯
一杯酒开心扉
千杯万盏
激荡浩浩长江水

十年一回首
又一座华夏丰碑

承龙脉
展神威
浦东龙抬头
渝州龙摆尾

喜在心里
笑在眉
为问青山绿水
心潮逐浪追

　　　　满山遍野
　　　　献出心花蕾
　　　　正当春风今又吹

[注] 为重庆直辖 10 周年作。

附：南京戚世忠信语

　　兄之《流星雨》《雪霁》《放歌》在意境上，下功夫，空灵显飘逸之美，有禅意矣，此一大特点，非常人所及，可喜可贺。

3 月 13 日

20. 小姑娘，你在哪里
——为汶川大地震罹难者致哀

　　　　长天倾洒着泪雨
　　　　汶川碎了啊
　　　　大地在哭泣

　　　　我的心啊
　　　　滴嗒着鲜红的血液

　　　　我踏着遍地瓦砾
　　　　去寻找
　　　　我走过的路
　　　　昨天我留下的足迹

　　　　当年那位啊
　　　　从羌村来的小姑娘
　　　　玉米棒的叫卖声
　　　　哪里去了
　　　　我面对着地震肢解的街区
　　　　我面对着残垣断壁

我面对着教学楼的废址
我面对着地陷后的运动场地
我面对着不倒的旗杆
和那呼啦啦的旗

我的心啊
被撕裂了
我对长空呼喊着
小姑娘
你在哪里

今天啊
小姑娘，你正当
如花似玉的年纪
该在这里上学了吧

或许
地震到来之前
你没有走近校区
有幸绝地逃生

或许
你死里逢生
已被阿姨叔叔救起
早离开了
这堆积如山的瓦砾

或许，或许
我不忍再或许

我的心啊
被撕裂了
我对长空呼喊着

小姑娘
你在哪里
我看见了
一只沉甸甸的
粉红色的小书包
丢弃在
破碎的砖石堆里
小姑娘那是你的吗

我看见了
水泥压折的
那只布满伤痕的小手
还紧紧握着
那——
不肯舍弃的
描绘明天的画笔
那一定是你吗

我的心被撕裂了
我对长空呼喊着
小姑娘
你在哪里

我们要举全国之力
抢救每一个生命
——总书记斩钉截铁的指令

小妹妹
别抽泣
你的悲痛
也是我的悲痛
食品马上就到了

总理的深情
在他的话语里
在他的泪光里
在他紧锁的眉头里

听到了吧
看到了吧
我对长空呼喊着
小姑娘
你在哪里

滔滔的岷江水啊
流淌着
尽是汶川人的血泪
混浊激越
也嘶喊着
快,快,快

快把这残酷的信息
传到省城里去
托福救援大军吧

我呼喊着
小姑娘
你在哪里

亿万人的泪光
亿万人的呼喊
亿万人的努力

编织成了
那无边璀璨的星际
看见了吧

　　　　听见了吧
　　　　小姑娘
　　　　你在哪里

　　[注] 汶川2008年前的20世纪末1999年夏往九寨沟游，过汶川县城，住了一宿。县城清爽，民风淳朴。卖玉米者，沿街可见。诗成于2008年6月12日汶川大地地震周月之时。

　　该诗并《雪霁》《朝天门放歌》三诗获"全球华人联合"、世界华人作家协会、颂歌献伟人唱响中国梦编委会获特等奖。第一次收入《唱响中国梦》这一巨型诗歌总集。

附一：树民谈"小姑娘"诗

　　　　汶川大地震给世人带来的人性震撼，恐怕要远过于它对自然界的冲击。良知、对人的生命的尊重，都因之被重新唤起。这是当今中国的一个进步。民族的归属感和责任心，随着北京奥运会的成功，很自然地得以强化。这一切，足令世界刮目相看。2008年中国自然灾害频仍，损失至钜，但民心却受到了洗礼。这是中国将继续进步的一重要精神力量。大作《小姑娘，你在哪里——为汶川大地震罹难者致哀》，我觉得传达着这样的信息，是感人的作品。应该向你祝贺。

　　　　　　　　　　　　　　　　　　　　　　（信2008年9月14日）

附二：贺远明教授给笔者的信

维理学棣：

　　来信收到。信中写了三件，令我十分高兴的事。

　　一、你写的去年地震的诗在《诗词之友》上发表了，希望带来我看一下。

　　二、《重庆文学》发表有戴白夜怀念我的文章。白夜是他的笔名，本名戴芳。他是我1950年下半期在谢家湾"育才学校"专科部（大专）教育组教书时的学生。51年初批"武训传"后，育才的专科被拆消了。教师另行分配，学生另考大学。51年下半期全国高考，第一次实行统考，当时中国戏剧专科学校（现中国戏剧学院）戏剧文学系，在西南只收两名学生，其中一名就是白夜。可惜只读了一学期，就因其父是《中央日报》记者，而另行分配河北大学中文系。"文革"后，听说他作了张家口市文联主席。他在育才时就写得一手好文章,已发表过二十多篇。这个人你不会认得,所以你印象中的都不符合实际。希望你能把《重庆文学》上白夜那篇怀念我的文章复印一份邮寄或亲自带来均可。如有作者照片也一并复印。

三、《往事微痕》出版了。这本非正式出版物,我十分想看,用不着复印几篇寄我,最好把刊物带来,我看看后就还你。

我这里有石天河送我的他的《逝川忆语——〈星星〉诗祸亲历记》,共约二十余万字,你来时,送你一部。

贺远明

八月十五

附三:关于编辑出版《放歌新时代》通知

王维理老师:

您创作的《小姑娘,你在哪里》一诗,荣获金奖,并授予您"新时代文化传统践行者"荣誉称号,编入纪念改革开放40周年文艺作品《放歌新时代》集萃。

中华文化传承与发展促进会　世界华人作家协会

流芳中国杂志社　放歌新时代编委

2018年7月

21. 春,在大地上漫行

我爱
生我,养我的土地
春,在大地上漫行

千年老诚的铁树

在斑驳干瘦的
躯干上

狼藉，散乱的荠原
在小草的芽尖上

鸭群，划水的鸭蹼
在湖面上

负犁牛轱背上的黄雀
小荷尖尖角上的蜻蜓

岭上的山花
飘忽的风筝
清脆的鸽哨
远方的驼铃
溪涧的蛙阵
山崖垂挂的悬瀑

痴情的种子正忙着
献出自己的情思

鞭梢摇出的旋律
在大地上
催促
春，在大地上漫行

附：南京戚世忠信语

　　恭贺《春，在大地上漫行》一诗，获一等奖。诗的最后一段更为形象而含蓄，读后有夕阳无限好，更有春来到之感。

（戚世忠给笔者信 2012 年 10 月 18 日）

22. 写在希望的田野上
——回到村头道口

我回到村头道口
禁不住赞美今秋

如今,那澄碧的溪水
来也悠悠,去也悠悠

流绿了荒野
送来了金秋

我说溪水是酒
点点滴滴
淌在我心头

今天啊
那无声的万壑、群峰
那谷垛成堆的村头道口
那满山遍野的高粱大豆
还有那道口内外
新宅楼院
幢幢新楼

昨天,流淌的溪水啊
是乡下人的泪
呜咽低鸣,数说着
民以食为天的故事
满眼空悠悠
化不尽的块垒啊
解不开的扣

今天啊
我回到村头道口
如今，那澄澈的溪水啊
来也悠悠
去也悠悠

溪谷成了金樽、酒盏
溪流成了
琼浆，美酒
溪水的流淌啊
正展歌喉

23. 所见

马蹄踏响了溪流
红枫漾出了微笑
沉甸甸的谷垛
铺满了归来的
村头路道

24. 咏小菜园迎房、窦二君

天南地北
皆炎热
维扬绿柳宜宾客
休笑菜园工拙
留有瓜菜
愿与二君共摘

25. 瘦西湖看垂钓

小径通幽
色蒙蒙
湖上风物在画里
垂柳丝丝
菊丛丛
篱边还有
垂钓老叟
满江风

26. 小画家（儿歌）

春风吹
劲儿大
百草青青

树树春光
小画家
胆也大
短短画笔
要把春天画

27. 闹新年（儿歌）

新年好
新年到
乐得爷爷笑弯腰

妈妈给新衣
婆婆买来新棉袄
弟弟采来花一把
姐姐送来一顶帽
赵家哥哥敲起鼓
钱家弟弟吹花号
忙乐坏了孙家小宝宝
年灯底下放花炮

你也笑
我也笑
爷爷笑得不开交

28. 张巴五回来了

今天
院里
来了一位贵客

满身戎装
胸前的奖章
闪闪发亮

望望他的挎包
贵客来自朝鲜
他急转的眼神
啊
他原是
我小时的同伴

泪啊
一时的激动

他低了头

他望望天
一片湛蓝
春风带着微笑
拂过他的脸
他望望
密林深处
那是钻井塔尖

他望望
自己耕过的稻田
青油油的一片

29．投入她的怀抱

夜色向我拥来
山城的灯火
在我心口跳跃
月儿冲出云层
马儿啊
去向山城报到
风儿啊
你早知道
我的情思
浪花啊
你别打乱了
我对山城的望眺

让我早一点
看清她的倩影
投入她的怀抱

30. 还乡行

高高的群山，低低吟
绿水旁边探亲人

春来山花一大片
哪一朵不映亲人面

苍苍的松柏，遍山里栽
哪一棵不朝亲人挨

耳听山歌，我最熟
亲娘盼我早归屋

吻一把热，问乡邻
粒粒热土表亲情

满院迎春，开得早
奶奶告诉我今年好

千山万岭，荡春风
无一处不在望眼中

山也香，来水也甜
青油油麦苗，望不到边

走过山涧，趟泉水
满塘鹅鸭嘴对嘴

激动的帆儿，慢慢地飘
莫让帆影遮树梢

株株树高，不一般
满山开花到山巅
这边栽的，万年青
那边开花红牡丹

山呀，草呀都知情
满山开花留归人

山不让走，水倒流
纷纷送我回扬州
辞别亲人，迎巫山
万种乡情涌心间

浪推红日，我朝东
千万座山荡春风

望一眼乡土，到处淌油
乡里的庄稼高过了头

站在船头，把娘望
细看春耕翻新浪

风平浪静，闻鸡鸣
夜深听见娘轻声

山城呀，重庆，娘的城
革命练就几代人

三峡灯火，满江照
哪一颗不往心底跳

三峡灯火，照人间
千万里程便行船

>曾家岩呀，五十号
>母亲的话语，我知道了
>高高的红岩，满天红
>革命火里，飞出众金凤
>
>烈士墓高，红闪闪
>中国红了整块天
>记功碑上，飘彩云
>万里长征又启程
>
>共产党呀，我亲娘
>我今唱你啊，情意长
>
>毛主席啊，共产党
>普天下的苗苗跟着你成长

1961年3月16日

[**注**]诗成后，寄内蒙古《草原》，文艺刊物，来信说："的确是诗。本刊稿挤，请寄往所在地刊物"云云。此信房树民君读后亦愤愤，什么刊物也不寄了，直到几十年后的今天。该诗1961年3月16日在江顺轮上一气写成，此是我写诗的奇迹。

31. 归来首宿山城旅舍

>媚媚媚
>两岸山色令人醉
>塘里莲藕
>还是当年美
>
>媚媚媚
>村头村犬向人吠
>架上鸡飞

喜煞远人归

媚媚媚
处处溪水入塘水
瓜果新熟
还有鲈鱼肥

媚媚媚
风物爱人人难寐
已是稻粱熟
未见闲人归

媚媚媚
雾里看山点点翠
窗外星光
沿着窗儿缀

32. 过秦岭（三首）

一

嘉陵江弹响弦琴
群山顶罩着红日
秦岭冰雪是明镜
给山河装上了眼睛

二

隧道总连连
群山紧紧排
我的心啊
像无羁的云彩
在山内外

不停地舒卷

三

我到了秦岭山下
把秦岭埋在心间
我随着这些烟突
把群山呼喊
让嘉陵江化成
一柄长剑
将山河指指点点

33. 江上即兴

燕子爱绿水
翩翩顶潮追
江花爱绿水
跟着船儿回
我心在绿水
船尾看鱼飞

34. 飞向万隆

太阳突破了雾云
飞呀，飞
树枝挂满了鲜果
鸽子带着人民的意志
从香港飞向万隆

飞呀，飞
麦穗飞出的清香
鸽子带着友谊的种子

飞向万隆

飞呀,飞
鸽子带着仲春的晨露
驾着时代的风
飞向万隆

海潮在奔涌
时代的风在劲吹
友谊的种子
待发芽,开花
十六亿的众庶朝着一个方向
春天——花朵——物茂
友谊——和平——万隆

四月十一日
太阳放出金色的光
太空呈现出一片湛蓝
十一只鸽子
带着友谊的种子
从香港
向万隆飞去

飞呀,飞
黑色的风
时代的逆流,恶魔
扑过来了

你看
那十一只鸽子
多么矫健
箭一般地
穿透了

恶魔的心

飞呀，飞
黑色的逆流
浓了，重了
于是
我们的十一只鸽子
激起了
那无边的怒涛

大海在呼号
时代的巨浪
卷起了狂潮

[注] 该诗投向《红领巾》（少儿刊）来信说："稿来迟了未采用"云云。1955 年 4 月 24 日在印尼万隆举行的亚非会议通过和平共处等五项处理国际关系的中国代表团，事前石志昂等十一位工作人员先行，由于国际反动势力的阴谋，石志昂等人乘坐的专机失事，石等殉职。

35．读报

我看见
大街、田野、丛林
数不无数的拳头
在怒吼

我听见
大街、田野、丛林
无边的怒火
正熊熊

我遥望

整装待发的队列
一排排、一阵阵
将愤怒
压进了弹膛

36．望星空

星光闪闪
彩霞纷飞
天底装着璧玉
星空宝石镶缀

星光闪闪
彩霞横披
灯光穿过锦翠
庭宇洒满银辉
十月的星空最美

千山万水
红灯锦配
孔雀金云开屏
漫天宝石乱坠
十月的星空最美

千山万水
菊酒盈杯
杯中荡着激情
又是捷报频飞
十月的星空最美

天增岁月
祖国啊

您又长了一岁
春满乾坤
十月啊
您，美中最美

走大道
处处锦垂
展宏图
难描难绘
跨马加鞭走天下
马蹄声催
透过星空望宇宙
战鼓频频擂

1961年10月2日

[注] 这是一首提劲的诗，时余在扬州江苏省校（今江苏第二党校已迁到徐州），江苏颇有名气诗书家、长我许多的王九成老师读后评云："通篇佳句，妙如连珠，不任钦佩；构思精恰，词句优美；既具新诗之灵活，又含旧诗神韵之温丽，佳作"云云。该诗是读了郭小川同题诗后些时日写的。

附：吕进来信

维理兄：

　　近好。前几日接燕祥兄信，寄还大作。未具体说明原因。

　　大作，我觉得是有特色的。意境、节奏都美。估计是《诗刊》，篇幅太紧张。兄还可投寄地方刊物，试试吧。

　　最近几个月，我东奔西跑的。本月下旬又要出去——方敬、邹绛和我要招两名新诗研究生，出去了解其他学校导师的动态以资参考。到碚时，请一定到寒舍一叙。如玉堂尚未成行，请代转致。如遇洪国、久龄亦请代为致意。

　　握手！

吕进
1985年8月10日

37. 报喜去

那年试新犁
荒山翻出锦一匹
村子里
来了一批新少女
少女啊
可曾记
老书记扶着犁
教得可仔细

青山都在锦屏里
今年庄稼一展齐
豆花、菜花香万里
十里蜂蝶采花蜜
池水塘动锦屏里
鸭儿、鹅儿
肥肥的
满池里
真是让人喜

苍山如海
青翠欲滴
月儿轻照
星儿密
满塘鱼儿
跳得浪花儿细

苍山如海
青翠欲滴
月儿轻照

星儿密
满院里大的小的
猪儿肥肥的
见到都欢喜

村子里
要来一些新少女
想，多神气

快，报喜去
鞭梢儿，催得急
马蹄儿，得得的
印儿密
落在苍山里

穿过柳林烟雨
惊动丛丛花枝
三两起
春莺韵着拍儿啼

[注] 该诗写于1960年底。由挨饿便想到不久的将来的美好情景。

38．求侣

事情发生在今后
上了红楼
身在金秋望金秋
悠悠情怀
滚滚流

[注] 代老乡张国本写的。1962年7月26日记云："近几天，为老乡张国本追求陈金珠事，我出主意代他写诗。陈是我的好学生，她也相信我。昨晚得意门生陆学康、陈金珠等来，袁振宇也在。""陈、张的事，今晚该有眉目了。"红

楼，江苏省干校新建之教学楼，建设资金由全省党费提供。

39. 给金奇康君

君行处有白云徘徊
君驻处有鸿雁飞来
思君情似海
思君情似海

望君喜从天外
重振情怀
重振情怀

40. 宗琦、国明新婚志庆

星星送走了我
月亮慢慢下坡
等了三年又三年
天边飞来影儿两个
云幔渐渐揭去
我听见
凤和凰唱和
对歌
这歌声是情爱
这歌声是一团火
遥望远天苍穹啊
绽放出绚丽的花朵

[注] 1960 年 11 月 15 日记："宗琦信中谈，他与国明的结婚照"寄我等事。

41. 邂逅

船上那位高挑的姑娘
秀发垂辫
肤色略黑带黄
一看去
就叫人爱上
娴静婀娜
不施粉黛，泛着淡香
她吸引了
船上的游客
几多腼腆
也不装模作样

我走到哪里
也不言语
总把我跟上
她那澄澈的眼神
早已传来了清秋的波光

我在这际遇里
心摇神荡
不知所措
她也和我一样

姑娘说，她要到汉口
而我呢，要到九江
姑娘，姑娘
我们是浮萍
我们先到九江
然后逆江西上

只要记住
我们的心啊
已卷进江顺轮
拖出的层层波浪

1962年9月3日

42. 岸上脚印

我站在这条河岸
望着江水徘徊
她在这里等待
夜更人静
她胆小不来
我站在这条河岸
沙滩上脚印儿排排
这是谁留下的脚印
为什么既来了
偏又走开

43. 在院子里

我走进了院内的绿荫
阶前那排排长青树
院子里有群鸡打鸣
我在那摇曳的绿荫里
看山那边的风
把院子吹醒

44. 自语

不忘西湖瘦水
才上故园高楼
看岭上梅花点点
巴山月不孤

不忘玄湖碧水
我爱钟山翠绿
蜀江月儿浮
梅鸟催春促

45. 喜鹊闹喳喳

喜鹊闹喳喳
闹到我的家
千年铁树啊
开了花

花儿开得早
果儿结得大满树的喜鹊啊
闹喳喳

闹的是幸福
句句都是心里话

46. 开山去

戴上安全帽

拴好安全套
把绳子扣住山腰
点燃开山引信
让我给大军开道

47．修路

崖陡山高
羊肠窄道
难怪古来行人少
搬掉，搬掉
英雄豪语
地摇山摇

万条钢钎指山腰
百万儿郎呼号
万炮骤发
巨石向天抛
群山纷纷卧倒

48．旧地重游

战士住过的阵地
留下别情依依
那年栽下的树啊
硕果挂满绿枝
今天啊
重游故地
让我迎风展翅

49. 别实习地

美丽的清晨
校园里琅琅书声
大地已经苏醒
高高的松柏
罩上了红云

赶到太阳初升的时候
摄影师啊
请留下这片宁静美景

朵朵明亮的窗
颗颗透明的心
摄影师啊
留下吧
留住吧
我在这里度过的青春

50. 写给陆学康同学

我送你归去的时候
青春年少
我送你归去的时候
歌声载道
生你的村子啊
晨鸡刚刚报晓
养你的村子啊
等你啊
明天归来的喜报

51. 夜插田

笑声撩人人更欢，脚踏星光夜插田。
一颗星星一窝秧，插满银河水中天。

52. 看电影梅兰芳《游园惊梦》

秋月制新荷
舞曼婆娑
人间能有几个
歌声飘进银河

[注] 1961年9月18日记："前日，往扬州天文馆影剧院观看由梅兰芳、俞振飞合演的电影《游园惊梦》。"

53. 一只麻雀

早上
一只小麻雀
叼来一串麦穗
掉落在窗前

我拾起来
配挂在毕加索
鸽子图画边

画面写上
胜利者的召唤

54. 小弟和小鸟

小弟弟
轻轻地开了院门
把鸽笼
悄悄地
放在院内井边

小弟弟
那对大眼
张望着
竹梢上的小鸟
学着鸟叫
举起小手

咕咕
下来,给你花戴
回头看
阶前的牡丹
仍是那般
鲜艳

55. 我真想

一阵骤雨过后
延伸如砥的马路
冲刷得
这般舒坦、宁静
没有落叶
没有浮物

偶尔
如镜的
一汪秋水
洋溢着
望不断的蓝天
白云
一切
都在和谐之中
此时
我真想啊
掬一捧清纯
或就地滚一身天真
去
追回那
远走的童趣

56. 写在新世纪边缘

北风萧萧
庭院凝香
岭上
寒梅消瘦
欲语话别肠
怎奈情已伤
美人香草走忙忙
念去日苦多
百年过
又沧桑

回首问夕阳
凭栏处
雪霁方晴

堂堂皇皇
犹闻子规啼夜月
一声声
呼唤归来
醉热土
报炎黄

1999年12月30日于重庆

57．作答

——友人远方来电多乡愁也。

夕阳
返照山间
路口行人
如梦

那山间的
小木屋啊
还是
几多凝重
落照残红

溪岸上的
小径啊
春来草蓬蓬
密密旧踪

池苑
萋萋犹在
故宅依旧
朦胧
窗外

层楼几多重

58. 她去了

她去了
披着秋光
浪花往青石崖上
飞溅
夕阳在滩头流淌
岁月的苍苔
掩埋了她的屐痕
潮水消消涨涨
大地呼唤着
一个声音
瓦洛嘉，乌里扬

59. 岛上海望

眼底汪洋
大海翻出了
层层波浪
荡尽了我浑身浮躁
去沐浴这岛上
青青苍苍

眼底汪洋
天边堆满了
晚霞众象
那是我的田原农庄
快回我的领地
吆牛赶羊

眼底汪洋
风高浪激了
海声汤汤
我愿作浪花化飞沫
溶入沧溟领域
覆盖海疆

      2016 年 12 月 21 日—2017 年
      2 月 12 日旅居珠海湾仔沙时

60．饮罢

饮罢漓江风浪
看足种种浪花
天外细雨霏霏
把群山层层描画

群山这般秀美
仙子舞姿弄发
漓江天光水光
是仙子把漓江牵挂

61．山与雾

阳朔的山啊
阳朔的雾
山
天的骄子
雾
云的仙子

仙子的温柔

骄子的威严

一阵风
从天外
送来了
秋的容颜

62. 竹筏

山风啊
你放肆地吹
浪花啊
你尽情地放

我独撑着
这支竹筏
琼田玉鉴
巡行在天门之旁

山风啊
你静静地吹
晚霞啊
你遍山地挂

我驾驭着
这支竹筏
玉鉴琼田
把漓江描画

63. 所见

奇幻般的春天来了
昨夜枯黄的败叶
散乱地浮泛在
发绿的池面山上
许是有根
有花在水底萌发
串缀着水晶般的世界

灰蒙蒙的天穹
裹挟着望不断的宇宙
佝偻着的
挺直腰板的
在压扁的机制中
呼唤着延展之路

这高楼的梯栏
已经斑驳
露裸出原始木纹
九折而上
在寒风中煎熬
直到朽坠
任人遗忘

写于20世纪80年代初叶

64. 蛙鼓虫鸣

蛙鼓，虫鸣
窗外，野地里

躁动着
是谁把春梦吵醒

夜深了，夜静了
春风吹绿了
树丛枝枝叶叶
吹红了
吹醉了
繁花朵朵

65．月儿

月儿窜进了云层
卷起银河波涛滚滚

我的心啊
便在她那波峰间
奋臂畅游

66．夜深了

夜深了还是那个天河
此岸，彼岸
只有星星两个
彼岸是她
此岸是我
不知是为什么
天外飞来一块石子
把这寂静打破

67. 夜风

夜风吹打着门
拨动了我的心
玉露更白了
流萤是盏盏
不畏风雨的灯
天越黑
雾越重
灯越明

68. 星儿

星儿揭开了夜幕
萤儿牵动着星星
星星把清晨吵醒
田野在忙着春耕
春之歌
唱响了春天
春之歌
把青春耕耘

69. 落日

落日浑圆而又硕大
落日硕大而又浑圆
地球在玉宇间环转
宇宙间
多了一道美丽的花环

若说那是她走的轨道
即使路太漫长
我也要绕着她回旋

70. 朝霞

朝霞美丽万端
银河岸边的
巧工织女啊
你为何
不把它制成万千衣衫
给村里的姑娘们
每人一件

71. 激起

激起的潮水
盖过了礁石
独立的礁石啊
对潮水犯愁
礁石低了头
潮水更加激越了

72. 邻居

邻居的紫燕回来了
在屋檐下筑起了巢
我总听到
早晚
她那呢喃的燕语

把南北的歌声带来
在这歌声里
是对春的礼数
是对秋的期盼

73. 高空

高空滚动了几阵沉雷
抖落了今夜的星辰
如果再来两三声
便会抖落
我浑身的愁云
请原谅
我走了
我到天外去了
我到嘈杂的
人群中去了

74. 月儿高

月儿高在空中
就像一面铜锣
又像一座铜钟
响着
响着
把我惊醒
引起我
往事丛丛

75．绿荫

绿荫遮着的地方
筑起了一道高墙
鸟儿打这里飞过
晨昏有青蛙在这里合唱
赞美春天
春风在山野荡漾

76．夜幕

夜幕低垂
人声渐远
苍穹的星星啊
我数也数不清
苍穹的眼睛啊
我看也看不赢
我爱的那一颗
划过来了
她提着一盏灯

77．寂静

寂静的星空
窗外的灯语
是什么在响
习习作声
是夜风
从树丛吹过

78. 醒来

醒来的田野
飘忽的流萤——
伴着
那——
歌声
蛙声
惊破了
点燃的夜
流萤向沉沉的麦田飞过
金麦穗低垂着头
在浩瀚的月光下

79. 呆鹅

呆鹅似的
望着一轮明月
不忍心听
那天狗吃月的声音
我身边正绿色葱茏
绿墙外传来了瑟瑟琴声
她已经踏乱了露草芳径
她准是在望那颗天外明星
我还是到墙边去吧
望望她的楼阁
但，又怕她
把窗帘儿拉得更紧

80．玉手

玉手弄清笛
弹动一湾星月
墙外清溪露更湿
青帐里
姣人月下心急

81．山乡行

绿水嫩秧
麦金黄
大车运麦紧
陌头采桑忙
鞭梢儿摔得山响
满眼春光

82．读某君《心语》

读到的是心语
难忘的是岁月
圆满的是句号
看到的是华章
感到的是才调
清晰是徙痕叠叠
山里山外
一片金黄

83. 窗口

我登上
这
高廊的
楼阁
透过那
面街的窗口

顺随着
我的目光
追逐那流动的车灯
去
接受那
照彻的街尾
街头

我登上
这
高廊的
楼阁
透过那
面街窗口

袒露着
我的胸襟
去
适应那
阵阵暖流
把这南国的
山山水水

领受

己亥正月月初一（2019年2月5日）
于岭南佛山桂城

附：王维理先生《面山居诗词》首发式在重庆师大举行清丽豪放 各体皆能——黄中模

王维理先生《面山居诗词》，由近期光明日报出版社出版，发行。全书共收录新旧体诗词250多篇首。纳入"中国社科大学经典文库"丛书，精装，中英文对照。

我校教授王维理先生著作《面山居诗词》集首发式，于10月7日上午9时在重庆师大离退休处（沙坪坝老校区）会议厅举行。首发式由重庆师大离退休处，处长任鸣先生与重庆歌乐吟社社长魏锡文先生联名主持。与会者有重师大诗词家和市区诗歌团体的著名诗词家20余人。

座谈会先由重庆歌乐吟社社长魏锡文先生介绍了座谈会安排后，师大主持人任鸣处长向与会嘉宾介绍了作者王维理先生科研和创作情况时说："王老师的《面山居诗词》经过一番曲折，终于获得了出版社按合同出版，公开发行，且为精装列入'中国社科大学经典文库'，这是我们和王老师始料未及的。我校党政领导，市区诗词界领导对王老师的著作面世，都十分重视。"

任鸣先生介绍之后，由作者王维理先生向与会者报告了诗词集的缘起，并简介了"面山"的内容与写作心得。

之后，与会的我校的诗词家，及市、区诗词界的领导纷纷发言。他们是我校文学院教授尹从华、董味甘、黄中模诸先生；重庆诗词界前任领导万龙生、王端诚、龙光复、陈江发；现任领导郑毅、魏锡文、黄玉兰、皮维志等，我市现代派著名诗人刘清泉先生和中共重庆师大外语学院党委书记陈谦先生也与会，发了言。他们在发言中，从内容到艺术审美的特色角度充分肯定了"面山"的出版。最后《面山诗词》的英译作者王方路教授介绍了成书出版经过。

与会者一致认为诗词作者王维理先生是"性情中人，诗词方家""感时咏事"都反映了作者的真情实感，诗风清新豪放，词丽章秀。

我与王老师虽然同校，也同在贵州习水避暑，只知他是写传统诗词的能手，所以在今天会上，我首先肯定了他写传统诗词的特色，感物吟志的情景真实，风雅秀美而豪放，不落巢臼。这从他收录的《水调歌头·黄果树观瀑》中，可以得见：

> 遥闻奔雷吼，千秋巨瀑悬。银涛天外飞洒，七彩驭澄潭。都道群龙壁挂，甚似翻江倒海，河汉起狂澜。玉崩看珠碎，呼啸下尘寰。
>
> 掏胸臆，舒豪壮，寓飞湍。唯我筑黔大地，生气走前沿。环顾往来日月，浪及沧溟莽莽，涤荡净腥膻。以此示天意，万鼓震丛峦。

此诗用熟练的传统豪放词风，铺写了黄果树雄浑气势，辞章典雅。当他在前两年要我将此词写成书法作品时，我对此词就有了深刻的感受。这是他收录在本书的160多首传统诗词代表作之一。

此外，使我耳目一新的是他收录在本书中的70多首新体诗，大都传承了他擅写旧体诗词的长处，俱有清丽雅秀的格调，音韵和谐，无论写景抒情，都能引人入胜（有别于当前一些现代派诗人口水化，散文化的诗风），读之饶有兴味。这些优点是我从前不知道的，使我在发言中大加赞赏！再使我感兴趣的是在其新诗中，还收有少量的当前重庆诗坛有些诗人提倡的格律体新诗，其中有《归来首宿山城旅舍》云：

> 媚媚媚
> 两岸山色令人醉
> 塘里莲藕
> 还是当年美
>
> 媚媚媚
> 村头村犬向人吠
> 满院鸡飞
> 喜煞远人归
>
> 媚媚媚
> 处处溪水入塘水
> 瓜果熟

还是鲈鱼美

　　媚媚媚
　　风物爱人人难寐
　　已是稻粱熟
　　未见闲人归

　　媚媚媚
　　雾里看山点点翠
　　窗外星光
　　沿着窗儿缀

　　此诗歌颂了作者在山城郊外旅舍，令人怀念而美丽的田园风光，且用对称押韵的五节严整均匀的诗行，形象生动，表现了诗人对景抒怀的喜悦心情。在其诗集中，虽是少数，因其可贵，故我在发言中，予以大力点赞，获得了后续发言者的肯定。

　　这次首发式座谈会还有一个亮点，是在觥筹交错聚宴中，诗人们乘兴朗诵带来的诗章，由老诗人董味甘先生带头，继有"面山"作者王维理、黄玉兰、皮维志、龙光复、魏锡文依次朗诵，为首发式座谈会增多了欢快的豪趣！

02

散文编

《面山居集》散文编简介

  面山散文，记游主打。威尼水域，荡刚多拉。言及教堂，佛罗百花。世界奇迹，古堡罗马。琉森哀狮，催人泪下。塞河二桥，悲歌嘶哑。凯旋香榭，法国史画。文艺复兴，维纳蒙娜。域内四记，金陵南华。人物志二，吊慰天涯。

一、游威尼斯记马可波罗

2010 年 5 月 13 日　星期四　晴

早餐后 8 时许,离奥都维也纳宾馆,车往心仪已久的意大利东北著名胜地威尼斯。

大巴疾驰西南行,斜穿巴伐利亚高原,沿阿尔卑斯山脉南麓,向威尼斯驶去。沿途所见:整块,整片似刀切的规整划一,那不着边际的碧草绿茵,那金黄的油菜花,少见隆起的丘峦。松树林、桦树林,在平缓的公路两侧,迎来送去;看来是农舍吧,错落在绿荫碧草和菜花地的边缘,不见有人劳作,农舍三两处,亦不高大,也绝无中式的院落般的居民点。农舍侧农用载运械具,也时有所见。这些给我减少了旅途的单调,增添了几许的惬意和清幽。迎面的重车载,多是叠架近十辆毫不遮掩的小轿车,无疑是给某公司代运的。途中绝不见徒步的行人:青壮、老夫老妇,肩挑背负者。

一

下午 14 时半,车行七个多小时,抵达了另一个国度意大利的威尼斯。

车进入威尼斯市,是郊区,看上去并不繁华,楼层不高,但多蕴古意,灰白色,街上行人稀疏。车停在僻静处,下车经几分钟步行,便到了一家用中文标示的"东亚餐馆",知道主人是华人办的了。一行人三十来众,刚走到餐馆门口,一位三十来岁的女性,便笑迎出来,和韩导打招呼,操的是上海普通话,并不用上海人的"阿拉"软语,看得出来她早已和韩导混熟了的。店面不大,员工亦不过六七人。店分两层,层距三五个阶梯,两层间有不高的栏杆隔开。

我们随韩导按那位女性的张罗,招呼到第二层,按组就座待餐。

我看那位张罗自如和韩导那么随和热情的女性,无疑就是店主了。

虽早已饥肠辘辘,但见那般热情的店主和帮工,同属炎黄后裔,便有一种"他乡遇故知"的亲切感。我问到餐馆经营情况时,她毫不矜持地答道:"可以,也顺当。""可以"是谦辞,是平民辞令,是"不错"的意思。午餐自然也是四荤一菜一汤,外加一小碟,凭经验知道,这又是只辣不香的辣椒酱。人道:"川人不怕辣，湘人怕不辣，粤人辣不怕。"我属川人，对此品是不敢动箸的。菜、汤、大米饭都合口味，大抵都饿了吧！不到十分钟，便结束了在意大利国的第一顿午餐。

餐毕，告别店主，随大巴到威尼斯市水域游船码头。水域宽阔与亚德里亚海相连。教堂式的建筑群，尖顶森列岸边。一庞然大物，长近两百米，宽约六七十米，高不下百米，十来层多是客房，系某国一客轮，停泊离岸百来米处。周遭为数不多的小艇依傍，犹母鸡带小鸡然，此等气象，平生首见。视野所及对岸，好几公里处，遥遥望去，停有两三巨轮。极具气派的楼群，亦多尖顶夹杂在不规整的乔木、灌木丛边。

二

大巴停下来后，韩导便把我等游众嘱咐给一位个头不高，胖乎乎的，戴有眼镜的，三十来岁，操北京口音的新导游，一切都由他解说了。

威尼斯，在意大利东北部，是亚平宁半岛的起点城市，地处亚德利亚海湾，长50公里，宽15公里，由120多个小岛组成；416座形态不同桥梁，纵横交织连接成了这个水都的大街小巷。岛间的交通工具，便是上千条形态各异的游船。路边竖着"TAXI"牌子的是汽艇。大一点岛的交通工具是公共汽船。游客往来穿行街巷的常用交通工具，便是一种尖翘的单桨狭长木船，那就是有名的音译为"刚朵拉"小船了。这种小船，国内还未见过，船头船尾，饰以鱼头鱼尾、蛇头蛇尾，鸟头鸟尾也有，像我们东方人端午节赛龙舟饰以龙头龙尾的"刚朵拉"小船，还未见过。"刚朵拉"容量不大，一船仅载三四人，舵手自然在船尾。世人谓威尼斯是水都、桥都，又何尝不是船都。

那位胖乎乎的导游还讲："威尼斯楼房建造举世无二，楼基都深藏海底，威尼斯公元六世纪兴建，距今已经1400多年了，街区水巷曲折狭窄，有的仅一两米宽，对门邻居，站在各自的凉台上，可以握手寒暄、道贺。"

我和老伴，还有同道的王鹤生先生租的"刚朵拉"是鸟头鸟尾的，船主荡起水波，游了好几条水巷。所见群楼近水部位，多已被海水浸蚀，高出水面一两米处的墙砖有的斑驳脱落，再隔1400多年，怎么办？那位胖乎乎的导游说，1000年以后，自有新的科学办法解决。船主把"刚朵拉"摇回原处上岸，得赶到圣马可广场和游伴聚集。

圣马可广场，位于圣马可教堂前，一个"圣"字，是世代耶稣教徒对马可的尊崇特加上去的，犹我们对儒家学派孔丘称"孔子"，"子"便是敬称一样，"广场"是游威尼斯必去之地。

圣马可是耶稣的四大门徒之一,《圣经》中《马可福音》作者。威尼斯人为了纪念这位圣者,在他死后,于1073年葬于此,建立了圣马可教堂,其侧辟为广场,即以"马可"命名,供后人瞻仰祈祷,法国百日皇帝"拿破仑一世"(1769—1821)第二次统治法国,自1815年3月20日到6月22日约百日,故名,称他为"世界上最美的广场"。

("拿破仑一世"见《香榭丽舍读法国史》一文)

三

广场长175米,宽79米,四周为教堂配套的建筑群,呈灰白色,高耸肃穆,教堂东侧,便是主体金黄尖顶的钟楼。广场上,熙来攘往,是来自世界各地的朝圣者,旅游者。不下上百的鸽群觅食,与游客结伴,自由自在,描绘出了一幅人与自然的和谐画面。不时有亚德利亚海岸飞来的海鸥,瞬息起落,平添了不少广场的生趣。教堂无缘登临,这是韩导老早说的。

又是一个马可,那便是大名鼎沸的马可·波罗(1254—1324)了。他的名气声威比后起的,也意大利人,航海家,发现新大陆美洲的哥伦布(1451—1506)早两百多年。这个马可,经过长途跋涉,1275年到了上都(今内蒙多伦县西北),当时中国皇帝元世祖忽必烈(1260—1294)礼遇之,仕(作官)元十七年(1280),委以重任,到了今江苏扬州作了三年"市长"。《马可波罗游记》云"曾奉大汗命,在此城治理亘三整年"(此城,指扬州城),"三年市长",让我吃惊,让我吃惊不小的,还有"忽必烈"元世祖至元十二年(公元1275年)与我族元代先祖,王磐文柄公,仕元得世祖礼遇同时。当时磐公任"中央政府"太常卿(九卿之一)掌礼乐郊庙社稷事宜,马可见世祖时,王磐公当在任上。

后因伊儿汗国(元藩国之一,地当包括今俄罗斯欧洲部分,白俄罗斯、乌克兰全境,以及今印度洋以西,亚丁湾、红海以东,黑海里海以南,地中海以北,阿拉伯世界的中东地区)遣使向元室求婚,马可奉命护送公主科克清下嫁波斯王阿鲁浑(波斯,今伊朗)的使命,离开中国,于1295年返回故乡威尼斯。这时适威尼斯与热内亚作战被俘,在狱中,结识一位比萨小说家罗斯加诺,由马可口述,写成了《马可·波罗游记》一书,以传至今。

马可回国《游记》是这样叙述的:

> 大汗(元皇帝元成宗成)见他们弟兄二人同马可阁下将行,乃召此三人来前,赐以金牌两面,许以驰驿,受沿途供应。并付以信札,

命彼等转致（罗马）教皇、法兰西国王、英吉利国王、西班牙国王及其他基督教国之国王。复命备船十三艘，每艘具四桅，可张十二帆。

　　船舶预备以后，使者三人、赐妃、波罗弟兄同马可阁下，遂拜别大汗，携带不少随从以及大汗所赐两年粮食，登船出发。

　　听了这些，引出了我对马可的极大兴趣。今我来到威尼斯，马可·波罗的出生地，我禁不住问道："他的故宅在否？有马可纪念馆否？"真想去瞻仰凭吊啊！这位胖乎乎的年轻导游，终不应。总感到是一种无法消释的遗憾！

　　此文参加中国大众文学学会和《散文选刊》联合举办的旅游文学散文首届征文大赛获三等奖，收入《美文天下》一书中，并聘为中国旅游文学学会委员。

[注]《中华读书报》（2017年3月15日）《〈马可赛赛波罗游记〉的思想文化意义》言，马可·波罗安葬于威尼斯圣洛伦佐教堂。

附一：南京窦履坤谈《游欧日记》

　　读您《游欧日记》后，感佩不已！不是有心人，且精力充沛者，是万万写不出那样翔实生动的文字的，读后亦如赴欧畅游，令人愉悦不已！尤其是文字中引入不少有关景点的文字资料，更丰富了它的内涵，给人以既轻松又厚重之感。我说"感佩"绝非溢美之辞！

（履坤给笔者信摘抄2010年9月29日）

附二：南京汤大民谈《欧洲日记》

　　你此次欧行，本身就十分令我羡慕和钦佩，日记标示胜迹风光，异国情调，旅途际遇更引我神往不已。就行文而言，叙事之畅达，描绘之生动，时空境界的拓展，以及字里行间所表露的盎然情趣、充沛的精神，都显示了你是一个天行健者，都能引人入胜。

汤大民给笔者信摘　2010年7月25日

二、去佛罗伦萨

2010 年 5 月 14 日　星期五　晴

　　晨 7 时半，从威尼斯郊外，一家四星级饭店出发，往意大利中部城市佛罗伦萨。大巴沿亚平宁山脉南下，经波河平原，过费拉拉、波哥尼亚，进入阿尔卑斯山脉与亚平宁山脉之间的平原地段，顺奇莫内山麓向佛罗伦萨逼近。

　　沿途群山叠起，高耸接云，随着车行，目不暇给。但见众多山头，皆蓝天作底色，阳光下云雾飘浮缭绕；不时露出皑皑白雪，覆盖住群山的断缺处，或丛林草莽间；更吸引我的是，从山头高处沿山皱褶部位延展下垂，似动非动。透过车窗遥望，似飞泉，久望之，不敢置信，我有话说，待问，但满座游伴，已着迷窗外山色，自己静下来，把相机伸出车窗外，记下那一瞬、两瞬。

一

　　距佛罗伦萨市，约三四十公里处，叫普拉托的车站，大巴停下来，让游客舒展方便。

　　车站靠山，山上山下，以及整个车站广场周围，皆被山岚云雾罩住，时薄时浓，恍如置身尘外。

　　车站也有个购物中心，小食、"大食"、旅游物品，应有尽有，物品皆以欧元标示售价。

　　购物中心通道口，一群，说不上，十来个，虽散乱，但也相依，像一字排开，准是意大利、法兰西国人，白皙高挑的姑娘和少许壮实的小伙子，都落拓大方。不知以谁为主，谁是第一个，用意大利语或法语，放声唱着，我们都听不懂的歌，大家都被吸引住了。婉转的旋律，不甚高亢而缓慢的节奏，浓浓的抒情韵调，博得了我们这些从东半球来的老外、听众一阵又一阵的掌声和喝彩声，我是被这种歌声吸引去的。不似美声，倒像我们说的民族唱法、流行音乐。

　　一支接着一支地唱，歌者一个又一个介入，最后，整个购物处的通道口全被堵住了。歌唱还在继续着。

　　是嘛，那位高挑显得出众的姑娘，该是"领队"了，还有紧依她的左右，不乏羞涩，有几分腼腆，小伙子们的大度，凑合在一起，唱得那么投入默契。闹不清他们的国籍所属，就单凭他们的歌喉，就突破了民族、种族的区隔，把东方、西方，把不同的国度，把不同的意识形态，都远抛身后。

德国出身的，世界顶尖级的作曲家，我们可称为曲圣的、维也纳古典乐派的代表人物贝多芬（1770—1827）众多的乐曲，即便不谙乐理，也不懂曲乐的语言，不知世上有多少亿人被贝氏征服过。说到底，人类的喜怒哀乐、七情六欲总是相通的啊！旅伴，一位姓牛的女性，听了这一群素昧平生者的歌声。不无感慨地说："歌声那么动人。他们之间，或许亦不相熟，只是凭共同的心曲，凑合起来，把我们也被卷进去了。"

二

下午1时半，在一家台湾同胞经营的餐馆午餐之后，韩导引来了一位华人女性同胞，伴我们说佛罗伦萨。

佛罗伦萨，在意大利中部大平原上。阿尔诺河穿过市区，把佛罗伦萨分作南北两部分。它是一座古城，是意大利文艺复兴的摇篮。城市的无穷魅力大多来自中世纪和文艺复兴时期的大型建筑，而这些建筑构成了1世纪到14世纪的佛罗伦萨格局，至今仍原样保留着。

从佛罗伦萨走出了一大批世界级的艺术家、文学家：如《大卫》石雕的作者米开朗基罗；《蒙娜丽莎》《最后的晚餐》油画的作者达·芬奇；《十日谈》故事集的作者薄伽丘；《神曲》梦幻长诗（14223行）作者但丁。

佛罗伦萨，是从英语语音译过来的，按意大利民族语译作翡冷翠，是鲜花的意思。20世纪70年代末，我国著名诗人艾青复出，到了佛罗伦萨，在其《翡冷翠》诗中说："翡冷翠，举世闻名的花城"；20世纪20年代，我国著名的新月派诗人徐志摩，浪迹这里，也用翡冷翠，写佛罗伦萨，寄情愫、抒郁闷。

佛罗伦萨在1870年意大利统一后，曾一度为意大利王国首都。

14时许大巴，进入佛罗伦萨，下车后，行经几个街区，狭窄的街面，显得人车混行。目接处，无不是年代久远的灰白色楼房，大多不过六七层。小型的圣玛利亚雕像，立于门柱上部：一句话佛罗伦萨的确是一古城。路面多用正方形小块大理石铺成，这与前几天游柏林、布拉格、维也纳、威尼斯都见过。

三

两位导游（韩和那位女性），带领着我们这一群，转弯抹角穿行了好些街巷，才见到慕名已久"佛罗伦萨大教堂"。

大教堂，全称叫"圣玛利亚百花大教堂。"1296年开始设计，最终是布鲁内莱斯基（1377—1446）到1436年才完成了这个杰作。其穹顶是布鲁内莱斯的主要作品，今教堂壁柱上有他的雕像。"圣母"指基督耶稣生母，《新约全书》上说，她是童贞女，由圣灵感应，孕而生耶稣。汉民族神话传说中也有这类故事：周朝文王姬昌先祖后稷，就是因其母姜嫄踩了天帝留下来脚印，感应怀孕生下来的。（《诗经·大雅·生民》："履帝武敏歆""时维后稷"）至今，天主教、东正教皆尊耶稣生母为"童贞圣母"。圣母玛利亚始终吸引着，东方、西方上亿的教徒，善男信女和来自世界各地不同肤色的游客。

　　大教堂位于佛罗伦萨阿尔诺河以北，佛罗伦萨的中心地段，它周围的建筑群，是为教堂配套的：教堂广场、大主教堂、洗礼堂、钟楼等。远远望去，教堂顶部，穹隆型，像一把金红黄色的巨伞，高擎蓝天，蔚为壮观，誉之为"盛开伞花上的'天国之门'"。建筑群落屋顶也有着金红黄色的，亦有穹隆型，都簇拥着这欧洲文艺复兴时期第一座伟大的建筑，佛罗伦萨大教堂。

　　大教堂从设计到最后竣工，历近150多年，至今又500多年了，仍巍然挺立着。连穹顶灯亭在内，教堂总高107米，有五百多级螺旋梯直通楼顶，可鸟瞰全市风光。

　　教堂内装饰陈列精品繁多，引游客注目的是两幅大型的骑马像画，是穹顶内侧的"全能天才，雕刻家、画家、建筑家、诗人"（徐悲鸿语）的米开朗基罗的"圣彼得雕像"和与其弟子巴扎利的约200平方米的巨幅壁画《最后的审判》。

　　仰望穹隆天顶画图，写的是圣经故事，人物不成千也成百，虽繁缛，但也富丽，层次清晰，笔力着色极为流畅圆润；所刻人物或动或静，或坐或卧，或歌或舞，丝发毕肖。整个教堂金璧辉映、琳琅满目。观之者兴叹起敬：为教堂艺术品的精湛所动，抑或为圣经故事感人至深，时作高声赞语，更多的还是扼腕称是。借得那众多的拍照闪现不断的荧光，境界陡然升华，如梦如痴，又如醉，把情绪牵引到那无限高远的空间，如米开朗基罗所说的到"天国之门"了。

　　心还在教堂，随着并不十分拥挤的人流，到宽敞的广场，我向身边那位导游，不禁问道，米开朗基罗的《大卫》雕像时，她说广场有复制品。

　　举世闻名的米氏"雕像"，20世纪初叶故去的艺术大师徐悲鸿先生这样写道：

　　　　《大卫》此像，今藏佛罗伦萨国家博物院，为巨像，高大逾真人一
　　倍。极为雄壮精妙，神情敏锐，传出其能决巨魔之力，动作自然，作

法尤简。

(《米开朗基罗作品之回忆》)

既是走马看花，下午3时，只得告别佛罗伦萨，往罗马过夜。

附一：给"大卫"洗澡

2月29日报道，米开朗基罗举世闻名的雕像"大卫"目前在一个非营利组织的资助下接受了洗澡业务。据悉，该组织近年来一直致力于保护文艺复兴时期的杰作，这次"大卫"的清洗费高达50万欧元。

(《环球日报》 2010年3月4日)

附二：意爆发"大卫"争夺战

意政府与佛罗伦萨市就雕像归属权展开激辩。

一场围绕米开朗基罗的巨作大卫像的所有权问题的激烈争论，在意大利政府和雕像展览地佛罗伦萨之间爆发。

大卫像是佛罗伦萨共和国蔑视敌人的象征，这其中就包括了罗马。1504年，大卫像被安放在佛罗伦萨市政厅韦基奥宫的入口处。即使在意大利统一后很久，这尊雕塑都被自豪的本地人当作吉祥物。

但在研究了几百年前的档案后，贝卢斯科尼政府委托的两位律师拿出了他们所谓的法定性证据，试图证明这尊文艺复兴时期的杰作并不属于佛罗伦萨，而属于意大利政府。

在意大利，对地方上的忠诚通常比国家自豪感更胜一筹，因此，佛罗伦萨人对此进行了迅速而愤怒地回应。市长马泰奥·伦齐说：罗马律师，请恕我直言，佛罗伦萨和意大利政府有文件均不容置疑，它们清楚地表明：大卫像属于佛罗伦萨。

在一份长达9页的文件中，来自罗马的法律团队指出，意大利政府才是佛罗伦萨共和国的法定继承者，而非佛罗伦萨城，意大利政府出资购买了大卫像。大卫像是米开朗基罗从一块在佛罗伦萨弃置了几十年，体积巨大不易搬运的卡拉拉大理石块中雕刻出来的，手法大胆，雕塑中描绘了体态柔美，手执投石器的大卫。

伦齐引用历史资料说："当罗马成为意大利首都的时候，于1870年1月颁布了一条法令，将韦基奥宫及其所属的全部物品归于佛罗伦萨，这其中就包括了大卫像。大卫像是我们的，文件上就是这样写的。"

  然而，在那些律师看来却不是这样。他们指出，在韦基奥宫物品移交的相关的书面材料中，并没有提到过大卫像，即使那时它已经拥有了重大的象征价值。另外，1873年，当大卫像在佛罗伦萨学院美术馆展出的时候，佛罗伦萨并未声明有该雕塑的所有权。报告还称，一年以后，当时的佛罗伦萨市长甚至宣称，大卫像属于意大利政府，并因此要求罗马支付搬移雕像的费用。

英国《卫报》2010年8月15日（《参考消息》）

三、斗兽场怀古

2010年5月15日　星期六　阴

　　上午8时30分，大巴从宿地，罗马市西北郊一家星级饭店出发，沿弗拉米尼大街南下，过人民广场、威尼斯宫、厄马努埃尔等处，直驶古罗马斗兽场观览凭吊。进入罗马市，我心里老回荡着田汉、冼星海两位先贤谱写的《热血歌》（《夜半歌声》插曲）那旋律。50多年了，那旋律营造的悲壮氛围，包裹着我，记忆中的旋律，尽管时断时续，尤其是今天到了古罗马"烽火燃遍了整个欧洲""光明已经射到古罗马的城头"。我知道这里的"城头"就是今天"古罗马的斗兽场"，尽管多残缺残破，古罗马之"古"，至今还不失当年的状貌。就是今存之古罗马斗兽场。

　　车行道两侧，楼舍幢幢栋栋排列着，高五六层，旧貌老态，都是大理石块加混凝土砌成，灰白色。楼无顶盖，门窗只剩框架，自然无住户人家。矗立着，不见有颓圮遗痕。唯不见土著行人。时见老树枯藤，不见乌鹊三匝；鲜有青绿色调。人去楼空，燕子也不回来了，即使是万物萌盛的初夏，正是燕雏翻飞季节，也依然感到凄婉落寞。

　　据韩导介绍，古罗马，即今之古罗马广场、古罗马斗兽场这一带，两处毗邻。古罗马广场是两千多年前，罗马帝国政治、经济和社会活动中心。罗马位于台伯河下游平原的七个小山丘上，有"七丘城"之称。公元前753年建成，相传罗马帝国创建者罗慕路斯（又译为罗慕洛）和他的孪生兄弟勒莫斯是在牧人家母狼喂养大的，故其城徽图案是"母狼乳双婴"。今天的古罗马广场，所见少了些古貌，减少了些它原有的滋味。

　　原汁原味的保存着的，还是斗兽场和那些断垣残壁。

　　从大巴下来，韩导放任我们这一群游客，凭自己的眼光去解读斗兽场了。

　　斗兽场亦译作罗马大角斗场、罗马竞技场、弗莱文圆形剧场，等等。在威尼斯广场南、古罗马广场东侧。

　　斗兽场公元72年（汉明帝永平十五年），罗马帝国，弗拉维王朝第一代皇帝维斯西巴安，为庆祝远征耶路撒冷（今亚洲西部巴勒斯坦中部地区）的胜利，强迫奴隶和战俘 8 万多人，费时 8 年，是在其继位的儿子图密善于公元 80 年建成的。它主要是供皇室、上层贵族、富人和附庸流氓，追求娱乐的强刺激服务的设施。

所谓"角斗""竞技"，就是人与人的搏斗，人与兽的拼杀，兽与兽的撕咬。

公元 82 年，斗兽场落成庆典之日，巨大的斗兽场（与今之足球场两个那么大），3000 角斗士，5000 头包括公牛、狮子、鸵鸟等猛兽，在这里轮番出场，有的说同时出场，展示血腥大厮杀，庆典活动整整持续了 100 天，直到猛兽和角斗士同归于尽。无怪乎有人说，只要在角斗场上随便抓一把泥土，放在手中一捏，就可以看到留在掌上的斑斑血迹。

二

这种极其野蛮惨烈的角斗竞技，曾引起了一些正直人士激烈反对，一位基督教徒，竟至在斗兽场中，以自杀身死来进行抗议。到了 1749 年（清乾隆十四年），罗马教廷以当年有基督教徒在此殉难为由，宣布斗兽场为圣地；约翰保罗一世教皇生前每年都来此举行仪式，纪念这些因角斗而殉难的死者。

参与角斗者，叫角斗士，他们多来自战争的俘虏，经过专门学校训练出来的。角斗始于公元前三世纪上半叶。最著名的角斗士，后来成了奴隶起义军的首领的，莫过于斯巴达克了。斯巴达克起义发生在公元前 73 年（汉宣帝本始元年），距上述斗兽场落成庆典活动还早近 90 年。

史书上，这样讲斯巴达克的：

> 斯巴达克本是色雷斯（古代巴尔干半岛东南部，爱琴海到多瑙河之间地区）人，在一次反抗罗马战争中被俘。因体魂强健、勇武过人，被送入加普亚（今那不列斯附近）角斗士训练所，（不）忍受残暴的非人待遇。……公元前 73 年春夏间奴隶们的密谋起事。（《世界史·古代史》主编崔连仲，人民出版社，第 345 页）

当年，斯巴达克是角斗的一名幸存者，马克思赞他是"整个古代史中最辉煌的人物。"

公元 82 年那样的角斗竞技年复一年地进行着，直到罗马帝国的衰落，公元 523 年（处于我国南北朝时期）才完全被禁止，整整延续了 440 多年。

我和游伴，在斗兽场外的广场上，久久地望着斗兽场的残缺；望着最高处仅剩的，那不及 50 米长的一段弧形的残墙，独立着。我想说，但也没说，闷闷的。

之后和游伴各花了12个欧元，从平街的检票口，进入斗兽场。身临其境，环视上下左右都惊呆了！从它的落成庆典公元82年，苍狗白云，岁月转动；地动山摇的公元442年和508年两次地震；人为的破坏，15世纪时教廷为了建造教堂和枢密院，拆除了斗兽场的部分石料；这些天灾人祸，给斗兽场带来了伤痕，但整体空间结构依然。我赞叹它给人类留下的仍是丰碑，被誉为当今"世界八大名胜"之一，其在世界文化史上的地位，与横亘我国北部的万里长城相当。

斗兽场的第一、二层和部分未垮塌的第三层，是元首皇室、元老豪门贵族及其富人观斗的座位4.5万个，未全受垮塌之灾；第四层自由民（奴隶以外居民）站位5000个，垮塌已尽。斗兽场占地2万平方米，高57米，共四层。

人与人、人与兽、兽与兽，竞技搏斗区在最底层，与元首、元老座位的第一、二层还有一段不小的距离，之间有不算很高的墙隔开。各层与底层赛区形成坡度，倾斜度不下45度。场中还有好些列卷拱封顶通道，多数残损严重，散乱不成形貌，只有两三列可见端的：无疑那便是为人兽出入竞技场的设施。每列通道一端直接与底层的、露出圆孔门的地下室相连。那地下室便该是人、兽备斗空间，装有野兽的笼子、器械库，自然也在那里了。

三

我缓步走出斗兽场，内心沉重：延续了四百多年，那些成千上万，屈死的奴隶，那些冤魂野鬼，流淌的鲜血；我也亢奋，就是这些奴隶中，也有不做奴隶，不做马牛的斯巴达克和他的同伴的反叛，高举义旗，横扫亚平宁半岛全境，开创了"整个古代史中最辉煌"的事业。

斗兽场周边，一度成了后世皇帝营建教堂和宫室的采石场，那无数的，露天的一两个人深的大坑，便是采石场的遗址了。来此观览凭吊，荒芜已到极限！好些世纪过去了，采石者，不知几世几劫，几多轮回，而留下的坑，没有标识，似张开的巨口，对着苍穹！

附：斯巴达克起义

欧洲古代社会最大的一次奴隶起义。斯巴达克本色雷斯人。被俘后充当"角斗士"。公元前73年（西汉宣帝本始元年）密谋起义，不慎泄密，率同伴70多名，逃往维苏威火山（火山尚未爆发）。

各地奴隶和贫民纷纷加入起义军，队伍迅速扩大，连败罗马官兵。起义军先至塔兰敦湾，再沿亚平宁半岛东部北上。

途经阿普利亚时，克里克苏（斯巴达克助手）率一支队伍分出（旋被消灭）。斯巴达克所率主力（据说超过10万人）直抵意大利北部的摩提那城。突然回军，罗马元老院授克拉苏以独裁官的权力，倾全力镇压。斯巴达克转战至半岛南端（墨西拿海峡），欲渡海去西西里岛未成。继而冲破克拉苏封锁，但又有队伍分列出去。前71年在阿普利亚境内发生决战，起义军失败，斯巴达克及众多奴隶壮烈牺牲。这次起义沉重地打击了罗马奴隶主的统治，加速了罗马共和国的灭亡。

马克思和列宁对斯巴达克作过高度评价。

四、游瑞士琉森

2010年5月16日　星期日　阴

早餐过后7时40分,离宿地意大利西北城市皮亚琴察,往瑞士中部琉森(又译作"卢塞恩",拉丁语,是"灯"的意思)。大巴出皮市北行过洛迪,米兰西侧,横插阿尔卑斯中段山地,三四个小时后进入伯尔尼山南布里格,明斯特,迈林根地段到了另一个国度瑞士。

所经路段,是阿尔卑斯山高原山区。碧绿草地边缘,有绵羊群,数十只成群,自由自在地在平缓的草地上选食牧草,未见羊群的主人和代主人守候的牧羊犬。离车行道两三千米处五六列房舍,全是红屋顶、白墙壁,十来栋。房舍前,有一大片平整的草地。这些房舍坐落在疏朗的桦树、枞树、榉树林丛中。那圆柱形、尖顶半球型,主体呈粉白色的高出房舍许多的建筑设施,无疑是住民的水塔。最低矮的一长列木屋,好些窗洞,那该是羊舍了。羊群的主人家自然就在附近了。

透过车窗,这一片房舍背后,那又高又远,绵绵延延的山脊,皑皑白雪覆盖着,那便是瑞士段的阿尔卑斯山脉了。

韩导诠释说:"雪山,一是指古印度人和中亚南部人称喜马拉雅山是雪山;二是指台湾本岛北部,玉山北段高峰,西南大雪山那一带,它有广阔的原始森林区,那才叫雪山。"韩导的诠释和常人理解极不一样。雪山,"山高气寒,常年积雪"者。韩导是台湾人,自然有他的说法。

大巴正行驶在劳特布鲁思昂谷地,布格里,迈林根地段,阿尔卑斯山之少女峰,由于峰高(4158米),她倩影、状貌早已圈入了我们的视野。少女峰横亘18公里,被欧洲人誉为"皇后",远观之,宛如少女,披着长发,素裹银装,仰卧云端。

韩导是欧洲通,他带队往来欧洲六七十次了。他说:"瑞士民间传说,这座山峰,曾让天使心醉。某日,天使来到人间,看见了美丽的少女峰,迷住了,就在山谷里住了下来,为她铺上了无尽的鲜花和森林,镶上了银光闪闪的珠链,告诉她:'从现在起,人们都会来亲近你,爱上你。'"我疑心是韩导临时的杜撰，只听他这么说。

我们看到的少女峰，只是她的片段倩影。她恬静仰视，便是她的含情脉脉，目无世俗；雪线下，绿树葱葱，漫山的青草，便是她的百褶裙裾；雪线上的晶亮冰川，伴以缭绕不定的云气山雾，便是她难以掩饰的娇怯。

下午14时许，车过琉森（在罗伊斯河出口与琉森河汇合处，瑞士联邦琉森州首府所在地），气温下降了许多，寒浸浸的，阿尔卑斯山远处的群峰，多为冰雪封盖，在蓝天下，他们的身段丰姿，都先后露出了尊容。

有的昂首仰视，倚天傲世；有的疏散放达，寄情邈远；有的拔剑四顾，试比天公；有的透体莹洁，逸世无傍；有的仙子飞天，绰约弄姿。

我观阿尔卑斯山诸峰，如彼，如斯。

二

简便的午餐后，大巴便到了海拔3200米铁力士峰脚下，位于琉森北英格镇的缆车站。

峰，直起拔地，在冰雪中：这时纷纷扬扬，飘起鹅毛雪片。

"峰，在瑞士中部，是最高峰，终年积雪，万年冰川处处。阿尔卑斯山风貌多面，站在这里可一望无遗。"——韩导如是说。他又说："登山之路比较好走，可凭勇气一试。"如我者，有谁肯一试呢？

缆车分三段运行。车型，升高度，载客量，各段皆异。我们36众自由结伙，随韩导先后进入了缆车厢。

车启动，匀速上升。仰视去路，云遮雾嶂，飞雪漫天；俯瞰群峰，云海茫茫，全是辽远空虚；高悬空中，脚下植被，早为冰雪深埋。耐寒植株，偶有所见，树冠冰雪压着，低了头；倒俯的，隆起的，似山野绵羊、犬只，都毛茸茸的，有点像我国唐代张打油诗韵儿"黑狗身上白，白狗身上肿"了。

肆虐的山风卷着雪珠、雪片，敲打着密封的车窗，瞬息化作涓涓细流，溜掉了。人多，热气高是也，车窗始终保持它的莹洁透明，和窗外总是两套风景。

近一个小时，缆车走完了它的全程。到了终点，车上游众，忙着，争挤着下车出站。一个成100平方米铁力士峰顶两层平台，盈尺冰雪。平台周边排列无数植株，树冠上，树枝丫上，垂挂着千百条线状冰凌，在山风中摇曳着。

先到一步的，那几个西安来的姑娘，早在平台上玩雪了：打雪仗，追逐着，给了这冰冻天地，热气腾腾。堆雪罗汉多少年未见到了，你看他们那么认真，还装上了眼睛，五官即便粗糙。三五结伴拍照者居多。年岁稍长的，情绪也高：他们指点四方六合，历数阿尔卑斯山巅景色的点点滴滴，赞叹，他们在赏阿尔卑斯山之雪。

山风大了，雪如鹅毛，漫天飞舞。发际、鬓角、唇边、眉宇都结满了雪珠。一位从石家庄来的赵先生有所感悟地说："不管谁，不论男女，头上再配一顶圣诞帽，准是圣诞老人了。"

此时，下午16时，登阿尔卑斯山，在铁力士峰看雪，净花了近两个小时。韩导领着大家下山，折回琉森市（瑞士琉森州首府），往琉森湖玩水去。

三

琉森市东南侧便是琉森湖，因湖水域联及瑞士联邦四个州地面，水域森林蓊郁环护，地图标名"四森林州湖"。

俄罗斯顶尖级大作家列夫·托尔斯泰，1857年，时年29岁，告别军旅生涯，第一次出国，首途便是琉森。在他的《游记》里，写第一感受是这样的：

> 这种湖光，这种山色和这种天宇的美丽，在最初的一刹那，真使我目眩眼花和心荡神移。我感到了一种内心的不安，需要用一种什么方法，把我突然在我心里洋溢着的情感表达出来。在这个时候，我想抱抱她，使劲抱抱她，咯吱咯吱她，拧拧她，总之，要对她和对我自己干点什么不寻常的事。

琉森湖是美丽的（托翁倾情了！把"湖"女性化了，不，是"恋人"化了），宽阔的，深邃的，目不穷尽的。我们到湖岸时，游客不多，几分寥落。目接处，湖的北面、西南面，高山地段的耐寒桦、枞、榉、松葱茏丰茂，又值初夏时令，多的是盎然生机。其湖东南方位，望无止境。

我们36名游客，先后上了游艇，韩导办好游湖手续，殿后才上船。最后一位上船的驾驶舵手，小伙子，个头不高，干净利索，进了高出游客舱许多的驾驶室。不见服务人员之类登船，看来全船都由这个小伙子自主、自助了，偌大游艇，进退安危，全交付给这个小伙子了。

鸣笛启碇，游艇离港，向湖西南方位驶去。款款清风，心荡神怡。船头冲击出白沫浪花，船尾拖出的一道道消长的波痕，在湖面上远去。

湖岸边居民楼，三四栋，五六栋组合成两组，错落在并不密集的乔木，灌木丛畔。

丛畔与湖面交接处，有纯自然生态的白天鹅，五六成群，在湖面上嬉戏——我早就见到了，在船头有两三只迎候我们了，我忙着上船，没吱声——它们时而潜沉，时而凫出水面，相互追逐着，构成了纯天然画面。游伴中，一位女性张,情不自禁地惊呼道:"天鹅!天鹅!"话音未落,这一群可爱的精灵,便无影无踪了。

略转船头,朝东南方向驶去,又一群、两群,在船头前方出没。启碇的湖岸,不见影子了。我和游伴都希望,我们寄以厚望的年轻驾驶,舵手"老爷"啊!一直把我们带到湖的东南尽头,阿尔特夫那个州去,看看那里,还有些什么。

好些年前,不止一家媒体报道过一则消息,说瑞士高山湖里有怪兽,引起了有关国际组织关注,对湖进行过拉网找寻。我问身边的欧洲通韩导,他说不曾听说过。此文定稿时,我把怪兽事,电询一位向来关心轶闻趣事的张姓某君。他说那是尼斯湖事。

宁信其有,不信其无,满足我探奇的癖好。

四

船行近一个多小时,按合同,舵手转向回航了。无奈,得赶回市内,凭吊市区北角里吉山麓崖壁上的"濒死卧狮"纪念碑了。

"卧狮"位于琉森市区北角里吉山麓崖壁上,1821年由丹麦著名雕刻家贝特尔·托瓦尔森(1770—1844)凿建。有资料,介绍说:

> 濒死的卢塞恩(琉森)狮子,是世界最有名的雕塑之一。……这头长10米,高3米多的雄狮,痛苦地倒在上,折断的长矛插在肩头,旁边有瑞士国徽的盾牌。这座雕像是为了纪念1792年8月10日,为保护巴黎杜丽舍宫(一作"杜勒利宫")中路易十六(法国国王1754—1793),家族的安全,全部战死的786名瑞士雇佣兵雕凿的。

整座碑,有极强的艺术感染力,给人以精神震颤。美国作家马克·吐温(1835—1910)曾在此凝神良久,在他的散文《痕迹海外》中写道:"这座碑是世界上最哀伤,最感人的石雕。"

事出在法国资产阶级大革命(1789—1794)第二阶段(1792年8月10日—1793年5月31日),"狮碑"所表述的内容,史书这样讲的:

> 当时法国面临外敌入侵的严重威胁,(1792年)7月25日,普(犹今德国)奥(犹今奥地利)联军司令布伦斯维克公然声称,发表宣言,如果法国国王(路易十六)受到侵犯,他将惩罚巴黎,并将其"完全毁灭"。司令的宣言,更加激起了法国人民,巴黎人民要求立即

废黜国王（路易十六）。……8月9日夜，巴黎上空再次响起革命警钟，起义者纷纷在各区聚集。次日晨，起义者向王宫杜丽舍宫（在巴黎，今辟为花园）挺进，途中与路易十六的瑞士雇佣兵发生了激烈的战斗（786名瑞士雇佣兵壮烈战死），起义者攻入王宫，国王逃到立法议会，乞求保护，巴黎市府立即逮捕监禁了他。立法会，只得按照起义者的要求，通过废黜国王，召开国民公会决议。

（《世界通史·近代部分》上册，周一良等编，人民出版社，文字有增删）

这个路易十六于是年9月废黜，1793年1月21日被处死，上了断头台。法国作家雨果（1802—1885）《目击者的叙述，路易十六的处决》这样写着：

在这阴沉沉的人群之上，是冬日一个上午，阴森森和寒浸浸的天空，你就会得到这一时刻，大革命广场所呈现的面貌：路易十六由巴黎市长的马车运来，一身素白，手里拿着《圣经》中的《诗篇》到达这里，1793年1月21日10点过几分，撒手人寰。

（郑光鲁译《雨果散文精选》人民日报出版社1997）

雨果、郑译文中的"撒手人寰"，当译为"身首异处"：美国史学家海斯、穆恩、韦兰合著《世界史》在"路易十六的处决"图片下文字说明是这样的：

这图片给断头台一个相当完整的概念。国王的尸体平放在台上；断头台沉重的刀已经落下，刽子手桑松将头颅举示群众。

（《世界史》中册）

1792年8月10日，巴黎人民起义（被称为"无套裤汉"发动的）的胜利，摧毁了法国数百年来封建君主专政制度，建立了法兰西第一共和国（1958年戴高乐当选为法兰西第五共和国总统），这无疑是历史的必然。路易十六送上断头台这也是历史的必然。从政治角度讲，保护旧政权，延续旧制度是毫无价值的。由是观之，786名瑞士籍雇佣兵，为保卫路易十六而战死也就"比鸿毛还轻"了。

但诗碑的制作者托瓦尔森，有感于786名战死者的忠勇和惨烈，抛开政治考量，遑论起义者和路易十六的是非，不问为了谁，那是谁。单从人性，人道来解读，他有了强烈的同情点，他把自己的感情投入到了石狮的人格化，把自己对人性、人道的追求融进雄狮雕凿布局设计和一刻一划上。他的同情点，还在于当时瑞士是一个贫穷落后的国度,男子迫于生计,无奈,纷纷到欧洲各国当雇佣兵,他们忠心雇主,以至用生命为雇主殉身。

由于死者的忠勇,至今罗马梵蒂冈教皇国的卫士,仍用瑞士籍人;由于雇佣兵战死的惨烈,这次事件之后,瑞士停止了雇佣兵的出口。

人类需要和平和谐,需要宁静,而不需要战事和纷争。蕞尔小国瑞士,地处欧洲腹地,群雄环视,欧战频仍。两次世界大战,尽管德意法西斯,侵占了所有的欧洲国家,恰恰没有碰瑞士,这是因为1815年欧洲维也纳会议上,它被确认为永久中立国家。几百年无战事,应该说,这种高超的政治运作的政治智慧和国运操作,比它获取巨额利润的银行和驰名全球的名表,还伟大得多。

我进入瑞士之前,早就听说过,瑞士是一个无军队,无失业,无小偷的"三无"国家,国民的收入早就在世界的前列。

石狮纪念碑的最大价值,是世代瑞士人,以及地球村的芸芸众生所企求的和平,所需要的更多的人性和人道,更多的宽容和包容。

36众游伴,沉思着,伫望着濒死状的石狮,良久,离去……

附一:尼斯湖水怪

一

在近90年的时间里,第一次没有人"确实目击到"这个蛇形的苏格兰怪兽。长期对尼斯湖水怪目击事件进行记录的加里·坎贝尔说,已经有18个月没有人声称目击到尼斯湖水怪了。自20世纪末以来,尼斯湖水怪的目击事件越来越少。

坎贝尔说,经过专家鉴定,去年所有有关尼斯湖水怪的观测影像拍摄到的都不是尼斯湖水怪。

(《参考消息》2014年2月10日)

二

英国《每日邮报》网站2015年1月12日报道,发现尼斯湖水怪失踪已久的表亲:1.7亿年前生活在现今斯凯岛附近海中的像海豚一样的爬行动物。

但尼斯湖水怪似乎不是让苏格兰水域生辉的第一个怪兽。据悉,研究人员可能发现了她的一个失踪已久的亲戚。

(《参考消息》2015年1月14日)

附二：法国大革命

  18世纪法国资产阶级革命可分三个阶段：第一个阶段，起于1789年7月5日，这个阶段的成果，是建立了大资产阶级君主立宪派的统治政权，"八月法令""人权宣言"，发生在这个阶段。第二个阶段，起于1792年8月10日，成果是建立了法兰西第一共和国，摧毁了数百年来封建君主专政制度，结束了三年来的君主立宪制（路易十六送上断头台）。第三阶段，起义于1793年5月31日，是建立了雅各宾派革命民主专政。

五、初见巴黎

2010年5月17日　星期一　晴

一

  大巴离瑞士琉森，西南行，往巴黎，7时40分。过瑞士朗瑙，伯尔尼东侧比尔，横插汝拉山，拉绍德封，再插瑞、德间的侏罗山，进入法境贝桑松地段。丘陵、高原等山地都退到车后去了。

  下午5时许，11个小时左右的长途车行，进入离巴黎南郊三四十公里处时，带队的韩导，许是耐不住了，从首排站起来，向后座发话："巴黎快到了！"这句话，打破了一车的岑寂。大家也舒了一口气。车内顿时噪动了，振奋了。

  高300多米，举世闻名的埃菲尔铁塔，是法国巴黎标志性建筑物，被誉为法兰西民族的"铁娘子"，透过车窗望到了。

  游伴们忙着，纷纷掏出相机，对准车行道左侧拍照。以留下初见巴黎的第一景。无奈，车速快，树影幢幢，阻碍视角，敢说，能给首见的埃菲尔铁塔留下倩影是不会多的。

二

  入市，宽敞的车行道两侧，高大的建筑楼群，并无我想象的那么密集，那么高大。多的是并不是疾驰的轿车，给我的第一感觉，是今天法国人遇事的温吞。不甚稠密的人行道上，或三两，或五四，不则声，像煞有什么急事者，匆匆地踏成节拍赶路。

  巴黎的另一道风景，那便是咖啡馆、咖啡店了。

  车行道两侧，咖啡馆的排列，随处可见，无论大街，或是小巷。馆可分"内座馆"和"露天馆"两种。露天馆，也叫"露天座"，附设在"馆"外，设备极简，只要桌椅几套和几把巨伞，就够招徕顾客了，有点像我们重庆火锅店外附设的"街头火锅"。

  入"店""馆"座者，妙龄男女，着装素雅，成双成对者居多。他们是来展现灵性的,多在薄暮时刻,是情侣,细声碎语。旁若无人地亲吻、依偎、拥抱有之。或有似孤独老妇,较浓妆艳抹,牵带爱物小犬,相依为命者,时有所见。

另一种入座者,也无例外地,面前摆着一杯浓浓香味的咖啡,有的不经意地翻着当天的报纸之类,似在寻找什么新闻,或浏览一本小书;有的轻声聊天偶有笑声传出;有的什么也不做,懒懒地看过往行人。他们相识,或不相识,凑在一起,不甘寂寞者,评时议政。

入座者发牢骚,抒闷气的自然有。这与我国抗战时期城镇的茶馆,如长工先生写的《茶馆小调》所述相类。

——抗战时期,我还是孩童,只记得《小调》中的几句:"谈起了国事,容易发牢骚,引起了麻烦,你我都糟糕。"用此来应对咖啡馆的一道小风景,还是可以的。

"馆"多为三教九流出没之所,但也常为天才,大师所钟爱,巴尔扎克(1799—1850)说的"咖啡馆是人民的议会",一语中的,道出了咖啡馆起了浓缩大社会的作用。

三

法兰西第一家咖啡馆,1686年,西西里(今意大利境)人普罗考普,在今巴黎老歌剧院街13号,开了第一家,以自己的名字命名的,"普罗考普"咖啡馆。至今300年有余了,生意运作远超初创。名气大矣!伏尔泰(1694—1778),卢梭(1712—1778),狄德罗(1713—1784)这些重量级的学术巨人,都是嗜咖啡者,是这里的常客。美国的富兰克林(1706—1790)政治家、科学家,美国独立战争参加反英斗争,曾经在这里对美国宪法"独立宣言"字斟句酌。

18世纪,进咖啡馆已成了一种时尚。

法国大革命时期位于杜乐勒丽王宫(路易十六的寝宫)周围的咖啡馆,成了各个政党频繁活动的场所。1789年7月12日,一位叫卡米耶的起义者,推开众人,跳上咖啡馆前的一张桌子,号召巴黎市民们武装起来向"巴士底狱"(路易十六囚禁良善者的监狱)进发。这算是巴黎咖啡馆历史的一段耀眼的辉煌。

还值得一提的,还有巴黎圣日耳曼区的"花神"咖啡馆,开业于法兰西第二共和国末期,经过半世纪的发展,"花神"成了法国知识界,艺术家等文化人光顾的地方。美国小说家海明威(1899—1961)等,他们也在这里写作、会客度过了许多日夜。法国作家,哲学家萨特(1905—1980)1943年问世的《存在与虚无》一书就是在"花神"咖啡馆写成的。此人 1955 年到过中国。

普罗考普咖啡馆,"花神"咖啡馆历经沧桑,至今仍在营业运作,风光不减当年,只是前者门庭若市,大抵是未设露天座吧!后者"花神"露天座增加了许多。篷沿下垂,白底黑字标着"CAFE DE FLORE"(法语"花神咖啡")赫然在目。空位尚多,因韩导未作入座安排,自己打住思古之幽情,怅然地跟着游伴,只好走开。

咖啡原产于非洲,17 世纪下半叶传入法国。据传,当时由奥斯曼土耳其帝国的苏丹特使,苏里曼·阿贾,第一次见法兰西国王路易十四(1638—1715)献上的贡品,就是咖啡。如是,路易十四,这个"太阳王"便是法国第一个喝咖啡的人了,接着喝的便是路易国王周围的王公大臣。

四

咖啡有独特的香味,尤其是有极强的提神功能。启蒙运动者、哲学家、思想家、政治家、文学巨擘,他们需要提神,都跟咖啡结了缘。巴尔扎克近两万杯咖啡,便喝出了个多卷合集的《人间喜剧》巨著,成了法国亦世界文学史上的一则佳话。

咖啡平民化后,在法国,在巴黎的大街小巷,喝得全民亢奋,法国人似乎忘掉了国酒"葡萄"。始料未及,从路易十四开始,喝咖啡竟成了历久不衰全民大行动。

嗜咖啡者,饮量之大,成就最高,影响深远的,谁也超不过巴尔扎克老人,这个法兰西大文豪告来访者常说:"我不在家里,就在咖啡馆;不在咖啡馆,就在去咖啡馆的路上。"

附一:《独立宣言》和美国独立

1775 年 4 月,北美独立战争爆发。5 月 10 日,第二届大陆会议在费城召开。6 月 15 日,会议根据新英格兰代表的提议,通过了组织正规军和任命乔治·华盛顿为总司令的决议。从此,大陆会议成为领导独立战争的政权机关。

1776 年 6 月 7 日,弗吉尼亚代表提出各殖民地脱离英国的决议案,会议选举杰斐逊、富兰克林、约翰·亚当斯等人组成委员会,起草脱离英国而独立的宣言;7 月 4 日会议在长时间辩论后,通过了杰斐逊、富兰克林等人起草的《独立宣言》。

1759—1774 年，华盛顿当选弗吉尼亚议会议员，反对英国殖民统治。1775 年，第二届大陆会议君任命他为大陆军总司令。在人民群众的推动和支持下他率领大军多次击溃英军，取得了独立战争的胜利，赢得了人民的爱戴。1783 年英美签订《巴黎和约》，英国承认美国独立。

18 世纪北美 13 个殖民地人民反对英国殖民统治，进行了独立战争的政治纲领。主要由杰弗逊起草，1776 年 7 月 4 日由第二届大陆会议通过。《独立宣言》宣告这 13 个殖民地脱离英国而"成为自由独立的合众国"。因此，7 月 4 日成为美国全国性的假日——独立日，习称"美国国庆节"。

附二：富兰克林

富兰克林美国政治家、科学家。1731 年在费城建立北美第一个巡回图书馆。1743 年组织美洲哲学会，后协助创办宾夕法尼亚大学。独立战争时参加反英斗争，当选第二届大陆会议代表，并参加起草《独立宣言》。1776—1785 年出使法国缔结法美同盟，1783 年签订《巴黎和约》。英正式承认美独立。1787 年为制宪会议代表，主张废除奴隶制度。科学上发明避雷针，在研究大气电方面作出贡献。

附三：杰弗逊

杰斐逊（1743—1826）美国第三任总统（1801—1809），民主共和党创始人。1773 年创办弗吉尼亚的"通讯委员会"，宣传殖民地独立的思想。拥护天赋人权说，提出以革命反抗暴君。主张自由发展小农经济，反对奴隶制。为大陆会议代表，参与起草《独立宣言》。

六、塞纳河看桥

2010 年 5 月 18 日　星期二　阴

一

下午 1 点，往华人餐馆就餐。餐馆离塞纳河很近，是华人经营的。我们到时，餐馆门前，早已人头攒动，摆成长龙。店堂不小，同时可容四五百人进餐。听口音，看长相，多是大陆客。

餐后，随韩导车行，从香榭丽大道起点凯旋门出发，往协和桥。

塞纳河是法国第二大河，源自法东部朗格勒高原，在巴黎市东南与马恩河汇合入巴境。20 世纪 30 年代初叶，朱自清先生在《欧游杂记》中写道：

塞纳河穿过巴黎诚中，像一条圆弧[1]。河南称为左岸，著名的拉丁区就在这里。河北称为右岸，地方有左岸两个大，巴黎的繁华全在这一带，说巴黎是"花都"，这一溜儿才是真的。

文中"像一道圆弧"不确，或许是谓当时的"主城区"吧。"拉丁语区"即塞河南（左岸）的教育文化区。从十二世纪起，因入学者多来自英德比和北欧地区的年轻学子，授课时得使用拉丁语，久之，拉丁语逐渐成了左岸的通用语，故左岸被称为"拉丁语区"。

流经巴黎的塞纳河，形成几道圆弧，有好几十公里长，跨越河面的桥计 36 座。每一座桥都以它异乎寻常的故事，载入法国史乘。

塞纳河河面说不上宽，不见湍流漩涡，河水平平，多女性的阳柔，鲜男性的阳刚。夹岸无绵延兀立山势逼出来的滔滔，无摩天大厦的气势排列，映衬塞河的壮观。这与塞河澄、静的柔波应和着，呵护巴黎，这大抵与我今天见到的巴黎人温吞性格一致。

"塞纳河孕育了巴黎。"——法国史学家法维埃塔如是说。

生生不息，蜿蜒辗转，风情万种的塞纳河啊！

二

车在塞纳河桥头停下。下车，步行略五六十米，随韩导上了船。我和老伴，还有三位重庆籍的先生，在第三层船舱找到了自己的座位。

略二十分钟后，平放在第一层的舵手舱缓慢地抬起上升，高出我们座位第三层许多，鸣笛启航了。

要经过的第一桥，便是协和桥。桥建于1788到1791年之间，建桥大部分石料，取自于法国大革命时期拆毁巴士底监狱，人们用拆下来的石料修建此桥，让这座吃人的监狱永远踩在人民脚下。

1810年拿破仑一世（1769—1821）为一些追随自己征战而死的将军们制作了雕像，排列在桥墩外侧，以示表彰。

1828年，拿破仑一世建立的第一帝国崩溃后，原有被后继的波旁王朝（以波旁家族为首的王朝）的部长、将军雕像所取代。由于雕像过重，1832年雕像不得不移到凡尔赛宫。

协和桥的称谓随协和广场而来，是1830年定下来的。

三

随着游船西向，协和桥的身影退到船后去了。二十来分钟后，便迎来了另一座有许多故事的大桥——亚历山大三世大桥。

亚桥的故事极为诡谲：亚历山大三世（1845—1894）乃俄罗斯末代沙皇（俄帝王称号，源古罗马政治家凯撒转音）尼古拉二世之父帝号。

1896年，俄末代皇帝尼古拉与皇后和法国总统菲利克斯一起为大桥奠基，"桥"是俄投资以表俄法之友谊，故用俄末代沙皇之父帝号命名"亚历山大三世大桥"。

船过大桥，略转视角，从左岸向右岸望去，大桥延伸了许多，似乎增强了它驭波的气度；那四座镀金的高13米的桥头堡，及其他顶端矗立着的女神青铜塑像，仰视它，更显得他们直逼云天的俊美。整座大桥，与舒坦的巴黎大平原，那一派莽苍的映衬，在蔚蓝的天底下，几处游走的白云，大桥深邃了许多。

几声气笛，前面有过往游船，……

四

船过亚历山大三世桥后，又是荣军院桥，路易十四时修建，拿破仑一世归葬于此，阿尔玛桥在望了。

阿尔玛桥也有它并不寻常的故事。它位于塞河北岸乔治亚大街南端，与南岸的荣军院大街相接。阿尔（一作"利"）玛（一作"马"），是地名，即今乌克兰克里米（"木"）亚半岛中部阿尔玛和高地。韩导讲，1854年，法兰西第二帝国皇帝拿破仑三世（1803—1873）第一次远征克里米亚，在阿尔玛战役中获胜，为了纪念此次胜利，于1855年，拿破仑皇帝下令建此桥，以"阿尔玛"名之。

从法国到克里米亚，不远万里远在，横跨地中海，拿皇帝凑合获胜，这个战争，有几多正义性值得炫耀，还要用"战利品"，远在克里米亚的别国的"阿玛尔"河高地名，作跨越塞纳河的桥名呢？

同船的一位北京来的刘先生，告诉我，阿尔玛桥头，乔治亚大街侧，有一座1987年"自由之火"青铜雕塑，是美国送给法国人民的象征美法两大民族的友谊的。

这"自由之火"，意取纽约自由女神像手中的"火炬"，应该说这"火炬"便是回娘家，因为纽约的自由女神手中"火炬"雕塑是1886年美国独立战争100周年庆典活动时，法国人民作为礼品送给美国人民的。

今天到了阿尔玛桥，站在阿尔玛桥头，浮想联翩，更值得大书特书。

五

1997年8月31日，戴（一作"黛"）安娜王妃在阿尔玛桥遇车祸身亡。事出当天全世界媒体都作了震惊世界的报道。英国路透社报道说：

> 联合国今天说，随着戴安娜王妃在巴黎的一次车祸中丧生，世界失去了一位重要的使节。
>
> 联合国秘书长安南的发言人埃克哈德说："这是一个痛心的损失。由于她为禁止使用杀伤地雷而不遗余力地工作，全世界已有千百万人认识到了这个问题的重要性。"
>
> 他说："国际社会失去了一位亲善大使，人们将怀念她。"

戴王妃的身亡，顿时震惊了全世界每个角落：不同肤色的人群，无论是上层大权在握的政要，也无论是社会底层的饱受煎熬的黎庶，一句话，只要人性还没有泯灭的地方。

她出生贵族，早年却像普通少女一样，生活在普通人群之中：做过保姆，清洁工，当过幼儿园的阿姨。她心地善良具有广泛的同情心。1981年，20岁进了皇宫，成了王妃，但她却不为王室所接受，她坦言甘做"人民心中的王妃"。

她没有贵族的架子，从事众多国内、国际公益活动，投身慈善事业，拉近了自己和平民百姓的距离，她平民化了。

她那短暂（36岁）的生涯，牵动了生者的心扉：她那为拯救苦难大众的奔走呼号，她那崇高的人格魅力，无论是艾滋病患者、麻疯病患者、癌症病患者，她都以深情的关爱，多次亲临病患者床沿，握手抚慰。

早在20世纪80年代，她先后两次来到华人聚居的华人伦敦"唐人街"，亲切询问华人的生活情况，问寒问暖，与孩子们聊天，体察华人社会生活。

她做的太多太多。她的罹难，引发出来的震天动地的追忆回响，十多年了，从未稍息！

今天，可以告慰罹难者戴安娜王妃的，是她奔走呼号的，在战争中禁止使用地雷的宣传活动，"不遗余力的工作"，在她忌日后的1997年12月，全世界121个国家和地区的政要，在加拿大渥太华，通过并签署了《关于禁止使用、储存、生产和转让杀伤人员地雷及销毁此种武器的公约》（又称《渥太华公约》）。天灵有知，戴安娜王妃啊，你会含笑吧？

船过阿玛尔桥，心绪沉沉，回首望去，那戴安娜王妃丧生的阿玛尔桥隧道口，那"自由之火"的火苗，燃烧着，跳动着。这燃烧，这跳动，正是奠祭王妃最佳形式，它昼夜不熄啊！

这里，阿尔玛桥每年来此凭吊的游客络绎不绝，包括不同种族、不同地域、不同意识形态的人们，尤其是她的忌日，献上鲜花、献上祭品、献上哀思、献上自己对逝者的景仰，不舍地离去……

下午18时许，船向塞河米拉波桥驶去。

[注]"像一道圆弧"，指巴黎市西南方位。今安德烈·雪铁龙公园南，北地段；市东南方位，今法兰西国家图书馆，贞德广场南北地段；圆弧顶点正北方位，即协和广场，香榭丽舍大街。这就是朱文中说的"巴黎城中"。（据中国地图出版社、中国旅行出版社《欧洲地图册》《巴黎》）

七、过香榭丽舍读法国史

2010年5月19日　星期三　晴

一

上午8时，从住地克莱贝大街西侧一家三星级饭店出发，车行北向望凯旋门，约十分钟，在离凯旋门五六十米处，香榭丽舍大街右侧，梧桐树林荫下草坪停了下来。

韩导安排了上午的游程：观览香榭丽舍大街及协和广场。

香榭丽舍大街，因在爱丽舍宫南侧，受"爱"宫的影响，初译为爱舍丽田园大街。20世纪20年代我国著名新月派诗人徐志摩先生（1897—1931）到了巴黎，根据他的感悟，把爱丽舍田园大街，译为富有浪漫诗情的"香榭丽舍大街"，一直沿用至今。

爱丽舍田园，取自希腊神话，是"仙境"的意思。爱丽舍的法文"Élyseés"[1]的音译名，意译为"极乐世界"或"乐土"。

徐志摩对巴黎的感悟写道：

> 到过巴黎的一定不会再稀罕天堂，尝过巴黎的，老实说，连地狱都不想去了。整个巴黎就像是一床野鸭绒的垫褥，衬得你通体舒泰，硬骨头都给熏酥了的。（《巴黎鳞爪》）

由于徐有这样的感悟，把这条大街译为"香榭丽舍大街"，就切题了。"香"是对"大街"的美誉。"榭"是中国古典园林中临水建筑的观景平台。

香榭丽舍大街，西起凯旋门，东至协和广场。大街全长两公里，宽约120米。在路易十二、十三时期这里还是一片荒野沼泽地，是皇家贵族打猎、跑马、遛狗之地。

1670年一个叫安德烈·勒诺特尔的设计师受路易十四（1638—1715）委托营造这条大街，当时路易的后母遗孀梅德西（一作"美蒂奇"）皇后摄政，把这条大街叫作"皇后林荫大道",到1709年才正式命名为"爱丽舍田园大街"。

二

我们一行到大街西端起点凯旋门,第一感受不在乎凯旋门的高度、宽度、厚度,因为凯旋门雄踞的图像,早存心间已有多年了;也不在乎大街两侧排列有法国和世界级各国的大公司、大银行、大航空公司、大电影院、大奢侈品商店、大高档饭店等高大的庞然大物,因为这些"大""高",京、津、沪、渝等地已屡见不鲜了。说实话,香榭丽舍大街楼层的高度、密度,还有些逊色呢!

或许是她们的逊色,倒反彰显出她们的撩人特色。

巴黎历届市政当局,为了保持老城区古朴典雅的城建风格,楼层的高度,密集度都有严格的限定。

近120米宽敞大街和那街道稀疏的行人,"香街"更坦荡了,天宇空阔了许多;大道笔直,虽说西高东低,微微坡度,极目放眼,从凯旋门毫无遮拦地,可一直望到市郊德芳新区,那新建的"新凯旋门",因"门"呈方框状,世人谓"大方门"——香榭丽舍大街延伸的尽头。

令人难忘的,还有"香街"东端两侧。

东段指1900年建成的大宫、小宫到协和广场这一大片。北临爱丽舍宫,这大片绿化区,长度占香榭丽舍大街700米。林木、花圃、喷泉、小楼错错落落,大宫、小宫全掩映在绿海之中了。大街两旁的林荫大道,一棵接一棵排列着栗子树、法国梧桐、雪松、柳树和洋槐。和风习习,时有轻忽的片片柳絮、槐花,莺来燕往,和我们叫作"黑八"(八哥)的也不顾游客,时起时落,这些给香榭丽舍大街平添了许多天籁和秀色。林荫下草坪片片绿草如茵,张张整洁的典雅长条椅,给了游人写意骋想的惬意时间和空间。

我们这一行,到巴黎,正值初夏,气温在20℃,20℃恰是人们展现灵性的天候,有的衣着光鲜,有的素雅,也有着装随和者,也有青春热烈者:他们都没有丝丝矫情作态,描绘出了一幅初夏郊游图。香榭丽舍大街之"香"大抵也就在这一带,朱自清先生说,巴黎是"花都",就是"这一溜儿"才是真的。

香榭丽舍大街两侧,19世纪建筑、仿古街灯,伴以充满当今新艺术感的书报亭,这就给了这条古老大街一种当今时代的氛围。

三

香榭丽舍大街西头起点凯旋门,是法国名片,标志性建筑,也是拿破仑一世(1769—1821)极盛的代表象征。1805年12月2日,拿破仑在奥地利奥斯特里茨，打败了俄奥联军，将他的军事天才发挥到了极致。第二年为了炫耀自己的军功，拿破仑下令建造凯旋门。

凯旋门1806年奠基，1836年落成，这一长达30年的法国政局风云诡谲。

凯旋门，本是为纪念拿破仑四处征战取得一连串的军事胜利，待他班师归来，接受臣民颂扬建造的，但在这一时段里，法国国内已改朝换代了：路易·菲利浦（1773—1850）"七月王朝"（也称"奥尔良王朝"）当政了。此时的拿破仑已被囚禁在大西洋南部圣德勒拿岛上死了。

拿破仑一世1812年入侵俄国大败，接着1813年10月在莱比锡（在今德国东部）与俄国、普鲁士、英国、瑞典等多国联军作战又吃了大败仗。次年（1814）他被俘，放逐到地中海一个叫厄尔巴的小岛。

由海斯、穆思、韦兰合著的《世界史》（中册）有相关记述：

> 1815年3月，当一伙力图破坏拿破仑和法国革命成果旧秩序的外交官们正在开维也纳会议（1814—1815年欧洲各国为结束反拿破仑战争在维也纳召开的国际会议）时，拿破仑从厄尔巴岛逃回法国，他集合了原有的老部下，也召集了一些新兵，再次与欧洲（多国联军）对抗了100天。但是6月18日，在滑铁卢（比利时南部）地方，他被彻底地和最后打垮了。这次他被遣送到另一个小岛——圣赫勒拿岛，但这是南大西洋够远的一个岛，以至再也没有活着回法国。

俄国世界顶尖大作家列夫·托尔斯泰《战争与和平》写拿破仑之死道：

> 1821年5月5日，拿破仑在岛上的"长木屋"去世，那天，岛上雷电交加，昏迷中的拿破仑从床上跳起来大喊："我的上帝！我的法兰西！全军的统帅！约瑟芬！"[2]

在近代，尤其是在世界战争史上，在法兰西，拿破仑无疑是一颗耀眼的、光照大地的明星。法国大革命后，在拿破仑塑造下，法国成了当时欧洲陆地霸主。他那一句"不想当将军的士兵，不是好士兵"作为一句人人都懂的名言，至今还镌刻在莘莘学子的心底，激励自己奋进，且家喻户晓了。

1840年12月15日，拿破仑死后近20年法国人把他的遗骸从死地圣赫勒拿岛运回巴黎，当灵车通过凯旋门时，就是这个法国王路易·菲力浦率文武百官，在凯旋门下盛装列队迎灵，国王亲扶灵柩，上百万巴黎市民也前来参加接灵仪式，何等恢赫！拿破仑在遗嘱中写道："我愿将我的遗体安葬在塞纳河畔，我要在我如此热爱的法兰西人民中间安息。"当时七月王朝的国王路易·菲力浦满足了他的遗愿，存放在塞纳河南岸荣军院。到 1861 年，拿破仑遗体才正式安置在荣军院墓堂地穴中央。

斯人远去，功勋犹卓！

面对着凯旋门陈列的展品，凯旋门吊诡的历史文物以及拿破仑生平事迹的图片；面对着法兰西各个时代的勋章；面对着那四幅巨大的浮雕《1810 的凯旋》《抵抗》《和平》《1792 年义勇军出征》[3]读着，我读到了法兰西。

法国人民一年一度的国庆大典 7 月 14 日，队列必从凯旋门，和那门下为第一次世界大战牺牲而建置的无名战士烈士墓前经过，我读着镌刻在石碑上"这里安息着为国捐躯的法国军人"的铭文，心潮波涌啊，还有那墓前的长明灯！

四

我们来到香榭丽舍大街东头的协和广场，初名路易十五广场，大革命时期更名为"革命广场"，1830 年最后定名"协和广场"。广场游人不多，有几辆大巴，少许轿车停着，广场分外空旷。

最显眼的，要算周遭不甚高大的几列楼群前，矗立在广场中央的，高 20 来米的，通体呈黄色的尖顶方碑。这方碑，来自尼罗河流中游的底比斯神庙，碑上铭文刻有古埃及象形文字，是颂扬法老（古埃及国王之称谓）拉姆赛斯二世丰功伟绩的，碑距今 3000 多年了。碑是当时埃及总督穆罕默德·阿里（1769—1849）1831 年献给法路易斯·菲力浦国王的礼物，是历史文物了。

方碑立着，两百多年了。是埃及、法国两大民族友好情谊的象征。方碑制成，经过四年长途运输，重达 230 吨，不远万里，完整地从埃及尼罗河畔运抵塞纳河畔。这些在方碑基座上都有文字说明。

凝望着方碑，令人起敬！

五

站在广场中央标明路易十六及其王后被处死的断头台确切的地点和时间 1793 年 1 月 21 日、10 月 16 日的铁牌边，产生了一种难以言说的情绪。

广场虽然宽敞气派，但也充满血腥味。令人毛骨悚然的断头台就在这里，这里曾是屠场。荒淫无度的法兰西国王路易十六夫妇伏法于斯；王室成员和众多贵族斩首于斯；革命领袖乔治·雅克·丹东（1759—1794）、罗伯斯庇尔（1758—1794）等身首异处于斯！

风云际遇，上断头台者还是一种人道的优惠：只有贵族、皇亲国戚才能享受，平民百姓处死用绞刑，让他或她受更多的痛苦，或谓，是另一种"刑不上大夫，礼不下庶民"者也。

斩首机，俗称断头台，资料上说：

> 至今法国仍用斩首机，因作执行死刑的机器闻名。它具有两根直立的铁柱子，一把沉重的刀在当中起落。它的名称是得知于一个叫吉约坦（一作"吉奥旦"）的医生，他主张用它来执行死刑，因为它比手执斧子砍头来得快，较准，较慈悲些。受刑人被按在沉重的刀架下，刀落要害，立即身首异处。
>
> （维兰《世界史》中册）

以上引文成书早，"至今"一语，与今之法国不符：1981年，法国总统密特朗（1916—1996）宣布取消死刑，"断头台"今已"退役"矣。

据介绍统计从1793至1795年（史称"恐怖时期"），广场单巴黎就有2500人被斩首，法国其它地区10000人被斩首。

世事无常，法国历史上亦有类似我国唐代的"请君入瓮"[4]的故事，不是嘛？

时法国医生吉约坦，向国民议会提出制作一种方便使用的斩首机械的方案，得到了法国国王路易十六的赞许，路易十六精于机械，人称"锁匠王"，于是他亲自绘图，把刀口将半月型，改为三角型，解决了刀口易卷问题，经过几个刽子手反复试验，终获成功，于1792年4月正式投入使用。谁能想到，不到一年，于1793年1月21日，路易国王就上了断头台。

法国是一个举世闻名的，讲究享受的国家，单就"吃"来说，就有"法国大餐"。我们一行游到了巴黎，纵然有韩导诱劝和鼓动，入餐者还是不多。

为了刺激吃的消费，1990年法国文化部搞了个"唤醒味觉运动"，而教育部也批准了向小学生开设烹饪艺术系列讲座。

法国讲究吃的风气，由来已久，可以追踪到两百多年前路易十六国王，据余秋雨先生在《法国胃口》，一文中写道：

> 路易十六被革命法庭宣判死刑之后，居然当场吃下了六块炸肉排，半只鸡，一堆鸡蛋。

1793年1月21日，路易十六伏法前，面对着自己参与精心研制成功的斩首机，食欲陡升，忘不了大餐。腮帮子大动，做一个饱死鬼耶？抑或视死如归，20年后，又是一条好汉耶？

我们一行，站在协和广场，凝望着凯旋门良久……

[注] 1. 爱丽舍田园大街，其法文是 Avenue des Élyseés。

2. 约瑟芬，拿破仑一世皇后，因不能给拿皇帝生下继承人，1890 年被休掉。有皮埃尔·保罗·浦鲁东（1788—1823）《皇后约瑟芬》和雅克·路易斯·大卫《拿破仑一世加冕礼》两幅油画记约瑟芬事。今两油画原件藏巴黎卢浮宫。

3. 又译为《1792 年志愿军出发远征》浮雕，作者佛弗朗·索瓦，法著名雕刻家。描写拿破仑 1792—1815 年间征战各国的事迹，后来的法国国歌《马赛曲》也是因词曲作者鲁·德尔看到这幅浮雕而有感而发。

4. "请君入瓮"，唐，武则天（624—705）命来俊臣，审判周兴，来若无其事地问周兴："犯人不肯认罪怎么办？"周兴答："拿个大瓮，周围用炭火烤，把犯人装进去，什么事他不会不承认？"来叫人搬来一个大瓮，四面加火，对周兴说："奉命审问老兄，请老兄入瓮！"周兴吓得连忙叩头认罪。

八、游卢浮宫随记

2010年5月19日　星期三　晴

一

上午11时许，游罢协和广场，顺势沿里沃利路东南行，往卢浮宫。卢浮宫在塞纳河中段北岸，香榭丽舍大街东端协和广场延长线上，与蒂伊勒里公园毗邻。

我们一行随韩导，大巴停妥后，往卢浮宫正门入口处，一座巨型透明"金字塔"型建筑物是密特朗（1916—1995）任法国总统时，邀美籍华裔建筑大师贝聿铭先生[1]设计建造的。

当我穿过透明金字塔通道，仰望金字塔那玻璃帷幕，映现出巴黎湛蓝湛蓝的晴空。心中满是自豪和骄傲，好像这金字塔上，也有我自己的一份功绩似的，那是美籍华人设计的啊！

二

随着人流急步进入卢浮宫广场，正面对着叙利馆，其北是黎塞留馆，南面则为德农馆。三馆整体组成一个"U"字形的格局。三馆金碧辉煌，晴空天底下，和煦阳光，显得肃穆厚重挺拔。

广场游人如织，但规整有序，没有吵嚷喧嚣，只有蜿蜒队列静候。所见者多是从东半球赶来的黄皮肤，黑眼睛……

我们向叙利馆检票口走去，一位年近三十岁的颀长女性，妆容得体，深黑色纯丝绒齐地衣着，操纯粹的北京口音，早候在那里等我们了，她是韩导预约聘请来解说卢浮宫的。

随着各检票口拥来的人流，簇拥着进入第一层展览大厅，100来米的长廊。只管急行，都不说话。

长廊灯饰华美通明，高朗穹顶和四壁布满了光鲜靓丽的油画；还有那巨型的，为数不多的，倚壁而立的浮雕石雕，等等，真令人眼花缭乱。

入得馆来，自是急行，只听自己的导游，不容细看、细听、细品。

据介绍，巴黎的卢浮宫、圣彼得堡的艾尔米塔什博物馆、伦敦的大英博物馆和纽约的大都会博物馆，通常并称世界四大博物馆。

20世纪初叶，1904年6月，清光绪年间，康有为氏在《法兰西游记》介绍卢浮宫（时译"卢华院"）说：

> 此院以故王宫为之。宫皆石筑，虽二层，然体制瑰玮，雕刻甚精。欧洲各国王宫，皆远无其比。

康氏写卢浮宫藏品：

> 此院之物，瑰宝异器，不可胜原；繁颐彩颐，过绝各国。其名画、名石刻、埃及、希腊、罗马之古物，堆积骈比，直与意国（意大利）争长，而远非他国所触得其一二也。珍异填凑，应接不暇。……若欲按图细观，非一月不能得其梗概也。

卢浮宫藏品40万件，色色皆精，处处驻足，时时流连，无奈得很，只有跟导游行止了。

说实话，我无心看叙利馆（以西亚地区文物藏馆者），我来卢浮宫仅三五个小时，40万件，只能择其要中之要，就足够了。

二

入馆者，如我是有备而来的，非得看镇馆三宝真迹：《维纳斯》雕像，《胜利女神》石雕和《蒙娜丽莎》油画。不如此，便虚此行了。

进叙利馆，经过十来级大理石阶梯西侧，便是有青铜器等珍品300来米的展品长廊，拐一两个弯便到了英国绘画展厅，我们要见的米洛（罗）维纳斯就在尽头。

维纳斯矗立的展室约五六十平方米，配饰展品不见，多留一些空间，起了凸显主角身段艺术价值的作用，瞻观仰慕者尚多，几填塞了整个展室。人们反复地，来回转换视角，从上到下，左顾右盼，总想从这石雕像身上，多捕获一点美的信息。多有违禁的摄像者，荧光不间断闪现。

维纳斯那失去的不可复位的双臂，牵动了观慕者不尽的遐想和解读。

像高两米有奇，是至今发现的古希腊女神中最完美者。

椭圆的头部、面容、规整熨帖的发式、弧型眉、深眼窝、直起的鼻梁和丰满的下颌；躯干螺旋上升，略略倾斜，给人一种起伏变化的节奏感；圆润匀称的肌肤,全身半裸,披挂自如舒卷的长巾展现着青春健美的内在活力;安祥自信的眼神和稍露微笑的唇际,给人以矜持智慧之感。端庄、含蓄、娴静、纯洁、典雅——不论从哪个角度,都能让观者享受到一种古希腊人文艺术美的满足。

失却双臂,自是美中不足,是无情的历史湮没带来的无禁遗恨。

1820年,米洛维纳斯,被称美神、爱神。一个偶然被希腊米洛(罗)斯岛一位农民在山洞里挖掘发现,因此以"米洛"冠名,出土时,双臂已失,以"残缺美"名世。米洛,今希腊西南,伯罗奔撒半岛东南爱琴海中。

韩导说米洛维纳斯断臂还有一种解说:当维纳斯出土时,正好有法国军舰泊在米洛港,舰长即命赶赴现场,欲买下,但苦无现金。结果为一位希腊商人买了,拟运往君士坦丁堡(今土耳其伊斯坦布尔)。法人不甘心驱舰阻拦。双方争夺,雕像双臂打掉,后来米洛地方当局出面调解,由法人出钱买下雕像,献给了路易十八国王(路易十六之弟),1821年拿破仑一世,法兰西第一帝国皇帝,收藏进了卢浮宫,至今。

我们在拥挤的"米洛"馆,停留了近30分钟,一步一回头地望着"米洛",依依离去。

三

沿路标指向,西行,经过一条开阔明朗的走廊,尽头便是宽敞的大理石阶梯,通往画廊,进入德农馆展厅。

阶梯的拐角处中心,那便是《萨莫(摩)色雷斯的胜利女神》所在了。"女神"因初立于萨莫色雷斯岛海涯得名,习惯称"胜利女神",卢浮宫三大镇馆之宝之一。

我们到这里时,其他队的游客,尚未赶到,胜利女神显得落寞了,也好,便于我们围着那位北京籍的导游,听她滔滔了。

萨莫色雷斯岛,在今希腊东北角,爱琴海中,与土耳其临近。

公元前306年,小亚细亚(今土耳其亚洲部分)的统治者德米特里击溃了埃及托勒密王朝(埃及古国,公元前305年,马其顿亚历山大大帝部将托勒密一世所建)统治者的舰队。为了纪念这一胜利,德米特里下令在沙岛海边悬崖上建立一尊胜利纪念碑。

这个纪念碑,即今天见到的胜利女神"雕像"。无疑碑存卢浮宫,是在拿破仑一世极盛时期东征西讨,掠取来的。

《胜利女神》原立在萨莫色雷斯海涯悬崖顶端,经过两千多年的冰风驳蚀,沧桑世变,她的头部双臂均已不存,仅留下躯干、衣巾和一双迎风舒展的翅翼。

她一位少妇，急切地凝望着征人的凯旋，迎着海风，站在悬崖顶端，探望大海深处，来归征人的航路。昂首挺胸，高举双臂，作者夸饰焦急得腋生双翼，跃跃欲飞。前倾的肩，起伏跳动的胸。狂风吹乱横披的纱巾，她依然凝望着，我们可叫它"望夫石"。

狂风吹打，纱巾贴身；那胸、那腹、那肚脐，透过薄纱，看去不是石质，而是柔润浑圆的肌肤。法国雕塑大师罗丹（1840—1917）不得不感叹道："这简直是真的肌肤，抚摸，可以感到体温的。"双翼在海风中舒展着，和人物心的律动凝交在一起了。

导游说："这件作品，给人一种强烈的动感，一种威武的力量。她没有古希腊时期女神雕像的文静之美，如前面所见'米洛·维纳斯'那样，这该让艺术史家去研究了。"

四

看罢《胜利女神》进入全长约500米的法国巨幅画廊，导游说："这里展品之全、之珍是世界上各艺术馆不能比拟的。35个展厅，2200多件展品，其中三分之二是法国画家的作品，三分之一来自其他国家。大卫两幅名画《拿破仑加冕大典》《荷拉斯兄弟之誓言》和普鲁东《皇后约瑟芬》也存这里。"

能让我注目，吸引我们，大抵是或气势恢宏、或情节动人、或色调光鲜、或多蕴史料认识价值，或构图称奇又多细腻者……

整个画廊大厅，密密麻麻，人头攒动，水泄不通，陡然间，大家被黏住了似的，因为这里有一巨幅近写实的、肖像油画，高6米有余，宽近10米法大卫的《拿破仑一世加冕大典》。

这幅油画构图之宏大，场面之壮观，色泽靓丽、堂皇，为卢浮宫之仅见。画中配角人物，近达200：权贵、重臣、将军、贵妇、红衣主教，各国客卿、使节无一不肖，排列典礼殿堂二三层。

底层，拿皇帝修长的体态，着紫红丝绒，华丽披风，戴着金色皇冠，手捧一小小金冠，高举拟往跪着的皇后约瑟芬戴去；约高挑、雍容华贵，妙龄，珠光宝气，白色衣袍，紫色丝绒大氅，身略前倾，双手作接冠之状，姿容多韵；约身后，紫红丝绒大氅，由两个贵妇小心恭谨地提着。拿皇身后，坐着镶红边的白底法衣者，臃肿颟顸教皇比约七世，以手抚胸，作低头默许认可状。

《大典》一画，是作者大卫遵拿皇命之作。事发在1804年12月2日，巴黎圣母院教堂，画创作于1806年至1808年间。丰子恺（1898—1975）《西洋美术史》介绍大卫道：

是与拿破仑（一世）同时代人，且是拿破仑崇拜者。生于巴黎。法兰西革命的时候，曾经失足下狱。然他在当时画界势力，可与拿破仑在政界上的势力相匹敌。故后来拿破仑得势，他就被提拔做了宫廷画家首席，用绘画赞颂皇帝的庄严与威力，终其一生。

之后，读《皇后约瑟芬》油画，因涉拿皇帝"加冕"事，自然引出兴趣。画是法国画家皮埃尔·保罗1805年的作品。

画简明。约瑟芬独坐林间闲院，长条石椅斜依，沉思郁郁，慵懒娇柔，也是一种浪漫。头微倾，左手漫弄秀发，右手不经意地搭在腹腿间。全身白色齐地裙衣，一条红色镶边披风翻盖膝头，容颜不乏当年"大典"艳丽，只是忧郁了些。

约瑟芬因约未能给拿皇子嗣，以继帝胄，被休。1810年拿破仑娶奥皇女为皇后，以代替约瑟芬。1814年5月29日，约瑟芬郁积而终。

心念着"大典"之盛和"皇后"凄凉结局。

（参见《过香榭丽舍读法国史》引托尔斯泰那段话）

五

随着攘攘的"队伍"，走完了全长约500米的法兰西绘画长廊，通过廊的第三通道，便进入前几年翻修的万国大厅，名气最响的达·芬奇《蒙娜丽莎》和卢浮宫最大的油画，意大利油画家保罗·加利里（1528—1588）《加拿的婚礼》（一作伽拿的婚宴）也在这里。

被挤进万国厅，观者的密集度，几无立锥，攘着攘着，《蒙娜丽莎》，终于在人潮涌动中望到了。

为了凸显《蒙娜丽莎》油画真迹的价值和便于游客观赏，卢浮宫专辟一展室，独立于展厅正中，略低于展厅地面一米许。主要由巨型玻璃大防护罩（大镜框）构成，护罩内左上角有一玻璃相框，《蒙娜丽莎》就在这里。

导游讲："防护罩外加木框内，有特制照明，恒温恒湿；还有防盗、防弹装置，强过保险柜；又配有专职保镖，严密监视，严禁拍照……"导游说到这里，话音未落，四处镁光灯，不断闪起。

这时，一阵人潮涌动，那个半环形展室的围护栏前的蓝色警戒线，不少已被不规矩的《蒙娜丽莎》的仰慕者踏在脚下了。

导游继续说，《蒙娜丽莎》也有她的沧桑："1911年8月21日，《蒙娜丽莎》被盗，震惊了全世界，尤其是法国各种媒体都作了跟踪报道，但都希望她安全。事出后，很快就牵涉到著名的立体画派泰斗毕加索（1881—1973）和他的朋友法国著名诗人阿波利奈尔（1880—1918）指控画是他们偷走的。"

1911年9月3日《巴黎报》一位同情阿的记者报道说：

> 一个共和国的看守跟着他，阿波利奈尔带着手铐。我为监狱如此严酷的管理深感遗憾。
>
> 事出有因，之前毕曾从阿手中花了50个法郎买得来自卢浮宫的两个古伊比利亚（今西班和法国接壤处的古民族）石雕头像。
>
> 当时的卢浮宫博物馆像个漏瓢，你拿，他也拿，无人管理，那里的艺术珍品流失了许多。

两年后，1913年11月下旬，这幅失窃名画在《蒙娜丽莎》的出生地佛罗伦萨一家旅馆被发现了，失而复得回到了卢浮宫。

原来画是卢浮宫前雇员，叫佩鲁贾的意大利裔偷的，他认为《蒙娜丽莎》应该回家乡佛罗伦萨。

他带着画，从巴黎乘火车抵达佛罗伦萨，住进一家便宜的小旅馆。当晚他被捕了。

消息传出，佛罗伦萨人做出了种种努力，打算把他塑造成保卫文化的英雄，但在审判他时，他坦白说："我原本打算偷曼特尼亚（1431—1506，意大利画家、雕刻家，文艺复兴先驱）的《战神与维纳斯》。"佩在狱中，关押了十二个月，1947年离开人世。

《蒙娜丽莎》第二次历难，是在1939年到1945年二战期间。

卢浮宫担心战局恶化，殃及画的安全，作了特别包装转移。从1939年8月至1945年二战结束，历近70个月，转移200次，行迹遍布法境城堡、博物馆、修道院等，至今仍保存完好就有7处[3]。二战结束《蒙娜丽莎》才返回卢浮宫。

我们肃立在《蒙娜丽莎》跟前静听。

述之者，淡然；听之者，怵然。唏嘘，有惊无险，为她祝福！

导游又说："1956年，发现油画下半部分严重酸化！"听之者又一怵然！"不过，人们已开始，对她加强了防护措施。"听之者，这才舒了口气，听之者多了一份安全。

这位婀娜的女性，是《蒙娜丽莎》的仰慕者，她继续说：

"肖像模特儿是佛罗伦萨银行家佐贡多夫人丽莎，他以丰厚的酬金请达为夫人画像。"

"丽莎生于1479年，为她始画像时1503年，丽莎24岁。这时丽莎刚失去爱女,心多忧郁,面多愁容。为了捕着丽莎微笑,画家给她讲有趣的故事,让她愉悦的;请来了小丑、琴师、街头艺人为她表演。裸露颈项,丰腴的双手,丽莎端庄坐着。笑了,这就是世传的'神秘的微笑'。"

"近四个年头,画成。达·芬奇,爱上了她。这幅画成,达·芬奇因太喜欢了,舍不得交出,就连夜打包带着仆人,不辞而别,跑了。"

我问导游,达·芬奇爱上丽莎,有更多的细节否?导游没有作声。

《蒙娜丽莎》半身肖像。模特儿丽莎秀发披肩,削去眉毛(时尚),宽阔前额,双手交叉。虽雍容,脱去珠宝饰物,不失华贵,温文尔雅。粗视之,大体如此。

导游说:"还是那双眼、眼角、唇际露出的微笑,难得解说。"我岔上去说:"中国有'诗无达诂',我看丽莎,那'微笑'谁能说清楚?"

她那一对明澈的眼睛,默默在述说。注视着你,不论从哪个角度。当你回眸时,她仍盯着你,送你走开,一直到见不到她。

露出那一丝飘忽的,难以捉摸的微笑,似在变幻:似温柔、似亲切、似嗔怒、似高兴,又像在嘲弄、在揶揄,又有几许孤傲和鄙夷。

这微笑既显现了她内心的激动,内心的满足,又保持了她那安祥平静的仪态。那交叉胸前的手,温润如玉,些许微肿,或谓模特儿已身孕了[4]。

"请留意,那喉部凹陷处!"身边的导游如是说。游伴某女士说:"那是她脉搏的跳动"。

良久。一步一回头,望着《蒙娜丽莎》离开了万国厅。那幅卢浮宫最大油画,意大利人保罗·加利里的画作《加拿的婚礼》,也无心思,在那里驻足了。心里老想着达·芬奇和《蒙娜丽莎》的事。

达·芬奇的晚年是不幸的。

由于他致力于解剖学的研究,破坏了天主教的基本教义,触犯了当时的罗马教皇。教皇不理解他,对他冷漠,达十分伤心。

达·芬奇与后起的艺术家米开朗基罗(1475—1564)之间的积怨也深。

丰子恺《西洋美术史》说,达·芬奇晚年被新进作家所压倒,不得志而旅居法国,这大抵如我们古人谓"文人相轻",而无今人谓"一代新人胜旧人"的气度。

后人追忆其事说:

> 1504年1月25日,(圣彼得)大教堂的艺术部召集了一个特别委员会,来商讨决定米开朗基罗的雕像《大卫》应该陈列在什么地方最

恰当，为此，委员会邀请了 30 个人来。列奥纳多（达·芬奇）觉得应该把《大卫》雕像放在凉廊，也就是把它放在士兵列队的矮墙后面。

达·芬奇的这种心态表现了达·芬奇对比他年轻 20 多岁的晚辈的米开朗基罗的不满，把这特大型（真人的两倍）的雕像摆在不会碍事的角落，这大抵有贬低之意。也许这种不满与早期佛罗伦萨雕像《大卫》有关，即米开朗基罗的《大卫》抄袭了达·芬奇的老师维奥基罗，以少年达·芬奇为模特儿的雕像。他们二人的芥蒂，英人查尔斯《达·芬奇传》记述甚详。

1515 年，达·芬奇 64 岁。该年 10 月法国王路易十二的继承人弗朗索瓦（西斯）一世（1494—1547）重新占领米兰（意大利西北部），对意大利的艺术家充满了热情，吸引了不少艺术家到了法国，达·芬奇应邀来了，拉斐尔（1483—1520）及其弟子也来了。

64 岁的达·芬奇，到了法宫廷，被委任为国王首席画师等职，受到了国王高规格的礼遇。1517 年 5 月定居阿布阿兹城，住在法国王弗朗索瓦赠与的克鲁堡庄园，从事人体解剖学的著述及机械的研究。在这里受国王的委托仅创作了一幅《施洗者约翰》。

导游说："达·芬奇是欧洲，甚至全世界文艺复兴时期的文化巨人。"我说："这个时期巨人辈出的时代。就画作来说，达作品不多，今存仅 20 来幅，但件件都是珍品，其《蒙娜丽莎》《最后的晚餐》又是珍品中的珍品。"

"达·芬奇的创新至今无人与他媲美，他名下的发明涉及飞行器、降落伞、潜水艇等，他还设想用玻璃和陶瓷制作心脏和眼睛，人体解剖图"导游介绍说，"达·芬奇是文化巨人，因为无人能匹敌，身兼百家：最伟大的画家、建筑师工程师、雕塑家、解剖学家、医学家、音乐家、物理学家等"导游又滔滔了一阵。

一代巨人，达·芬奇，1519 年 5 月 2 日达在克鲁堡，法国王弗朗索瓦一世怀中辞世，《达·芬奇的广博与创新》书中说：

> 1519 年 5 月 2 日，列奥纳多与世长辞，享年 67 岁，当时国王弗朗西斯（索瓦）在场，国王把他头顶支撑起来，以便使他感觉舒适些。

19 世纪 20 年代，有法国著名画家安格尔（1780—1867）画作《达·芬奇在弗朗西斯怀中迎接死神》记其事。

在德农馆绘画长廊读大卫《拿破仑一世加冕大典》，在万国厅读达·芬奇《蒙娜丽莎》之后，产生了一种莫名其妙的情绪：看来珍品文物的出现和保存，都得仰仗一个较好的社会基础和最高统治者对文化文物的态度。

达·芬奇画《蒙娜丽莎》、大卫作《拿破仑一世加冕大典》，他们二人生不同时，先后都处在法兰西隆盛时期。他们二人都得到皇帝、国王高规格的礼遇，都任宫廷首席画师之类。拿皇帝、弗朗国王都看重对文物的收藏，个中自有掠夺来的。

卢浮宫珍宝40万件，历尽沧桑，传承至今，这无疑与法兰西历代统治者态度的分不开。

前些日，读到毛德传先生《胡乔木词与杭州毁墓拆碑》一文（《尖黄春秋》2011年第1期），唏嘘不已，感触良多。一时间，西湖周边，孤山脚下，西泠桥畔，白堤左右，"舞倚天长剑，扫此荒唐"，清除"鬼邻"千百年古墓文物，甚至殃及革命先烈遗骨遗物，瞬间荡尽。

导游说："《蒙娜丽莎》（1503—1507）画成，送给了法王弗朗索瓦·西斯。此后一直归法国王室，直到1805年，拿破仑珍藏于卢浮宫。"

法国国王路易十三（1601—1643在位），得到《蒙娜丽莎》之后，挂于家训堂，令女儿们整无模仿画中"丽莎"微笑，久之，公主们将那"神秘微笑"，模仿得惟妙惟肖。

又是那个拿破仑喜欢把《蒙娜丽莎》挂在卧室，每日早晚要独自欣赏多次，有时竟能面对一天半日，入迷到忘记一切。

导游许是不耐烦了，说："丽莎的事你们手里的材料，还能找到。"

"我私下有个问题，20世纪初，庚子事变，圆明园遭浩劫，国人蒙耻，今天，卢浮宫收存有我们的国宝否？"我问。导游以"不知道"支吾。

六

一位上海籍的游伴，某君言："卢浮宫，我是第二次游了。两年前，我游枫丹白露宫（多好的译名啊！）那里中国馆陈列着明清时期的绘画、金玉首饰、牙雕、玉雕、上千件艺术珍品，其中大部分都是当年法国人，从圆明园掠夺来的……"我为之一惊！"上千件国宝啊！"一叹。

她接着说："当时陪着我的还有我的儿子，看到这些就咬牙切齿，不是我和先生阻拦，他会真把那些展柜砸烂，把其中展品抢回来。"

十九世纪著名法国作家雨果（1802—1885）1861年给友人的信中说：

> 有一天（1860年10月18日）两个强盗进了圆明园，一个洗劫，另一个放火。似乎得胜之后，便可以行窃了……两个胜利者，一个塞满了挎包，这是看得见的；另一个装满了箱筐。他们手挽手，笑嘻嘻

地回到了欧洲。将受到历史制裁的两个强盗，一个是法兰西，另一个叫英吉利。

今年，2010年，是圆明园罹劫150周年，我到法国游，看了一些，听了一些，也想了一些：多灾多难的祖国啊！

那150年前被一群强盗[5]，抢掠去的成千累万的国宝珍品，何时才回归故土呢？难道作为一个中国人，只能在异国他乡去领略欣赏那些祖先创造的奇珍异宝吗？国人的酸楚，我的酸楚；国人的内心积愤，我的积愤——国耻之感，何时才到尽头呢！

导游告诉我们今年10月，北京将在圆明园遗址处，举办一个主题文艺晚会，纪念圆明园罹劫150周年，届时欢迎前往，多得一些信息。

走出卢浮宫，和煦阳光把卢浮宫涂抹成一片金黄。兴冲冲，在宫外书报摊，购得一册"卢浮宫典藏精品集"，花了12欧元。

九、说三道四话"埃塔"

2019 年 5 月 19 日　星期三　晴

晚 7 时许,随韩导往观埃菲尔铁塔。"埃菲尔"一译为"艾菲尔",因铁塔大设计者,是桥梁工程师叫古斯塔夫·埃菲尔(1832—1923)而得名。

埃菲尔铁塔,在时人的著述中多称"铁塔",未冠以"埃菲尔"之名。

一

1904 年清光绪皇帝密诏变法领袖康有为(1858—1927)"迅速出外"[1]考察,康有为于是年冬考察后,在加拿大撰写了《十一国游记》亦未冠"埃菲尔",而单称"铁塔"。

谓"铁塔",不显褒贬,中性用语;大显褒贬的恶称、鄙称那就更多了,这些大都出现在时人持反对态建塔者大著作中。

莫泊桑(1850—1893)在《铁塔……请你提防》一文中说:

> 我们在这里受到更让人生畏恐惧威胁:一个月以来,所有的插图的报纸都向我们显示了一座三百米高,怪异可怕铁塔图像,它像一支独一无二的角角叉叉(原译为"犄角",兽角)在巴黎上空长起来。
>
> 这个怪物像梦魇的眼睛盯着每一个人,它萦绕着人们的灵魂,首先把那些对优美建筑有鉴赏力的可怜天真的人吓坏了。……
>
> 这座塔既不美,又不优雅,也说不上漂亮,它就是庞大,如此而已。

莫泊桑原文载 1886 年 10 月 19 日《吉布尔斯日报》时,离塔竣工(1889),还有两年多时间。莫氏在他处还说,塔像一个镂空的蜡烛台,是个令人恶心的骷髅。塔成后他又说:"我经常去铁塔一层餐馆吃饭,因为那里是巴黎城里,唯一看不到铁塔的地方。"这里讲的是莫泊桑羞见铁塔;之外,莫氏还有一种,更古怪的与铁塔不共戴天的愤激情绪,那便是他扬言的"铁塔建成之日,就是我离开巴黎之时。"

《巴黎城市史》撰稿者，英国历史学家，著名的教授科林·琼斯，在排列了持铁塔建造的反对者，知识界著名人物的名单，包括《茶花女》的作者小仲马，之后说：

> 他们公开承认是"美的激情热爱者"，自称是所有喜爱历史上巴黎人的代表，而这种思想正在准备建造的那个"毫无价值的柱状型号铁架架，那令人厌恶的阴影"所亵渎。
>
> （［美］科林·琼斯《巴黎城市史》）

这事发生在1887年，铁塔开工之年。

二

建塔的拥护者，赞颂者，也大有人在。《城市史》作者写道：

> 尽管著名的皮萨罗是埃菲尔铁塔的坚决反对者，但是法国大多数画家还是几乎立刻表示愿意看看铁塔。例如，修拉（1859—1891，法国画家，新印象派创始人）早在1889年铁塔建成当年就来参观。1890年来参观的著名画家卢梭、西涅、沙加尔、德罗内……
>
> （《城世史》）

诗人们也来了。第一次世界大战（1914—1918）期间，在前线服过务的大诗人纪尧姆·阿波利奈尔与毕加索有交往者来了。阿波奈尔创作的一首抗击德国的诗《炮队运输兵》，用的就是类似埃菲尔铁塔构建格式，国人谓"宝塔诗"。

阿还认为埃菲尔铁塔是巴黎城市一个无与伦比的纪念物。巴黎圣母院全部出自无名工人之手，埃菲尔铁塔则非。

1923年12月27日，埃菲尔去世，埃菲尔铁塔是他留给巴黎人民永远的方向标，是巴黎城市化身，是巴黎在全世界的标志。巴黎人亲切称之为"云中牧女""铁娘子"。

埃菲尔铁塔竣工后的第五个年头，即1904年清光绪三十年，戊戌变法的领袖康有为受皇帝密诏"迅速外出"到了法国巴黎，登上埃菲尔铁塔赞叹道："天下之大观伟制，莫若巴黎之铁塔矣。"他又说："冠绝宇内，真可谓观止而蔑以加者也。"（康有为《十一国游记》）

由是观之，可得出这样的结论：康有为是埃菲尔铁塔的赞颂派、拥护派，与法国著名诗人阿波利奈尔同列；康有为曾谓"登铁塔顶，与罗文昌、周国贤饮酒于下层酒楼,高三百尺"[3],康有为等三人是大清帝国(中国)第一批登塔者了。

在法国文学界、艺术界大师们的一片责难声中,埃菲尔铁塔上马(1887年1月27日)、竣工(1889年3月31日)费时两年多。

1889年3月30日,铁塔达到300米高度,31日,在50多名客人和200名盛装打扮的工人注视下,塔的设计师埃菲尔登上塔顶,亲手升起了法兰西共和国(史称第三共和国)红蓝白三色国旗。康有为说"时有英雄人,扬旗震天幕"[4]。正如埃古斯塔夫·埃菲尔在竞标中赢得工程时所说:"世界上唯独法国才拥有高达300米的旗杆!"

埃菲尔铁塔落成于1889年世界博览会期间,仅这一年,就有200万人参观铁塔。

参观埃菲尔铁塔者,其中包括英储威尔斯,八个非洲国王,美国发明大王托马斯·爱迪生(1847—1931),还有奥匈帝国王储皇太子兰茨·斐迪南大公。

这些来自不同地区,不同国家的嘉宾、政要,登上1711个阶梯(今已备有电梯)到300米塔顶,以及到21世纪,参观人数已过2亿人,这些都是埃菲尔铁塔的赞颂派。

法国人民,为了庆祝法国大革命100周年和迎接世博会在巴黎举办,亚历山大三世大桥(誉为巴黎最壮丽的桥,见拙文《塞纳河看桥》)和埃菲尔铁塔,这两座标志性建筑,同时竣工可谓双庆。

埃菲尔铁塔在众多大师们的咕囔声中,(他们断言,说塔会因它自身的重量在221米处就会坍塌),已高高地矗立在巴黎塞纳河岸上,让人敬畏!

谈到埃菲尔铁塔的建造,韩导说:

"金属组件18038个,**重达10000吨**,施工时共钻孔700万个。据统计草图就有5300多张,其中包括1700张全图。"

"我们知道,与埃菲尔铁塔同时竣工的英国苏格兰福斯湾上的铁路桥曾是建筑史上也有它荣耀和地位,但所不同的是这个桥在建造过程中,因工死亡几近100人,而埃菲尔铁塔仅一人重伤。"

听者,为之三叹!

一个举世闻名的旅游景点,极具纪念意义的标志性工程,1889年落成了。韩导说:"游客在塔上,无可探求,除了巴黎,什么也看不到。"还是那位当年极力反对建塔者,大名鼎鼎的法兰西著名文学家莫泊桑说:"这里见到巴黎的美丽,是其他地方见不到的。"

三

  时近晚 8 时,到了塞纳河畔南岸,埃菲尔铁塔所在地战神广场(音译"马尔斯广场"),方圆成百米。天气晴和,芳草萋萋。三五个妙龄体态高挑的女性(貌似卢浮宫展品"维纳斯"),抛投彩色网球,随身跟来的,纯白色的爱犬,在广场草坪上轻盈地追来逐去。

  广场另道风景,那便是微型埃菲尔铁塔的兜售者了。他们一式地挎着背包,手里托着大小不等的埃菲尔铁塔。围着游客,或者说缠着游客,尽管语言不通,全靠手指比示售价,三五欧元,十几欧元的也有。我和老伴与售者用手比试讨价还价,最终选中了一个,花了三个欧元,回国时给小孙子作个纪念。

  韩导说,巴黎世博会会后,市里"春天百货商店"(我们去过)独家获得了建塔边角余料用来制成许许多多微型埃菲尔铁塔,作为纪念品,卖给来来往往的游客。结果使埃菲尔铁塔的形象,在法国、在世界各地传开了,"春天"也因此兴旺起来,一直到今天。

  时近晚 9 时,天色向晚。在广场梧桐树下的我们,围着韩导,听他安排:"晚餐后,到我们住的饭店顶楼平台,看埃菲尔铁塔夜色。届时全部塔上各色灯饰,隔 15 分钟闪亮一次。"我打岔说:"这是 1989 年才新加上去的。"[2]

十、写广州第一村

——走飞鹅岭寻踪

今年元旦，飞抵广东省城广州，刚住下来，就有人告诉我说："广州第一村"是岭南地区，新石器时期（距今八九千年）的先民留下来的遗址，地点就在广州市区东北角，天河区华南植物内，以飞鹅岭为中心那一带。

"你得去飞鹅岭，去寻踪一个神奇的地方！"次日，元月2号凌晨7时，曙色甚浓，南国虽不似中原、北国那样，尤其是今年异常天候，冰雪封锁道，但毕竟是隆冬时节了，早晚晨昏，得着意加点衣装出门，以御风寒。

从植物园正门入园，经樟树路、阿江榄仁路、人面子树路、扁桃路、过温室植物园区、便靠近我们要寻访的"广州第一村"了。路人讲："左边的这个弯弯大水塘，一直与飞鹅岭对面的大水塘，水生植物园相连接。"边走着，路人讲的"水塘"，其实倒像一片沼泽地，面积不下五六百亩。塘水看去，并不深，水面上有疏密相间的多类野生浮萍植物，被誉为"睡美人"的中华睡莲，就有35种，还有些似芦苇的草本植物，如莎草之类。最有意思的是著名文学家叶圣陶先生的《藕与莼菜》一文中，所提到的那种极其珍贵的野生"莼菜"（珍贵到只要有莼菜吃，官也不愿做，如西晋在中原做官的张翰），塘中也有。据管理员工说，这个水生园中，野生植物，就保育了好几百种。园中似岛的，那一大片浮出水面的，平缓的陆地，后人筑了两道约10多米宽的土路，有100来米长，与这块塘中陆地相通。我疑惑不解，望着陆上一大片像似椰子树的树林犯愁。在那里劳作的两位外省农工，一位是重庆酉阳人，一位是江西老表。重庆老乡，像是知道了我的心思似的。告诉我，像椰子的那种树，重庆地区没有，它叫"露兜树"。

靠飞鹅岭一侧的塘岸上，有为数不少的巨石，最大的要上百来吨，错错落落，压在塘岸，排成阵势，我想，就叫"巨石阵"好了。还有整个塘，该是先民们打猎、捕鱼、劳作、息歇空间的一部分吧。17世纪初，一位叫约翰·奥布里的考古学家在英格兰发现了一些巨石建筑，后来就叫"巨石阵"，至今仍是世人未解之谜。飞鹅岭大水塘岸的"巨石阵"，也该入此列。

几分钟后，我们来到了一个高约四米，宽不下两米，呈深黄棕色，打磨得不甚平整的花岗岩大石碑前。伫立良久，凝望碑上，那一行竖写的，遒劲的行草"飞鹅岭新石器时期遗址"十个大字石碑，读了石碑上的字，在我的心里油然地给这个"岭"加重了分量。

石碑背后，右侧便是矗立的一组高 3~10 米的灰白色花岗岩石柱，左四，右三。其中六柱都立在并未枯黄的草坪上。这些石柱显得十分粗糙。柱上，有的雕琢着稀稀拉拉的三两个甲骨文字；有的用几根线条，勾勒成先民劳作图像，以示先民狩猎、捕鱼；单独的日、月、星辰、飞禽、走兽图像的也有。图既简明，显得十分朴拙。其旁图示资料把这组石柱标上"巨石阵"，是今人立的，与我前文说到的"巨石阵"，不是一回事。

过了这个"巨石阵"，就切入飞鹅岭了。八根各高四米许，打磨得圆滑平顺，直径近半米，也是灰白色花岗岩圆形石柱，对称四组两列，分排在人行过道两侧。柱体上都雕琢有图案，柱端精雕细琢有跃跃欲飞的白天鹅，以示来者所在位置"此飞鹅岭"也。点明标示牌曰"飞鹅展翅"，立在柱旁左侧的草坪上。

走过"飞鹅展翅"处，下两三个石阶，便到了左右两列叫"跃水景墙"的地方。墙体高三米许，朱红色，墙头各置六个倾斜得厉害的大肚小圆口水缸，以此象征着先民生活在溪谷之间，清水来自上天。当我们经过此处时，左、右两侧的十二个水缸正向其下长方形的水池汩汩地倾注水呢！

在跃水景墙之后下两个石阶便是"圣火祭坛"。坛是先民祭天地、祭神明、祭祖先的地方。设施有跪拜用的石坛（类今之庙寺"蒲团"）四只。直径约两米的石锅一只，呈放在石架子上。另有两个长方形铁盘，置石锅两侧，其一刻"玉海金涛"四字。按理"圣火"就由"石锅"和"铁盘"放出。

那七根古朴的石柱，那两组八根"飞鹅展翅"石柱场，那两列"跃水墙"，和那"圣火祭坛"场，占地合计不下 500 平方米，这些设置都在描述和显示先民的生活场景，场景无一不是先民对命运的追求：有的写先民对天地、神明的敬畏和企盼；有的写对先祖虔敬和祝愿，如此等等。新石器时期是早期人类，阶级观念还未萌生，捕鱼、打猎、制陶、纺织等劳作，都本着日出而作，日落而息。宗教神祇观念主宰着先民的精神世界和日常生活。

单"圣火祭坛"而言，其后有长方形的约三五十平方米宽的水池。之后便是"水幕瀑布"，从一列透明的玻璃墙屋顶，垂空倾泻。我问一位管理人员："水幕瀑布的那间玻璃屋里，是否收藏有考古发掘出来的古董？"管理人员告诉我："什么也没有。那些古董，都放在市博物馆里了。"

沿"水幕瀑布"玻璃屋左侧一条小石板路斜上，便见到一汪清水的飞鹅湖了，湖水来自一条淙淙溪流，经过标有"古梦寻歌"的水塘，分成几股，注入飞鹅湖。湖面狭长三四百平方米有余。临水湖岸左侧，有景点"蕉林"、模拟的"农耕区""捕鱼区"，与标有"古梦寻歌"区相连。沿着标有"飞鹅湖"字样的指路碑处，即湖的南端起点岸边，步前行了三五十步，便踏上一条灌木、乔木掩映的树丛中。南国多姿多态的榕树，小叶的、大叶的，秋的、冬的；还有许多，我叫不上名字的树；我闻所未闻，见所未见的树，如面条树（又称"胶糖树"）；我见到了，美蕊花，灌木树丛，花深红色，毛茸茸的，有小皮球那么大，花瓣自然就是丝绒状的花蕊了。

复前行，经过模拟先民"农耕区""捕鱼区""狩猎区"。有先民塑像：狩猎者一，农耕收割图塑像男、女各一，捕鱼区塑像者四。塑像先民有真人两倍大，或半赤身，或下身着兽皮、树皮枝叶者。农耕区标以"希望的田野"，捕鱼区标以"渔人欢歌"。

沿着石板路，在不甚高大的以高山榕树、细叶榕为主的，兼以无忧树、红豆树、海桐、桂木、菩提树等。我在浓荫树下，嗅着飞鹅岭上独有的带有点古味的泥土清香，走了十来分钟，便到了"古梦寻歌"处。

"寻歌处"是一个水塘，在飞鹅湖北向的延长线上，其水塘略高于飞鹅湖，水塘的水，自然大部分都流入飞鹅湖。可以说飞鹅湖的水全来自寻歌处水塘。寻歌处水塘约200来平方米。站在这里，飞鹅湖、农耕区、捕鱼区，因地势稍高，连农耕区、捕鱼区的塑像也清晰可见。

寻歌处水塘，不深，水澄澈，塘底可见。塘中散乱地放置着大大小小的鹅卵石，还有烧制的陶器如碗钵之类，或陶制品残片，等等。

特别令人注目的是，其水塘四周及塘中，有十二根自然形态，高低各异的花岗岩方石柱、近圆体石柱。柱上都刻有众多图案和符号，密密麻麻：蛇纹、树屋纹、祭祀庆典纹、玉龙纹、钟鼎纹、一直到引出广州城起源到"五羊仙人"传说图纹。这些图纹符号标示了广州文明的变迁：以新石器时代为背景，从人类蛮荒时代到文明曙光的远古文明为时间段间。这大抵就是我孩提时代听到的，"燧人氏""有巢氏"的故事。这些图纹符号是以华南地区出土的遗存文物图纹为依据，破译出来刻画在那十二根（塘中五、塘周七）石柱上的。不是专家，对那些图纹，是无可奈何的。

这就是我们说的"飞鹅岭新石器时代遗址"就是"广州第一村"的根据。

伫立良久，凝思良久，心绪绵绵。我在浓浓的树荫下，沐浴着南国特有的，即使是隆冬时节特有花城馥郁的清香和带着寻歌处、飞鹅湖的水声，走向另一个景点"复原后的考古场",离寻歌处约六、七十米。

"复原后的考古场"提示牌这样写道:"复原飞鹅岭考古遗址,了解广州先民早在四千多年前的新石器时代在定居、繁衍、生息,过着刀耕火种,狩猎捕鱼,制陶,纺织的生活。他们生于自然,融于自然,创造出灿烂的岭南文化。"

读了这段文字,浮想联翩。那是1956年代,广州市文物主管部门,联同中山大学地理、历史两系就从这里飞鹅岭海拔85米开始,后来涉及到十多个大小山岗连接成一片海拔30~40米的低山丘陵和一条宽约10米的山溪,发掘出了大量文物:石斧、石锛、石凿、石矛、石箭镞等百余件磨制石器;夔纹、云雷纹、方格纹的夹沙陶、软质、硬质陶片1000多块,陶纺轮、陶网坠、陶碗若干;玉环、玉块数件。此外,在地下层还发现了厚约15厘米的一大片火烧土层。

进入"复原后的飞鹅岭考古场遗址"这个场地,第一眼见到的就是高近四米的两堵四面浮雕景墙。这些浮雕,形象地将四千多年前新石器时代的广州先民通过制作、农耕、狩猎、天祭四组劳动场面表现出来。不同的场面以不同的劳作工具、饰物、人物造型来构成,用泥质烧制陶具器皿,石质磨制成为利器,采摘野果,耕种作物,狩猎捕鱼,祭天祈福。为了使浮雕墙更具艺术构成美的整体性和真实性,将刻有当时纹样图案的方块,以及陶器、石制工具等贯串各个画面,其错落有序的分布、点缀,使浮雕更浑厚,更有艺术空间感。考古场占地不下三百平方米,地面用白色的细碎的鹅卵石铺成。考古场地面上,铺有四块大小各异,透明玻璃框,这些框低于地表面近一米,俯视只见一些细碎鹅卵石之类的东西和异样的杂色泥土。这些或许是1956年代发掘出来的先民使用过的生产、生活用具的残存物吧!至于当年出土文物,如石斧、石锛、石矛、石箭等,当然不会放置在发掘地的玻璃框下了。

考古场周边植被有不甚高大的多种乔木:榕树、樟树、红豆树、桂木、无忧树,还有南国独有的四季桂(时令隆冬月桂还在飘香),等等。场北向边沿立有一标示牌曰"木柱阵"。其文辞:"类似天文测量工具,先民缺乏丰富的天文知识和先进的仪器,只能通过简单设施和方法来间接地测量和记录天象、时间等。"

"木柱阵"就是当时先民的天文台、天象台。其功能、作用大抵和人类进入文明时期,他们的后裔使用的圭表、浑天仪之类相当了。

从考古场出来,沿着路标"寻根洞"所示,心里老想着早期人类的衣食住行。得去寻根啊!十来分钟,便到了叫"寻根洞",这个用巨石搭成的"石屋",可这个石屋,并不是远古先民住的石屋。他们的石屋该是岩洞之类,今天我见到的"寻根洞"这样的石屋，已经够阔气了。宽大的四五室的空间，也高廊。当年茹毛饮血，裸身与长蛇猛兽格斗求生存的先民住得上吗？这个寻根洞四室构成，全用浮雕描绘先民生活、衣食住行、劳作图景，最早的为新石器时代的，最晚的当是唐代的场景，因浮雕图案上有"开元通宝"字样。走出寻根洞，沿石板路，朝水生植物园方向左侧，探寻今人模拟的先民的居宅：今谓之"原始生态村落"。根据考古资料和历史文献，新石器时期的建筑，有多种形式，人类居住的房屋主要有石屋岩洞、（洞穴）树屋和棚屋三类。先民穴居的石屋飞鹅岭未作展示。先民居住的棚屋：有树皮搭建的棚屋，还有用茅草的棚屋，和鹅卵石、黏土筑建的棚屋。所见棚屋各五间。

沿路走来，所见是颇具气派的树屋，屋跨三两株大树，我们去时，有一对情侣，"亚当""夏娃"者，正在树屋的枝丫间相依相偎，视如无人。是非之地，我们得打这里悄悄离开。其实，树屋的出现，在先民构木为巢的那个"有巢氏"时代，御长蛇猛兽伤害，不得已而为之。

匆匆离开山溪流过的几处原始村落，走过飞鹅湖上一段几多曲折的水上木栈道，又回到了飞鹅岭前那一大片，先民活动的大水塘、巨石阵空间。水塘里还是那位江西老表顶着斗篷，正用一根短竹竿拨动，一条小船，像是在捞取水塘中的垃圾类浮物。

2013 年 1 月中旬　广州

附：戚世忠谈《寻踪》

《寻踪》踪迹神奇，寻得极细，读完有身历其境之感觉。

（世忠信摘抄　2013 年 4 月 2 日）

十一、寻朱澄墓

据当地人讲，朱澄（1225—1277）是南宋末抗元名将文天祥（1236—1283）的老师。文天祥曾从学其门下，这就引起我对寻找朱澄墓的极大兴趣。

元月（2013）6日晨8时10分，虽南国属丙丁火之地，但隆冬时节，清晨还是寒浸浸的。和老伴离开住所，即往离住所不远的东升厂站候车，往朱墓所在地"华南植物园"。约莫待了10分钟，市公交B12路班车到了，上车。车经科学院、三保墟两站便到了植物园。对着园门拍了两张小照，便入园了。沿着路标"大王椰树路"走去，10分钟吧，到了标有"蒲岗自然保护区"的地方，要找的朱澄墓，就该在这里了。入园，园内清冷，不见人影。园子左侧有一株挂满虬根老榕树，右侧有一株叫米仔兰灌木丛树，枝干下倾几覆过道。劈头见到的一块蓝色警示牌，是广州市卫生局出的，文字说："为了您和家人的健康和幸福，切勿采食野生蘑菇和植物"。其实这样的告诫，植物园售票处也是市卫生局出示的"毒蘑菇可致命，请勿采食野生蘑菇"。入园之前，就有人讲，"朱墓所在的蒲岗，是广州地区保存得完好的原始生态林园中的各种植物，只供教学科研使用，园中生态环境不容破坏"。

引人注目的，园内偏左侧地面上放置着偌大一个较为粗糙的地球仪，其旁有三块标示板，板上写了些什么，也无心看了。因一心要找的是朱澄墓。园子静悄悄，除了老伴和我，还不见有人走动。只好自我作主，信步往右侧走，踏着堆积着枯枝败叶的路，"去寻找朱澄墓啊"，心里老这样想。高大茂密老树蔽空，乱糟糟的灌木丛，上上下下，四面八方的藤蔓从斑驳的老树枝杆上无绪地垂挂着；整个林子显得荒芜、原始极了。我们顺着这条荒径走着，心想应该是朱墓的所在了吧。走了近半个小时，还不见一人。事与愿违，怀疑是走错了路，只好择路下山（岗）。要找朱墓，只得找人咨询了。沿着弯弯曲曲的荒路下山，正好踏上蒲岗路，无疑朱澄墓该在附近了。这时，我们看见在离我们前面、三五十米处，有三两个人在那里，像等待什么似的，因有一段较远的距离，我们不好大声呼喊打扰他们向他们请教。

正无奈处，柳暗花明，左侧一条支路上，一个黑色衣着者，男性，五十来岁，正向我们走来。

"先生，老板（广东、福建人称呼对方常用此）！我们是重庆人，到此找朱澄墓，我们找了多时，没有找着，像是走错了路。"

"我不是老板。朱墓就在前面。跟我来！我到过重庆，重庆这些年出的事，我都知道。"走了约莫五分钟。他指着左前方斜向的缓坡地说："那就是朱墓！"

我们随着他，侧身、弯腰、低着头，穿过倾斜得接近地面的巨树（奇怪竟长得这么茂盛）。走了十来步便踏上了一列粗砂搭成的一条石阶。这些石阶多不规矩，踏上感到有些摇晃不稳。石阶离墓园只有20来米，阶边上插立着成对的坚硬而耐磨、耐腐蚀的，或粗砂石制牌，高约一米，宽也在三四十厘米的。据说叫旗杆石，有七八对。上面刻字标明朱某某，显然是墓主朱澄的后裔。是600多年以来，祭奠者留下的标志。他们来头不小，都是发了迹的，多数是明清达官显爵的官宦人家。从依稀可辨的文字，最早的是明崇祯年间，清康熙和雍正年间的也有，最晚道光、咸丰年间的。者谁，因字迹模糊，很难辨清了。

整体墓园，为传统的山手墓，不下两百平方米，呈圈椅型，也像弥勒佛坐像型。墓园内外，多是今之朱澄氏墓主的后裔们，祭奠时留下的残存物，之如香蜡纸钱的余烬、塑料的酒杯、酒盏之类，还有到处可见鞭炮残片。墓碑左右，墓体周边，还有不少写上前来祭拜者，墓主后裔名字的对联式红纸条，等等。我躬身下来，看看墓碑上的究竟写了些什么，如立碑、建墓的年代之类。因年代久远了，字迹已不十分清晰，不过"宋始祖某公、某妣之墓"，这样的文字，还是辨清了的。我掏出相机，对准朱氏墓碑，一声咔嚓，给"寻墓记"画了一个句号。

这时，我站了起来，对引领我们寻墓的先生说："先生，辛苦您了！感谢您，您是热心肠，世界需要热心肠！来，我们合个影吧！"

这位先生毫不矜持地，由老伴持相机拍下了我和这位先生的合照，充实了这段"寻墓记"的旅程。

"先生，还是留下大名吧！照片洗好后，好寄给先生，作个纪念。"

先生接过纸条，很爽快地写下了自己的联系方式。

接着我问道："先生，为什么，朱墓保存得相对完好呢？"先生未作正面回答，支吾着说："现在，每年春节、清明、重阳来这里扫墓，祭奠、寻根的人越来越多。你看，墓园内外，祭坛上，还有那拜台前供鸣放的那三只大铁桶，留下那么多祭奠残存物，就知道了。"

附一：给一点材料

遗憾的是，定陵被发掘后适逢"文革"，本应受到重视的定陵及其定陵文物遭遇到了巨大的浩劫。定陵考古发掘报告一直到20年后才完成发表；发掘出来的丝织品很多都霉变了；巨大的棺材椁被破了四旧；更让人痛心的是，万历皇帝及两位皇后的骸骨被当成地主头子焚烧一空……

历史早已走过了那段不堪回首的时期，定陵的研究还在深入，我们的学术研究会正在反思中向前发展。

附二：朱澄墓碑文字摘录

"一世公始来粤""乃鉴公之次子""配淑尤溪县何氏"，于理宗淳祐年，以乡荐，初任江西省吉安府教谕。文天祥从学其门。理宗宝祐四年（1256）丙辰五月，文天祥大魁天下，延荐其师文章德行，或仿其祖（朱熹），即升府尹，转升广东盐运司，不数月，卒于暑。时遭宋乱，不能返闽，遂于羊城之东横沙村，福聚里居焉。公与淑人葬于茭塘司，土名蒲岗，坐未向丑。

附三：朱澄墓碑的故事

朱澄墓碑，命运多舛，碑脱墓体，早已倒卧在地。考古迷郭纪勇，发现墓碑被植物园用工做顶柱，顶住快要倒的树株。郭先生见此情况，郭立刻报告广州市文化局。于是这块墓志铭碑转移到越秀山镇海楼广州市博物馆碑廊收藏，并仿制一块放回朱澄墓旁。

几年后，这位考古迷郭先生回到华南植物园，发现朱澄墓碑在饭堂门口水龙头下做洗菜、洗脚的石板用。

后来，植物园出于无奈，将这块碑赠送给发现者郭先生。最后，郭先生把他眼中的宝石，送到广州名胜萝峰寺玉岩书院收藏。

2013年2月8日 广州

十二、吊魏源故居小卷阿

  小卷龙蟠，乌龙雾锁，秋声月下归鸦。落叶梧桐，有灯初照谁家！摇摇半壁宅安在？吊魏公，不胜嗟讶。更苔深，风动蓬门，雨雪烟霞。

  哲人已邈魂何处？赋海图圣武，浪卷流沙。罗尔纲兮，只今还著天遮。一庵普渡去无迹，唤杜鹃，声彻天涯。算而今，依旧秋风，依旧飞花。

（调寄《高阳台》）

  2011年10月25日，由履坤、树民倡议，偕往游清凉山扫叶楼龚贤故居毕。近黄昏，匆匆先直往乌龙潭，50多年前，余等年少时，淘潭中烂泥污浊所在地。潭水与当年相较，清澈了许多，潭面规整狭小了些。曹雪芹纪念馆在此，潭畔有汉白玉曹氏座像，题款者为红学大家冯其庸先生手书。馆门已关闭，无缘入内瞻观凭吊，只好折回急往心仪已久的魏源故宅"小卷阿"。已黄昏，街沿梧桐老树可辨，稀疏街灯，行人和几许归窝鸦鸣，周边更显得分外寥落。

  所经路段，树民多次来过，在他的指划下，终于找到了"魏源故居"，"小卷阿"的字样：在一块础石上。"故居"在僻静小街龙蟠里，所见约莫50平方米，残破平房民宅。

  因门紧闭，踮足，透过门缝，可见到类垃圾的杂乱物件，值得兴奋的什么也没有。

  树民在给我的信中对魏居的现状作了如下述描：

  此前，我探访过魏氏故居，模样还不及给你的照片那么干净：左边门外摆着一个修鞋摊子，窗户上晾着几双破鞋；墙上贴满了大大小小的野广告。门边那个方块状的东西是块石碑，写着"魏源故居"字样。进得门来，垃圾满地，上面檩椽皆黑，莫辨本来面目。其东有一排窄矮的平房，南向，更破烂不堪，有框无门，室内室外，宛若垃圾场。

这就是近代先哲魏源故居"小卷阿"！如斯而已！

遍读南京多种旅游图册，终不见"魏源小卷阿"的记载。回读薛冰先生《小卷阿》（《家住六朝烟水中》）一文端的可见：

龙蟠里中确系魏源故居的"小卷阿"，则不断遭到蚕食和破坏。

这已不仅是龙蟠里的悲哀，更不是南京文化的悲哀，而是中国文化的悲哀。

我们来此，见到魏源故居"小卷阿"，已面目全非，"普渡庵"传洪秀全元妃避难处，自然早已不存在了。之如此，太平天国史学大师罗尔纲先生有不可推卸的责任，或曰功不可没！

展读罗先生《普渡庵调查记》，概括起来只有一句话："小卷阿""普渡庵"，是魏源后裔魏伯和、魏昭、魏韬他们"存心不良""为人奸险""狡猾""虚捏"出来的。"小卷阿"该沦为这等模样！

魏源的曾孙女魏韬有这样一首诗不无感慨道："荆楚移家住白门，筑居依山傍水村。文章事业千古事，骨肉今唯一线存。"就是这个魏韬，魏源家族最后一个传人，终生不嫁于1994年辞世，魏源氏这一支脉便完全断绝了。

魏源（1794—1857）湖南邵阳人，清末思想家、史学家、文学家。鸦片战争时，参与浙江抗英战役，林则徐知交。痛愤时事，1842年成《圣武记》。记中提出了"师夷技而制夷"的著名主张。林则徐在广州禁烟期间，为了了解敌情，曾日日使人刺探西事，翻译西书，不遗余力收集外国资料，编译成《四洲志》书稿，他在被贬戍新疆途经镇江时，将书稿托付给前来送行的友人魏源，请魏编更全、更详细介绍外国情况的著作。魏源不负友人重托，披阅十载，最后完成了100卷的《海国图志》。"志"中较全面地介绍了世界各国的政治、历史、地理概况，而且介绍了大量的西方自然科学知识，堪称当时世界知识百科全书。此书完成后的50年间，在中国出版了十三个版本，在日本翻译出版了二十三个版本。我们可以说《海国图志》，对中国洋务运动、维新变法以致辛亥革命都产生过积极影响，对推动日本明治维新也起了相当重要的作用。

可以说魏源堪称第一个使中国睁眼看世界的中国人！而当时魏源就住在南京龙蟠里（今天的20号）"小卷阿"。

想着这些，望着摇摇欲坠半壁残存的魏宅"小卷阿"，前来凭吊，该说什么呢！"依旧秋风，依旧飞花"，何时才有个变度！

近往坊间，意外地发现了，还是魏源氏祖籍湖南（岳麓书社）率先推出了浩浩长卷《魏源全集》，算是对先贤的一种补过，对先贤的一种慰藉，也算是给凭吊者沉郁的心灵一种松宽。

2012年2月4日　重庆

　　[注] 直到罗尔纲先生（1901—1997）晚年最后出版的著作集中，对他的《普渡庵调查记》，导致"普"的不存，"小卷阿"的魏源宅的残破的事，仍持津津乐道的态度。

十三、他走了，灯还亮着

——忆赵克刚教授

1999年二十世纪最后一个年头，10月14日上午12时许，历史在这里定格：教授，老师，同门赵克刚先生走了。先生一路走来，雨雪雷电，他走了，灯还亮着！

一

1981年我调入重师（时名重庆师范学院）后，不久便见到了一个显得清瘦但精神矍铄，看来是个有些"倔"的老头，衣着和当年的庄稼老农没有什么不同，中等个子。

我见到这个老头最多的地方是在学院图书馆。听说他叫赵克刚，"克刚"和"倔"的意思差不多。《新华字典》训"倔"云："言语直，态度生硬"。《字典》在另一处又说："用于'倔强'（性格）刚强不屈，固执"。这时的克刚先生和当时中文系的许多先生一起正在参与编写，现在早已出版发行的《汉语大字典》。克刚先生是"大字典"编委，我校编写组业务指导负责人。

过了些日子，五六个月吧，从与我接触较多的徐光烈、许庭桂、何昌福三位先生处知道赵先生更多的一些情况：赵先生是武胜人，抗战时期，1941年考入中央大学（时由南京内迁重庆沙坪坝）中文系，师事胡小石、张世禄、殷孟伦、董作宾诸先生这些大家。"小学""音韵"之类，赵先生尊奉乾嘉训诂，黄侃这一派；也知道赵先生1957年被定为"右派"，打入另册，取消了教师上课资格，贬为资料员，守资料室。

二

一天，我较早到了图书馆做我的事，查找刊误杨树达先生的《词诠》资料，时徐光烈先生来了，赵先生也到了。我无意识地，信口对他说："老师，我想到先生那里凑个数"，赵听了这句话，看来他很不舒服。他不假思索地回答说："我又到哪里去凑合呢？"过去了这么多年，想起这事，耿耿于怀，太莽撞了，对不起老师。

后来，过了好久，或许是赵先生知道我是南京师大中文系毕业的吧，或许把我当作晚辈吧（那时我四十四五岁），我和赵先生的距离拉近了。

三

大抵是1991年冬天的一个下午，天气冷飕飕的。赵先生要我到他家里去，有什么事要向我谈，我如约去了。其实他的家在巫家河沟，25栋，2楼，而我家在26栋，5楼，两楼一前一后，他的居室，我正好可以俯望。这时我才知道，原来那彻夜难熄的灯光，就是从他那里送发出来的。

我敲门进屋，师母对我说："他正在找什么材料，准备给你看。"说完，师母便进厨房去了。

赵先生见我到了，便对我说："找有关徐复老师的一个材料，老找不到，那就凭嘴说吧。"他继续说："徐复、殷孟伦、陆宗达、洪诚诸先生，都是黄侃，季刚先生的得意门生，是章黄学派的第二代。趣事最多的要数季刚先生，他和新派胡适在北大共事，胡适提倡白话文，是文学革命派。有一次两人相遇，黄侃问胡适：'胡先生，你提倡白话文，是假提倡，或真提倡；如果是真提倡，那么你的大名就应该改为：你到哪去'。"赵老师谈到这里，我笑了，他也笑了。我插话说："我好像在哪种，或哪两种出版物上，见到胡先生的两枚图章：一枚刻'胡适之章'，另一枚刻'胡适的书'，依我看，胡先生还是真在提倡白话文。"赵老师说："胡适和黄侃在北大共事的趣事还很多。"提到章黄我插上一句说："章、黄都是疯子？"赵老师说："章疯子是辛亥革命发起人之一的黄兴说的；黄侃是疯子，是周作人说的。不过周作人说的黄侃是'狂人'。"赵老师继续说："章黄学派的第二代传人，即徐、殷、陆、洪，他们都是章太炎先生的再传弟子。"又重复了一句，"他们是黄侃的得意门生"。

赵先生又说道："你知道吗？黄侃是章太炎的第一代大弟子。与黄侃，季刚先生同时直接受业于章太炎的弟子，还有著名的世称五大天王者，除黄侃之外，便是'东王'汪东，'北王'吴承仕，'翼王'钱玄同，'西王'朱希祖。章门第一代弟子早就不在了，而且第二代，在世的也只有徐复老师了。洪诚，自明先生（南京大学）1980年走了。陆宗达在北京师大、殷孟伦在山东大学，他们二人1988年走了。洪诚的传人叫唐文，也走了，还有个许什么（名字忘了）的。陆宗达的传人是大名鼎鼎的人大副委员长、国家语委主任许嘉璐，陆宗达先生称许嘉璐是'友生'。这是，洪诚《训诂学》陆序中提到的。现又任训诂研究学会会长。不过政务太多，训诂的事，章黄学派的事，早就不太在意了。"

我赶紧插嘴说:"1988年我到长春开训诂学年会,许会长还要我代他向先生问好,这事我从长春回来后,向老师讲过。"赵老师继续说:"你的母校南京师大,也是我的母校,抗战时期,中央大学,内迁沙坪坝重庆大学内松林坡。前几年,我们在那里还立了个南京大学、南京师大纪念碑,我是中大(中央大学,按南京师大原系中央大学师范学院,解放后院系调整更名独立)中文系毕业的。徐复老师今天还健在,粉碎'四人帮'后,出了不少学术专著。"说到这里,我补充说:"徐老师签名送了我五六本语言文字学专著,其中少数为他人所著,徐老师作序。"

我又说:"徐老师奖掖后进,去年我和徐光烈先生到苏州出席训诂学年会,他对我说:'做学问,写论文就应该像你给我看的《谈如何构》(即《从合音词的训释看"如何结构"》)那样做。'"赵老师介绍了殷先生在山东大学,和陆宗达"友生"许嘉璐之后,意犹未尽,又说:"你是徐复老师的学生,我也是徐复老师的学生,我们同一师门啊!"说到这里,赵老师的工作室兼卧室的门开了,师母端了一杯热腾腾的咖啡,放在我的面前,赵老师的办公桌上。师母说:"天气冷,喝点热咖啡,多待一会。"说完便离开了。

我品尝着那杯浓香的咖啡。赵老师继续说:"你还年轻。"顿了一下,我打断他的话,说:"还隔三五年头我就到花甲之年了。"赵老师听了我的说辞,有些不满意,激切地说:"这算什么,我这样的年龄段,"文革"中还在綦江鸡公嘴校办农场,服苦役呢。他又一次重复说:"你要继承中大章黄学派的传统。把徐复老师做学问那一套接下来,传下去。"他又一次提醒我说。我回应赵老师说:"老师,我不能啊!我们这一代大学生没有读什么书。何敢说承传。老师我们这代大学生,我们的青春年华是在无止禁的政治运动中,折腾掉了的。"赵老师不以为然地说:"来得及,我70多岁了,还日以继夜地查阅卷册搞著作呢。""老师我们的基础差啊。"我这样一而再地申辩,怕过多地引起老师不快,说:"老师我想想。"就这样我离开了赵先生家。"隔几天再来一下。"赵老师如是对我说。

从1986年起到1990年,为了争取评上副教授职称,我忙着写学术论文争取能被刊物采用。寄往东北师大的稿子,一年以后退回说:"该稿基础好,请按某某修改"云云。其实稿子已被母校南京师大学报采用了。这期间,在我校学报和我的母校(南京师大)学报连续发表了四篇古字的学术论文。尤其是论文《从合音词的训释看"如何结构"》得到了业师徐复老师很高的评价,徐先生推荐给南京师大学报信上说:

> 王维理同志所写《从合音词的训释看"如何结构"》一文，新意纷陈，可供语文工作者参考。他解决了语法问题，也疏理了训诂问题，足见作者平时积累材料，有独得之见，非常钦佩。望能及时刊出以飨读者。

《结构》一文南京师大学报1991年7月发表后，接着该年中国人民大学书报资料中心"语言文字学"（月刊）10月号以显著位置全文复印了。我把这些情况告诉了赵老师。这时赵老师对我的要求更高，更迫切了。一见面，他就要我到他家去，总是说掌握古汉语的音韵规律并不难，我跟你一说，你就会懂的。说实话，古音韵是我的畏途，赵老师的话，我不以为然。

过了好长一段时间，大概是20世纪末，我因为忙着校内外的课务，无暇它顾，赵老师那里我也未去。有时偶尔相见，简短说几句话，问个好就忙自己的事去了。

四

我最后一次见到赵老师，那是个夏天，大概是六月，或七月份吧，夏至前后，重庆地区，平均气温已到了35～38℃了。意想不到，我竟在校游泳池旁，榕荫树下碰到了赵老师。他不容我说一句话，一口气，连珠炮似的说下去，既严肃又严厉地批评我说："我在你的心目中是没有地位的，我多次要你到我家里来，我有话给你说。作学问，一要学，二要问，你怎么不来。"我听到这里，想申辩，刚要说，又被赵的话掐断了。"你心目中只有徐复老师，徐复也是我的老师呀。"听了这些我心里万分难过，我对不起老师对我的希望和关爱，但我也得说："赵老师，我是想天气凉爽点，再到老师家里来，我也有些在阅读王力主编古汉语教材时，碰到的问题，也想向老师请教。"

五

赵克刚先生，教授，老师常对我说："徐复先生是你的老师，也是我的老师，我们是同门"。他走了，走得那么匆忙，那么坦坦荡荡。他作别这纷忙而富有希望、富有梦想的大千世界前，巫家河沟25栋2楼那盏彻夜不熄的灯；就是那盏灯，隔楼相望，陪伴着我渡过了成千个沉沉深夜。当我备课或查找资料，到子夜时分，老伴总要唠叨，我便说你看25栋那盏灯，不是还亮着吗！

老师晚年的那以千、以万计的深夜灯光，不是已凝聚成了那部烛照古音韵学领地的专著《音学实在易》的光束吗？我国著名学者、南京大学教授程千帆先生谓"大著举重若轻,伯业老学,当世希有";国家语委主任许嘉璐先生谓:"夜阑披览,睡意全无。以'实在易'命书,已见本指"(程、许给赵的信见附二、三)云云。

他走了。《音学实在易》那盏灯的光束还亮着,至今还催促着我!

2013 年 10 月 22 日于重庆师大沙坪坝

十四、记与诗家张榕先生晚年的交往

——向诗友报告

2014年6月23日清晨6时许，电话铃突然响了。"张榕……昨……晚走了……"电话里泣不成声，时断时续。这是张先生夫人徐的来电。我无可奈何，反复叹道："我和'歌乐行'主编，魏锡文先生已约定前往看望张先生呢！"嫂夫人徐泣诉，要我把张辞世的事，向校方反映，向市诗词界朋友反映。

我立即电告市诗协万龙生先生，并请他将此事转告市诗词界同仁；魏锡文先生那里我单独去了电话。殡仪馆，嫂夫人徐和张先生的晚辈等都在那里守灵，诗词界的朋友，他们都不认识，我得尽快赶去。

今年6月6日我到阆中、剑门关出游前，得到张榕先生清晰的电话："老王啊！请代我找高教老协一位罗某某的电话，查到后，电话告诉我，我有事要找她。"我通过邻居找到了罗。我也知道罗与张先生已经联系上了。不到20分钟，我几次与张电话，却无法与他直接对话了。后来，他的儿子小峰告诉我说："他时而清醒，时而昏迷。""老王啊"这句话就是他生前，给我讲的最后一句话。我知道，张榕先生不测的事快临近了。我立即把张的病情与歌乐吟社的魏锡文先生联系，说待我6月8日从剑门回来我们去看他，锡文同意了。

6月23日噩耗传来，打乱了我和魏的安排，失去了生前再见他一面的机会。

一

我和张榕相识是在1994年，我退休之后。那是在"歌乐吟社"创始人之一的祝建勋先生招饮的家宴上，当时应邀的只有我和他。祝建勋和他的老伴，还有他们的女儿作陪。张后来问我，怎么把你也请来了。我如实地告诉了他，那是建勋读到了我在南京刊物上的一篇论文引出来的。

张榕先生主编《歌乐行》诗刊时，我与他已经较熟了，每期他都送我一本。这时，我忙于课务，无暇去读诗词之类。一天，他对我说："你还是'入'了吧，给你的刊物，也有个说法，介绍人自然是我。"不久，我便是"吟社"的成员了。每年两次的诗友聚会、拍照，我都和张榕相伴，直到我被"默退"之前。

张榕先生除诗词之外，书画成就亦高，在全国也有名气，国内好些文化藏馆都有他的作品。我校文学院教授，彭斯远先生在《三绝融一卷》文中说："张榕先生，不仅是著名诗词行家，而且能书、善画，多才多艺，很值得人们称道。"这里的"一卷"，即张榕的《榕庐诗文》集。"集"中诗文之外，还有他的书画作品，其中《中华翰墨名家博览》一书，收入的《金缕曲·彭德怀诞生百年祭》这幅字，是应我请求，张榕书写好，送给我的。"博览"取的就是这幅字。

张榕对我说，那首《金缕曲·彭德怀诞生百年祭》词，决定是否获一等奖的当晚，赛事主办方中华诗词学会颇为犯难。从北京打来长途电话，询问一个叫"郁琳"的背景材料，因为郁的词亦"金缕曲"，题《刘少奇百年祭》。那个郁琳，也是重庆人，问他是否认识？这两首词都不错，难定伯仲。张无奈，只好如实相告"郁琳"是他的笔名。对方并不十分吃惊。最后便以"彭词"获一等奖定了下来，因为同一人，不能同时获两个奖项。那是1999年的事。

我尤爱"彭百年祭"词，近20年来，追思陈年往事，摩挲不知多少遍了，总能引出自我的新鲜感。难怪好评如潮，当今诗词名家，如霍松林、蔡厚示、林从龙诸先生都作了精辟的评价："悲壮苍凉，催人泪下"；"真诛心之论"；"作者将这一历史冤案用诗的语言表达出来，可使天地惊，鬼神泣。"张榕还告诉我，有人从维护老人家的"伟大"出发，对"彭百年祭"词发出了不协调的声响。

张榕先生当他的病痛未发作时，和常人并无二致，照样勤奋读书和写作。每有新作，他都爱先给我看，读给我听，我总是他作品的第一读者。我问："张兄，你什么时候开始读诗词，写诗词的?""那是五六岁吧，家境好，我读诗词的事，那本集子提到一些。"我曾问过他的出身，他或许认为我对他的心境的不理会，认为我莽撞，对我提问反弹，大声地说："大地主"，弄得我十分没趣。

但凡出身、年龄之类，都是属于个人隐私，该是避讳的范畴。在那阶级斗争，"年年讲、月月讲、天天讲"的日子里，填写履历表，"出生"这一项，总是令人没趣，填写者多少有些无奈。张榕大声说的"大地主"，大抵属此类吧。

张榕先生我把他当作师友，我们相处也很融洽。有时也争论，甚至到不欢而散，谁也不服谁。文伯伦在《诗文集》"弁言"里说："我和张榕同乡同学，更兼姻亲之谊，又同有诗词之好，同为四川省诗词学会成员。每相聚辄谈诗。偶有不合虽争至面红耳赤各不相下。"退休后，跟他接触较多了，也开始写传统诗词。我写了一首叫"送友人某"的七言绝句，原诗如此："兰台走马去匆匆，沧海归来尚挽弓，池苑萋萋寻旧梦，依然故宅月朦胧。"他听后，说"某某"，

255

原是我校的教师,怎么用"兰台",我和他争辩了好几个回合,结果是都"固我"。我也直言:"张兄,别影响我们的感情啊!"他默认了。像如是争论或有好多次。

1994年,我退休了,课务还重。但见到他的时间总算多了,上市场买菜购物总爱结伴同往。这时,与我和张榕先生都认识的某姓朋友,俏皮地对我说:"你怎么把他'服侍'得这么好。"我向他谈过,张榕说这是挑拨。

二

2001年,南京师大汤大民先生(我的大学同窗)的《长亭野语》出版后,我和他的距离又近了些。这时张榕先生已知道南京还有个汤某人。汤给我的信上说:"小书《长亭野语》二本,一是你留作纪念,一送张榕先生",又说"弟乃一凡夫,边缘人生,文化游子,只能泡制些精神'野菜',唯求有滋有味,无毒无害而已。文拙字俗,难入高人之眼,请代向张先生致歉。"此信他读过,说了些什么,查无记载。之后,我到张家,总会见到《长亭野语》在他床头或桌案上。张榕先生不止一次对我说:"汤大民是有才华的,可惜在那些年头,吃尽了苦头。"惺惺相惜啊!去年,2013年春,南京有两位朋友来渝,我把此事告诉了张榕先生,他问大民来不来?我说大民腿脚不便,他不能来。他惋惜地说:"我恐怕今生见不到他了!"今年三、四月间,临张辞世还不到两个月,张榕要我把大民的电话号码写给了他,我做了。

五年前吧,张榕的电话来了,要我到他那里去。他说他的二妹、四妹一家还有他的晚辈凑足了给他出书款项,编校的人都有了。"就是几十年来写的文字没全保存下来,篇目找了些,原文需要找个热心的人到校图书馆,市图书馆查阅复印下来,好编印。"又说:"我是要付酬的。""这,我包了。酬就免了,查阅复印我都熟。"这便是"诗文集"后记里,谈到我的那段话的出处。他既是师又是友,我愿给他做。

三

时光倒回去三年吧,我作了一次江南游,游了六朝古都南京,也到了我年轻时工作过的扬州。返程后,填了好几首词。打印后都给了他,并嘱他精力不济,不要看了。说完我就离了张家。次日清晨,他打电话来,说,"想不到进步这么大!"又说:"你的名气比我大。"我知道这指的昨天给他的几首词"答钟陵先生""金陵扫叶楼""秦淮河""吊金陵魏源故居""扬州瘦西湖"。

他要我马上到他那里去。我去了,他对我说:"几天前,金玉良来看我,他就提到你。称赞了你的诗作，我没有这个福分，有人在你面前提到我吗？再有个彭斯远先生，写我的文字，在重庆师大报老登不出来，而你的诗文，总连篇的上。你的名气大啊！你是不是过问一下校报那个刘清泉，彭斯远那篇文章收到没有？""不是那么回事，我有好些年没给校报去稿了。今年去的'吊魏源小卷阿'词，放在'校报导读'首位，去稿的命中率也低。张兄，你的名气大，中央这一级诗词大赛，荣获包括一等奖、二等奖在内，就有七次。这全国有几个，巴蜀又有几个？这些奖，国家是要掏大把钱的。彭先生写的那篇，斯远和我都可以问。"——我回应说。

他说："你是知道我的，我不愿意，也很少赞扬一个人的作品，你是例外。还有个例外，那就是教过你的老师，重庆永川文理学院的贺远明，他的《论清诗》十首（见"附四"），我还没有读到过用诗来论诗，论得那么精妙。待集子出来后，托你送一本去，征求他的意见。你的有些诗词并不逊色，你就不要去参加什么文学组织了。要参加就是作家协会，要投稿就指向《中华诗词》这样的刊物。投稿不是一两次就能完成的。《红楼梦》放一放，先集中精力写诗填词，早点把集子编印出来，我读。"什么"协会"、什么"中华诗词"我看得很淡，是自己底气不足。我给张讲。

今年4月中旬吧，我约了好友许庭桂先生一道前往市三人民医院看张榕，张先生仰靠在床头，好像是刚理过发，显得很精神，情绪很好。我和庭桂向他请安后，他谈到几天前，魏锡文先生带了重庆大学已退休的校长邓时泽先生，看望他的事。他说"重大"那些离退休干部、教师喜欢诗词，想写诗词，他们已经把"诗文集"里《门外谈诗·诗应该是诗》那一部分，复印出来，发给大家，作为学习诗词的读写参考。谈到这里，他很兴奋，对我说："你听到了吗？"，"听到了。"我回应说。说实话，张先生这部分写得很有分量，有厚度、颇具功力。张先生对我说："《门外谈诗》你看了没有？"我只好支吾说："看了一些。"我认为搅在诗歌理论理论上，对诗歌创作意义不大。王国维是诗词理论高手，他的诗词就很平平，我私下这么想。

接着，他望着我转了话题，说："江南历来出才子，今天江苏我只佩服两个人，两个都是你的同窗，一个是汤大民，一个是钟陵。大民的文字我读了不少，那本《长亭野语》总是放在我的床头；他在《文汇》《中华》读书报上发的文字，还有《美文》上的你给我的，我都读过。他给我的信都保存着。大民才华横溢，文采飞扬。钟陵的文字接触不多，他给你的信，有两句话，就很耐人寻味，我托你连成诗，好像是四首"。"那四首都寄给钟陵了"我说。"钟陵的《小清凉馆诗文选》是去年钟陵辞世后，江苏省诗词学会寄给我的，读了不少，我佩服。"张又说。

我不知道在这个时候,张榕为什么还要提到,尤其是大民?而且不只重复一次!

这是他生前和我最后一次,通过语言,感情直接交流,最多,最集中,主旨也最明确。可看作这是我和他接触二十多年来,感情交流的浓缩。这里至少可以悟出两点:有对我的鞭策是期许,此其一;有他对友人的诚挚和他自身的愉悦,此其二。

[注]"当时几滴酒,留醉到而今。":(一)数载同窗谊,临岐感倍亲。当时几滴酒,留醉到而今。(二)秭陵风月好,巴峡水云深。当时几滴酒,留醉到而今。(三)沧桑时事改,鱼雁好音沉。当时几滴酒,留醉到而今。(四)一线连吴蜀,长江万里心。当时几滴酒,留醉到而今。

四

想到这些,今天年6月23日,他已经西去了。我立即赶到灵堂,在张榕先生遗像前,虔诚地三鞠躬以示对先生的敬重,以祈冥福。嫂夫人徐沉浸在极度的悲哀中,泪已流干,低垂着头。自张走后近20个小时了还未进食了。我劝慰说:"节哀啊!这些年,你太辛苦了!张先生能延续到今天!功劳全在你。保重啊!小峰他们会照顾你的。"

市诗词界的朋友端诚、玉兰、元龙等五六位,先我到了。专电通知的锡文也来了。他们低语张生前诗词在巴蜀、在中华诗词界获得的荣誉;他们在低语,劝慰嫂夫人节哀。龙生诗兄来了,他带来了市诗词学会的好几幅挽联,其中有陈仁德、杨启予的;也带来了巴蜀诗词界同仁对张先生的深情。

张榕先生一走,给嫂夫人徐带来的痛苦和打击是常人难以理解,难以承受的,因为常人没有他们那一段曲折、复杂的、恩爱夫妻的感情纠葛。这时张榕不过四十岁,不惑之年吧。在大渡河边石棉县接受改造,而这时的嫂夫人徐不到二十岁,如花似玉的年华,在县城里文宣队唱歌跳舞。一个小小的县城,这给他们二人留下了难以磨灭的印记,以至各自的配偶离世之后,他们二人早年埋下的相互倾慕的火焰,二十年后又燃起来了,他们重逢了。张写道:

沧海萍蓬迹,飘零西复东。渝州惊再遇,沫水记初逢。
橐笔邀青眼,云裳想旧容。华年宁复得?逝水感应同。

二十年前事,回眸已断魂。当时花旖旎,此夕月黄昏。

藕断丝犹续，珠还椟尚存。相怜仍旧侣，旧梦可重温？

（《重逢》选二）

这一对恩爱老年夫妻，旧梦重温了，厮守了二十年。我们的张榕"几经沧海几波涛""留得伤痕累累"，不得不仙去；不得不离开他十分眷念的，他施展过才华的生他、养他的华夏、巴蜀大地；不得不离开他那"当时花旖旎""相怜仍旧侣"，我们的嫂夫人徐。徐夫人说："我想，即使他长年病榻不起，我要留住他。没有想到，他竟走得那么快啊！我们相遇大渡河畔，时我近二十岁，是二十年；重逢渝水，我四十七岁，是二十年；今年他离我而去，我六十七岁，又是二十年。二十年，二十年，又一个二十年！苍天啊！张榕啊！路啊，我该怎么走呢？"

（2014年6月28日　于沙坪坝　重庆师大）

附一：李维嘉谈张榕

一

王维理老师：

多承来信告知张榕兄逝世的消息，十分悲痛！在《岷峨》诗侣中，丧失了一位杰出的诗词作家。在全国第一流诗词家中，张榕也是名列前茅的。他的辞世，是不可弥补的损失。张榕伉俪情深，曾共患难，贤夫人悲痛至深至巨。尚望节哀，珍重。敬托维理老师转达我的慰问。此祝

教安！

李维嘉再拜
时年96岁
于病院

二 哭张榕

姹紫嫣红春意浓，非关弄月与吟风。才哭渊如抗癌逝，又丧高手撒手终。

一生名句惊当世，千载丰碑敲警钟。重读遗诗惟再拜，吟坛绝响荡长空。

[注] 张榕（1929年9月—2014年6月）先生全国诗词名家。曾任四川省

诗词学会副会长、顾问；重庆诗词学会顾问。四川省作家协会，重庆作家协会会员。从1992—2008年卧病不起前，共七次荣获全国中华诗词大赛大奖（含一等、二等）。像这样的获奖者，在全国、巴蜀大地也是仅见。有《张榕诗词钞》《榕庐诗文》传世。

[注]李维嘉，重庆人。四川省政治协商会议副主席，省诗词学会创办人，会长。

附二：南京汤大民谈张榕

一

　　小书《长亭野语》二本，寄上，一是请你留作纪念，一本转给张榕先生。张先生关心国家大事，视野开阔，慷慨意气，非常人笔墨所能及也。弟乃一凡夫，边缘人生，文化游子，只能泡制些精神"野菜"，唯求有滋有味，无毒无害而已。文拙字俗，难入高人之眼，请代向张先生致歉意。仁兄大人如也难以卒读也不妨扔进字篓、垃圾箱或卖给废品摊。

（大民给笔者信　2001年6月14日）

二

维理：

　　寄上小书《中国书法简史》两本，一本请代呈张榕老先生。小书浅陋，难入方家之眼，不值一哂！多年来承蒙不弃，你以大作多次赐教，且得到张先生所赐墨宝及诗集，我无以回报，只有小书表示感激和谢意了。如小书不堪入目，请代为扔进字纸篓可也。向张先生叱名问候，祝老人家健康长寿。

汤大民上
2011年5月27日

三

　　张榕先生的诗写得真不错，尤其是写亲身所受和世时感悟的情真意切都能动情，且韵味隽永，使我这个不懂诗的人，都能动情。文伦伯先生为其诗所作序言《风尘倦客肝肠犹热》为我多年难见到的好诗评。

（大民给笔者信　2011年6月28日）

四 汤大民给张榕的信

燧苍先生道席：

　　万里长江水，草堂遗韵永。巴蜀多诗人，翘楚有张榕。这是晚生拜读大作《榕庐诗文》的感觉。先生道德文章，高山仰止，先生的锦绣诗情，沁我心脾。"一种情怀忘不得，小窗灯火读榕诗"：那"似挥残臂戟天呼"的壮烈，那"清樽临水阁，横议到天涯"的风发，那"几回翘首长征路，振鬣长嘶涕欲涔"的秉持，那"要撑起诗骚半壁，唤诗魂歌哭为苍生"的豪情，还有"夜幕忽撩天一角，万家灯火见渝州"的浓烈乡爱，无不令晚生一咏三叹，心驰神飞。

　　日昨从维理兄来信得悉先生贵体欠和，住院疗养，晚生很想来渝谒安，面聆大教，无奈腿疾不克远行。先生历尽坎坷，志坚金石，铁骨峥嵘，生命力之强劲异乎常人，今遇病魔，想必定能驱而逐之，战而胜之。谨呈此笺，遥祝贵体早日康复，心神矍铄，百年寿考，万事吉祥如意！

晚汤大民顿首再拜
2013年11月15日
于金陵青石村舍

附三：张榕谈贺远明

　　你是知道我的，我不愿意，也很少评一个人的作品的，你是个例外。还有个例外，那就是教过你的老师，重庆文理学院的贺远明，他的《论清诗》十首，我还没有读到过用诗来论诗，论得那么精妙。待集子出来后托你送一本去征求他的意见。

拙作《记与诗家张榕先生晚年的交往》

[注] 贺远明，重庆人，1925年生，1945年开始发表古代文学研究论文。历任多所中学、高校文史教职。重庆文理学院中文系主任，副教授。永川诗词学会顾问，曾获四川省重大科技成果奖，四川省高校首届优秀教学成果奖。主编有《吴芳吉集》。

附四：贺远明"论清诗"（十首）

一

一代风骚谁主持，佻兮江令号能诗。桂林城呼忠魂在，地下相逢可有辞？

——钱谦益

二

瓣香白傅与初唐，最是歌行擅胜场。底事一官难恝置，空留绝笔贺新郎。

——吴伟业

三

难扶汉鼎逐强胡，风雨谒陵泪眼枯。考史研经昌朴学，更将余事压钱吴。

——顾炎武

四

年年禾黍骆驼肥，细柳新蒲恨可知。删去交游酬和作，居然小样杜陵诗。

——吴嘉纪

五

唐贤三昧苦追寻，缥缈神龙见未真。绝代消魂虚誉耳，合称清秀李于麟。

——王士祯

六

随园诗句病尖新，持论空知说性灵。岂是高低分眼手，只缘凉薄欠情真。

——袁枚

七

翻恨羲和去未迟，摧肝苦语耐人思。都门诗贵洛阳纸，未是先生绝妙辞。

——黄景仁

八

香草美人有继声，奇思壮采气纵横。乾嘉诸老失颜色，余韵流风启晚清。

——龚自珍

九

崛起黔南遇可哀，探幽凿险供诗材。韩黄姚贾双源合，兀傲清新异境开。

——郑珍

十

诗界维新首硬黄，并时沧海亦堂堂，鸡鸣风雨惊迷梦，荆棘铜驼泪万行。

——黄遵宪、丘逢甲

（贺远明《衡艺庐劫余》）

03

杂俎编

《面山居集》杂俎编简介

面山杂俎,文体庞杂。所涉材料,令人眼花。古汉几篇,也有人夸。"刊误"未竟,遗恨吞下。读红札记,信笔挥洒。

一、也谈《桃花源记》与系诗的关系

雒江生先生在1984年《文学遗产》第4期上发表了《略论"桃花源记"与系诗的关系》（下称《略论》）一文，认为如按旧例《桃花源记》（下称《记》）和《桃花源诗》（下称《诗》）放在一起，会影响《记》的文学价值，因为文学界向来所批评的《桃花源记》的复古主义和宗教迷信思想主要表现在《诗》里；此外还存在"三个矛盾"云云。笔者读后，未能释然，特陈述管见，以就正于雒先生和从事古典文学研究的先生们。

生当晋末乱世的陶渊明（365—427）有些作品（包括《记》《诗》）反映出"复古"的色彩，这已是文学界的定论了。现在的问题是：按照历史唯物主义的观点，应该怎样实事求是地去认识、评价这种现象？

韩愈提倡古文运动，旨在反对六朝以来的卑靡文风，在文学史上也算是一次"复古"，但这次运动无疑地应该肯定。近代史上康有为提出"托古改制"，而旨在实行改良，辛亥革命时期的章太炎发起的"光复会"，要求恢复汉族传统文化，而旨在推翻清朝帝制，这些都并不意味着倒退。《略论》虽然也说《记》《诗》"在当时有一定的进步意义"，但却担心《记》沾上了复古的边，这有什么必要呢？

陶渊明生活在"乱也看惯了，篡也看惯了"的晋宋时代，他对现实已不抱任何幻想，而倾心于意念中的"羲农""重华""黄虞""轩黄"等"怡然有余乐"的太平盛世，以解脱包括他自己在内的"苍生"之忧，而在《记》和《诗》里寄托了并在一定程度上反映了当时劳动人民的社会理想。这是不能用贬义的"复古"来责难的。至于说诗中有"迷信宗教思想"，北宋洪迈（1123—1202）说得中肯：自《记》《诗》后，"诗人多赋'桃源行'不过称仙家之乐"，"亦不及渊明所以记之意"[1]。如王维即是如此。据说是陶渊明撰的《搜神后记》里，也把"桃源"事，"搜"了进去[2]。或借题发挥，或对《记》和《诗》有所误解。这怎么能说成为《诗》《记》分离的理由呢？

《略论》还认为，《记》已把作者的"幽思寄寓，风情逸趣"，"表现无余了",如果再把《诗》跟《记》捆在一起,《诗》便成了"尾大不掉"的赘疣。此说就更偏颇了。

实际上,《记》和《诗》各有侧重,《记》类似今之小说,故事曲折有致,富有传奇情节,它的侧重点是通过具体的人物形象写"桃花源"社会人与人的关系,以之与晋宋统治集团内部尔虞我诈对比;《诗》的侧重点则是对"桃花源"社会制度的理性描写,较明确地表达了作者理想社会的政治纲领和组织纲领。《诗》里有的《记》里并不都有。只有《记》,人们难于从理性上理解作者理想社会的蓝图;只有《诗》,人们也难于从感性上接受作者的"幽思寄寓"。《记》《诗》配合,相得益彰,才足以表现作者所向往的理想社会的全景。

《略论》还提出《记》和《诗》之间存在着三个矛盾。

矛盾之一是《记》和《诗》"所写相差了一百年"。因此,如果把《记》和《诗》摆在一起,就会"闹出笑话",甚至影响到像陶渊明那样的大作家的声誉。

其实,《略论》所谓"相差一百年",是因洪兴祖注韩愈诗《桃源图》时把韩诗中的"自说经今六百年"和陶《诗》中的"奇踪隐五百"加以对比,提出来的。

我们先看"奇踪隐五百",这个"五百",现行选本一般注为"五百八十多年"而取其成数。这种说法较切合实际,因为《诗》中"嬴氏乱天纪"后,还有"黄绮之商山"一句,这两句是指明"桃花源"起始的上限的。这比《记》中"自云先世避秦时乱"要确切得多,可以说是对《记》的补充。"黄绮"即"商山四皓",关于他们《史记》中有记载,他们干预政事的时期,最晚当在汉高祖十二年,即公元前195年。如果把洪兴祖注韩《诗》所说的上限秦始皇三十三年(公元前214年)作为陶《诗》所描述的桃花源的上限,那就不公允了。至于下限,记中说得明白,是"晋太元中",这个"中"是泛指,而不是精确地指太元年间正中那一年(晋太元年间,即公元376—396),《诗》从"桃花源"的上限到下限取其成数偏小值的"五百",应是说得过去的。

韩诗《桃源图》只说"自说经今六百年"后,而无"黄绮之商山"的表述,大概是缘于记中之"自云先世避秦时乱",或诗中之"嬴氏乱天纪",洪兴祖为了凑足"六百年",而把桃花源的上限提前到"秦始皇三十三年"这与陶渊明有什么关系?事实上陶的《记》和《诗》本身并不存在"所记年数"上的任何矛盾,这是清清楚楚的。

《略论》所说矛盾之二是:《记》与《诗》,所描写的历史环境与时代特点不同,有些情景是相反的。为说明这一点,《略论》引用了《记》中从"土地平旷"到"男女衣着,悉如外人"一段和诗中从"荒路暧交通"到"衣裳无新制"一段对比。

应该说,"土地平旷"一段,关键在"男女衣著,悉如外人"两句上,而尤其是在"外人"一词的训释上。《略论》沿用习惯说法,把"外人"解释为"桃花源以外的人",从而"男女衣着,悉如外人"的意思便成了"男男女女都穿着同外界现实社会一个样式的衣裳";并认为"这说明了桃花源这个世外人间,也和现实社会一起向前发展"了。这样一来,当然就同《诗》里"俎豆犹古法,衣裳无新制"的"情景"相反了。

按《记》中"外人"一词共出现三次:除"男女衣着,悉如外人外"外,还有"遂与外人间隔"和"不足为外人道也"两处。其中"男女衣着,悉如外人"的"外人"是作者从渔人观察的角度说的,换言之,所谓外人乃渔人心目中的外界之人,当然也就是"桃花源"中的人了。后二处中的"外人",是作者从"桃花源"中人观察的角度说的;"桃花源"中心目中的"外人",才是"桃花源以外的人"。"渔人"衣着如何?《记》《诗》,没有明写,当然是东晋衣着;而"桃花源"中人的衣着则诗中说了:"衣裳无新制"。据王维的理解,即"居人未改秦衣服"。正因为彼此衣着各异,所以初见时,"桃源"中人才"大惊",渔人也才把他们判断为"外人"。

现行各种选本,包括中学教材在内,大都把外人注释为"桃花源以外的人",有的甚至为了维护这个注释而不作任何引证,便说《文献通考》已表明秦晋衣冠"基本上没有什么改变"[3],这是不够妥帖的。

邓之诚先生《中华二千年史》云:晋"自过江之后,旧章多缺","礼仪疏舛,王公以下,车服卑杂",加上"承上世通脱遗风愈演愈烈,以及北方异族风习南侵,以致是时服饰,非诡异矜奇,即染被胡风,非复秦汉之旧矣"。关于晋宋衣着情况还可参见《宋书》《晋书》的《五行志》中"服妖""貌不恭"诸条。所谓"服妖"系指奇装异服。这些都反映了当时衣着已不同于"秦汉"。

《略论》在解释"土地平旷"一段时,还谈到了"桃花源是一个被开垦得田园美丽道、路四通八达的安乐文明天地",这个世外人间,也在和"现实社会一起向前发展"。果真如此,我们不禁要问:那么,陶渊明还追求什么理想社会呢?

《略论》所说的矛盾之三,是"《记》和《诗》的写作旨趣不完全相同",在《记》里,作者想把桃花源和现实社会融合起来;而在《诗》里又想把桃花源写成神仙世界,与现实社会完全隔绝。《记》是怎样融合的呢?《略论》举了其中有"太守遣人随其往"和历史真人刘子骥的事迹结合;《诗》是怎样隔绝的呢?《略论》举了"一朝敞神界""旋复还幽蔽""借问游方士,焉测尘嚣外"等句子。

事实上,《记》和《诗》所写的是同一个"桃花源",它与现实社会并无所谓"融合"与"隔绝"。正如有的选本注释诗中"淳薄既异源,旋复还幽蔽"两句时说:"此即《记》中所谓'遂迷,不复得路'之意。"[4]我们又何尝不可以认为《诗》里的"借问游方士"与《记》里的"南阳刘子骥","闻之欣然规往"也不无关联呢?

《晋书·隐逸传·刘驎之》,所记的刘驎之,即刘子骥,曾入衡山采药,至一涧水侧,见南岸有两石仓,一闭一开深不能渡,欲返,又迷了路,幸得伐木作弓之人指引,方得归。后听人说石仓中有仙丹,再去寻找,便不知所在了。陶渊明在《记》中借晋太元(376—396)间刘子骥事加以点染,与《诗》的处理不同之处,只在前者明白,后者含蓄,并非实质上有何差异。

《略论》还认为《诗》写的是"神仙世界"这也值得商榷。"神界",不少注本释为"神仙似的世界",是合适的。"愿言蹑轻风,高举寻吾契"两句,《略论》解释为:"如果要达到'尘嚣外'的'神仙世界'就只有超尘脱俗,成仙成佛,才有可能。"这是不是陶渊明的本意呢?最好顾及全篇,顾及作者全人及其社会环境来讨论。

毋庸讳言,一千五百多年前的陶渊明,在他的诗文里,较多地反映了老庄哲学的宇宙观和政治观,乘天地之正,驭六气之辩,以游无穷,追求绝对的"逍遥游";提出"小国寡民""无为而治"的理想社会。但也应看到,虽然晋宋是佛道玄学鼎盛时期,而陶渊明又处在佛道盛行的地区,他的亲属、朋友、上司,有的就是虔诚的佛道教徒,但他却始终没有和慧远法师达成默契,加入慧的莲社,赞同慧的《形尽神不灭论》和《万佛影铭》,为佛道说教。相反,他把当时"贵贱贤愚","营营"以求长生不老之事判为"斯甚惑矣"。他既不像比他晚三百多年的王维那样,长斋信佛,也不像李白那样,一度"服食受箓"。他虽归隐,但始终"结庐在人境",对世事并未忘情。只是他承袭了正始(年号名,此当指三国魏曹芳,齐王,公元240—249)以来道家否定现实社会的传统,用老庄顺应"自然"的宇宙观来看待人生,处理他和外物的关系。他所追求的是"真"和"自然"。他认为,"羲农去我久,举世少复真"(《饮酒》);"自真风告逝,大伪斯兴"(《感士不遇赋并序》)。所以他把作官视为"误入尘网",而把"归田"看着"复得返自然"(《归园田居》)。在他看来,只有顺应"自然","纵浪大化",回到大自然中去,才是人生的最高境界。一直到他清醒地面对死神时,他还自言:"死去何所道,托体同山阿"(《拟挽歌辞》)他是这样的超尘脱俗，怎么能把"宗教迷信""成仙成佛"的帽子加在他身上，特别是他的《桃花源诗》上呢？

当然，陶渊明并不是一个彻底的无神论者。他对宗教迷信的否定是从自我出发的；他还念念不忘"天命"主宰一切，赞成"死生有命，富贵在天"（《与子俨等疏》）。但他这些顺应天命的观点，并不是《略论》所解释的"宗教迷信色彩"和"成仙成佛"的意思。

那么，"愿言蹑轻风，高举寻吾契"到底指的是什么呢？其实，陶之所"契"，在他的《归去来兮辞》中，在他的《记》和《诗》中，已作了较充分的表述。当他到了晚年，已经看透了当时那个战乱、污浊、残酷的社会现实的时候，便对它不抱任何希望，而决心归隐躬耕，不再与恶势力为伍了。因此他在诗文中反复咏叹过的众多"隐君子"[5]，便是他的志同道合者，也就是他的"契"了。这与《略论》所说的"超尘脱俗，成仙成佛"的"宗教迷信的色彩"，不知相去多远！

（首载《重庆师院学报》哲社版1986年第3期也收入知网，又收入《中文科技期刊数据库》）

[注] 1. 洪迈《容斋随笔·三笔》卷十（上海古籍出版社）

2. 陈寅恪《桃花源记旁证》：今本《搜神后记》中《桃花源记》，依寅恪鄙见，实陶公草创未定之本。而渊明文集中之《桃花源记》，则其增订修订之本，二者俱出自陶公之手。（《金明馆丛稿初编》，上海古籍出版社）

3. 《语文学习》1956年第四期。

4. 《魏晋南北朝文学史参考资料》，429页中华书局。

5. 《陶渊明集》中有一百多篇诗文中，古隐士许由、伯夷、叔齐、沮溺、荷蓧翁、商山四皓等共出现20多人次，而且都以倾慕的口气。

二、从合音词的训释看"如何"结构

关于"如何"结构问题，自东汉郑玄注《诗经》开始，古今许多语言学者作了可贵的探讨，但答案多不大令人满意，因此，这些年来仍有不少论著对这个老问题提出了新的解释方案（详见湖南师范大学《古汉语研究》1989年第2期）。笔者有感于斯，想从合音词的角度，谈谈自己对"如何""奈何"结构及"那"等，诸多语词的认识。

一 合音词及其训释

合音词，前人或称"急读""急声"（与"缓读""慢读""徐言"对称）或谓"直言""单言"（与"长言"对称）或谓"合声""合音"，也有称"二合字"的。杨树达先生《词诠》有时称"复合词"。今多称"合音词"。

合音词是由两个单音节的词在急读时，因语流音变而形成的。《四库全书总目提要·音韵阐微》说："国书十二字头，用合声相切，缓读时则为二字，急读为一音。"简言之，合声之法，即上字取声，下字取韵，二字急读即成一音，此理易知。

根据前人的述例，合声（"合音词"）大体可分为两种类型：

第一种，合音词的词义与它们的拼读字的词义无涉，而与汉末兴起的"反切"注音相类。

沈括（1030—1095）云："軏，字从'车''而''犬'（按：今字作'车''而''大'）亦切音也……"按"軏"即"软"，古籍中两种写通用，今简化作"软"。

《梦溪笔谈·艺文二》引《广韵》注释"軏"云："而兖切"。"而兖"与"而犬"急读音相类。"丁""宁"的合音词"钲"。"句""渎"的合音词"谷"。俞文豹《唾玉集》所列的"勃龙，蓬字。勃兰，盘字。哭落，铎字。窟陀，窝字。（《说郛》卷四九）"以及郭璞《尔雅注》中指出的"蜀人呼笔为""不聿"等等，皆这类合音词。

第二种，合音词的词义，就包含在组成它们的拼读字之中。也就是说，这类合音词的词义，是由它们的拼读字的词义决定的。我们要讨论的合音词的训释，指的就是这类合音词。

沈括所列举的"不""可"为"叵"，"何""不"为"盍"，"之""乎"为"诸"等例，以及常见的"旃""那"都是这类合音词。王念孙《广雅疏证》说：

> "诸"者，"之""于"（乎）之合声，故"诸"训为"之"，又训为"于"（乎）；"旃"者，"之""焉"之合声，故"旃"训为"之"，又训为"焉"。

他又说：

> "那"为"奈""何"，又为"奈"，若"诸"为"之""于"，又为"之"矣。

这类合音词，有两个明显特点：一是他们的词义和组成它们的拼读字的词义密不可分；二是组成它们的拼读字和它们的读音上有着通转关系。如"诸"与"之"，"那"与"奈"，"盍"与"何"，"叵"与"不"都存在着通转关系。

现在我们就"诸""盍""叵"的训释，来进一步论证上述认识。

先讨论"诸"。

"诸"是"之"和"于（乎）"的合音词。它的训释存在于"之""于"之中，存在于"之""于"组合词义的取舍之中。

（1）训"之于"。"之"是代词，"于"是介词。"诸"前接动词、后接名词或代词时如此训释。例如《礼记·中庸》："忠恕违道而不远，施诸己而不愿亦勿施于人。"孔颖达疏："'施诸己'为'施之于己'。"

（2）训"之乎"。"乎""于"古音相通。王引之《经传释词》云："诸，之乎也。""之"是代词，"乎"是疑问语气词。"诸"前接动词，多用在句末，作如此训。例如《礼记·檀弓》"子张问曰：'书云，高宗三年不言，言乃欢，有诸？'""有诸"，郑玄云："有此与"。"此与"和"之乎"同训，犹如《诗·邶风·日月》："日居月诸，照临下土。"《毛传》："日乎月乎，照临之也。"孔颖达疏："居、诸者，语助也"。

（3）训"之"。"之""诸"声母相同通转。"之"是代词。"诸"用在动词之后，作如此认识训释。例如《左传·文公元年》："潘崇曰：'能事诸乎？'"《史记·楚世家》引"能事诸乎"为能事之不"，杜预注"能事职不"。"职"成王庶子之名，可见训"之"这个代词，即指代庶子"职"。

（4）训"于"。"于"是介词。"诸"前接动词，后接名词、代词，如此训释。例如《礼记·祭义》："孝弟发诸朝廷，行乎道路，至乎州巷，放乎獀（蒐）狩，修乎军旅，众以义死之，而弗敢犯也。"孔颖达疏"孝弟"句云"孝弟达乎朝廷也。"又"发诸"的"诸"，与下文"行乎""至乎""修乎"的"乎"互文同训。

再说"盍"。

"盍"是"何""不"的合音词。刘淇《助字辨略》云："盍，云'何不'者，辞之急者也，缓言之则为'何''不'耳。"

（1）训"何不"。"何"为疑问副词，"不"是否定副词。"盍"今语"为什么不""怎么不"用在动词前作状语。例如《论语·颜渊》："哀公问于有若曰：'年饥，用不足如之何？'有若对曰：'盍微乎？'"郑玄注："盍，何不也。"

（2）训"何"。《广雅·释诂三》："盍，何也。"即今语"为什么""怎么"。与否定副词"不"连用时，作如此训。例如《庄子·盗跖》："子张问于苟满得曰：'盍不为行？'"陆德明《经典释文》注："盍，何也。"《管子·戒》："盍不从乎？君将有行。"其中"盍"亦训"何"，另一个音素词"不"词意已消失，这时的"盍"与"何"便相通了。"盍不"训为"为什么不"。

三说"叵"。

叵，是"不""可"的合音词，《说文》云："叵，不可也。""不"，是否定副词，"可"是助动词。例如《后汉书·吕布传》："大耳儿最叵信！"。《三国志·魏书·吕布传》："布因（刘）备曰：'是儿最叵信者。'"与"叵"常用的还有"叵奈""叵测""叵耐"等，"叵"皆训"不可"。但不见"叵"训"可"的。

二 合音词"那"

"那"（nuo）是"奈""何"二字的合音词，"那""奈"声母相同。故王引之《经传释文》："那者，奈之转也。"合音词"那"是这样形成的：作为及物动词的"奈"和"××"（示宾语）与"何"组成"奈××何"结构；有时为了表达的需要，或宾语字数较多、语义较为复杂，或为强调宾语所包含的内容得提到动词"奈"之前时，"奈"的宾语前置了，即形成"××奈何"结构，"奈""何"急读为"那"。

"那"和古汉语中其它合音词训释情况大体一致，它的词义由它所处的语言环境所决定。

275

当"那"在句中作谓语时,取"奈""何"二字为训,即今语"怎么对付××""对××怎么办""对××怎样"之意。例如《左传·宣公二年》:"牛则有皮,犀兕尚多,弃甲那?""弃甲"句,意犹"他们丢了铠甲,对他们怎样办?"

当"那"处在句中作状语中,置动词、副词之前,只取"何"为训,即今语"为什么""怎么""怎样"之意。"奈"的词义消失。例如《古诗为焦仲卿妻作》:"处分适兄意,那得自任专?""那得"即今语"怎么能够"。

"那"用在否定句中,只取其中"奈"为训,"何"之词义消失。"奈"的词汇意义宽泛,一般有"对付""处置"这一类的意思。例如王昌龄《从军行》诗:"更吹羌笛关山月,无那金闺万里愁。""无那"句,今语犹言"无法对付××的愁绪""无那"在唐人诗中常见,这是因为近体诗受字数和格律限制所致。"无那"又有作"不那"者。韦庄《山墅闲题》:"有名不那无名客",又《古离别》:"不那离情酒半酣"中两处"不那"都是"无那"的意思。亦即"无奈××何"今语"无法对付××"的意思。

"那"的训释使我们进一步明确了古汉语和音词取意的特征:取其中两个拼读字词义为训,或取其中一个拼读单位(字)的词义为训。明确了这点,我们就不会对古人训"那"为"何"感到突然,也有助于理解后起的疑问词"哪"训"何"的依据在哪里了。

三 奈何、如何、若何、谓何

"奈何"在古汉语中,其训义与它的合音词"那"是一致的,也是由它在句中的语法地位决定的,或者说由它的语境决定的。

在谓语中,也与"那"一样,取"奈""何"二字为训,即"怎样对付××""对××怎么办"之意。(不过"何"在"奈何"中作"补语",在训释中状语罢了,这种情况在现代汉语中常见)。例如《史记·廉颇蔺相如列传》:"取吾璧不予我城,奈何?"就是"怎样对付(秦王)取吾璧,不予我城?"或"对秦王取吾璧,不予我城怎么办?"的意思。

在状语中,"奈何"也与那一样,取"何"为训,今意为"怎么""为什么""奈"的词意消失。例如《老子七十四章》:"人不畏死,奈何以死惧之!"。

在否定句中,"奈何"也与"那"取"奈"为训相同。例如《韩非子·喻老》:"(疾)在骨髓,司命之所属,无奈何。"这儿的"无奈何"即"无奈疾何"意犹"无法对付这样的疾病"。"奈何"在这里不取"何"为训,其"怎么""为什么"的词意消失,与"无那"取训同。

"如何"结构中除了"奈何"以外,还有"如何""若何"等,由于"如""若"与"奈"古音同为"泥母"而通用,故而它们的训释情况与"奈何"基本上是一致的,在谓语中如此,在状语中如此,在否定句中亦复如此。

现在,再来讨论与"奈何"基本同训的"谓何"。

王引之《经传释词》:"谓,犹如也,奈也。"又云:"谓与若奈等同义。""谓何"与"如何""若何""奈何"在词义上、在句法功能上是一致的。

在句中作谓语。其前提是"谓"训"对付""处置"义。由于"谓何"还有其他语义,因而其使用范围较为狭窄。《诗经·小雅·节南山》:"赫赫师尹,不平谓何?"王引之注:"言师尹为政不平,其奈之何也。""之"复指"师尹为政不平"之事,"谓何"郑玄笺云:"谓何,犹云何也。"意为"怎样对付××"之意。王引之用"奈之何"注"谓何,如何也。"

"谓何"作状语,典籍中罕见,但也有用例。《史记·礼书》张守节注:"是躬化节俭,谓何嫌耳?不须繁礼饰貌也。"王引之注云:"谓何,如何也。""谓何"作状语,取音素"何"训,即今语"为什么""怎么"之意,与"如何""奈何"作状语取训同。这种情况的"谓",就与"为"相通了。

"谓何"在否定句中,以"无谓××何"的形式出现,犹常见的"无如(若、奈)××何"一样。《战国策·魏策二》:"杀之,亡之,毋(无)谓天下何;内之,无若群臣何。""毋谓××何"与"无若××何"互文同训。王引之注:"言无奈天下何,无奈群臣何。"句意犹"无法向天下交代""无法向群臣交待"语素"何"词意消失,与"无那""无奈何"中"何"消失一致。

四 如、若、奈、谓的训释

在典籍中,"如何""若何""奈何""谓何",往往以"如""若""奈""谓"的省略形式出现。我们理解时仍应以"如(若、奈)何""谓何"视之,其语义及语法功能不变。

《列子·仲尼篇》云:"鲁之君臣日失其序,仁义益衰,情性益薄,此道不行一国与当世,其如天下与来世矣?"杨树达先生认为"如"下省略"何"字。于省吾先生则以杨说非是并谓:句末之"矣"即"何"字。(杨伯峻《列子集释》,中华书局本第116页。于省吾《双剑誃诸子新证》,中华书局本第220页)

王引之《经传释词》说:"'谓何'而但言'谓',犹'奈何'但言'奈'也","如何""若何"亦但言"如""若"也。《左传·昭公十三年》:"右尹子革曰:'请待于郊以听国人。'王曰:'众怒不可犯也。若入于大都而乞师于诸侯?'曰:'皆叛矣。'曰:'若亡于诸侯以听大国之图君也。'王曰:'大福不再，只取辱焉.'"此例中两"若"字，即"若何"，在句中作状语，徐仁甫先生《广释词》所说，两"若"字皆训"何"。又如"承恩不在貌，教妾若为容。"（杜荀鹤《春宫怨》）"若"亦"若何"作动词"为"之状语，取"何"为训，意犹"教我怎么打扮呢？"

"奈何"单用作"奈"，在否定句中极为常见。《淮南子·兵略》："唯无形者，无可奈也"，"无可奈"即"无可奈无形者何"，因"无形者"是名词性词组，故也可成"无可奈何无形者"意为"无法对付无形者"，而"奈何"中的"何"之训义消失。

"无奈"如此，"无如"亦如此，不过不多见，这是因为"无如"还另有语义。李嘉祐《酬皇甫十六侍御曾见寄》中"离骚愁处亦无如"，"无如"不是"不及""不像"的意思，而是"无法对付××"之意，即"无如××何"与"无奈"一样，"何"之训意消失。

"谓何"中"谓"训"对付""处置"时，也有单独用"谓"的。《诗经·召南·行露》："岂不夙夜，谓行多露"，王引之《经传释词》注："言岂不欲夙夜而行，奈道中多露何哉"，取"奈××何"训"谓"，犹今言"怎样对付××"之意。

"谓何"单用"谓"，在否定句中容易引起误解的，莫过于"无谓""亡谓"。韩愈《杂诗四首》有"哇黾鸣无谓，阁阁只乱人。"这是说"无谓蛙黾鸣何"，言"（我）无法适应青蛙叫得厉害的环境"，故下文言"阁阁只乱人"。"无谓"与"无那""无奈××何"相当。"何"训意消失。有些多种辞书（包括2015年第三版《辞源》），把"无谓"训为"没有意义"是不确的。

"亡谓"，"亡"（wu）通"无"，"亡谓"即"无谓"训释同。《汉书·高祖记下》五年诏："久立吏前，曾不为快，甚亡谓也。"严师古注："亡谓者，失于事宜，不可以训。"这里的"事宜"即"诏"中所言之事。"甚亡谓"训意为"很无法对付"，用"无奈××何"格式为训。

五 奈何、那、在唐、宋、元的著作中

在唐、宋、元人的著作中，"奈何"和"那"中"何"词义，有的已经淡化了，这主要反映在它们作谓语的句子里，其突出的标志是在他前面出现了这样那样的修饰语。例如杜甫《夜归》："白发老罢舞复歌，杖藜不睡谁能那。""能"（助动词）作"那"（"奈何"）的状语，"谁能那"意犹"谁能对付××"。再如韩愈《月台》："直须台上看，始奈月明何。""始"时间副词作"奈"的状语，犹"开始对（着）月明"。韩愈《合江亭》："人生诚无几，事往悲岂

奈。""岂"反诘副词,作"奈"的状语,犹言"怎么能对付××(往事悲)"这种痛苦。

动词"奈",合音词"那"前出现的"能""最""始""岂"等这些副词作状语,从不同的方面进行了修饰限制,起了淡化疑问词"何"的作用,有的甚至取代了"何"的补语功能,可以说"何"的词义已经消失了。因此,我们在训释它们时,完全没有必要把"何"的词义引进注文中去。这种情况与"无如(若、奈)何"的训释相当。

最常见是在"奈""那"之前出现了"争""怎""怎生"这类与"何"完全相当的疑问副词作状语,其作用自然取代了"何"的训义和它在"奈何"结构中的补语功能。例如白居易《强酒》:"不然秋月春风夜,争那闲思往事何?"这时的"那"即"奈"相通,也无怪句末补出了一个"何"字。

"奈"前的修饰语,有时还较复杂。这些复杂的修饰语,也不同的程度地取代了疑问副词"何"在句中的地位。例如《张协状元》第八出"我独自一个奈何他"唱词,"独自一个"是"奈"的状语,取代了"何"的补语功能。因此,张相说:"言我独自对付他也。"在这样的语境中,"奈何"就只剩下动词"奈"的词义"对付""处置"之类的意思了。

(首载《南京师范大学学报》社会科学版1991年3期,又次载复印报刊资料语言文字学月刊1991年10期,三次收入中文科技期刊物数据库。)

附一:徐复业师的推荐书

王维理同志所写《从合音词的训释看"如何"结构》一文,新意纷陈,可供语文工作者参考。他解决了语法问题,也疏理了训诂问题,足见作者平时积累材料,有独得之见,非常钦佩。文中尚存一些烦琐语句,审稿人已迳予芟除,要显得眉目清楚些。望能及时刊出,以飨读者。

徐复

(签名)图章

1990年国庆

[注]徐复先生江苏武进人,南京师范大学教授,时任中国训诂学研究会会长,章太炎、黄侃先生的受业弟子,民盟江苏副主委,《汉语大词典》(2000版)副主编,《辞海》(1980年版)分科主编、编著甚丰,晚年有《訄书详注》为师章太炎先生巨著填了空白。

附二：南京师范大学哲社版学给笔者的信

王维理同志：您好！

您的大作《从合音词的训释看"如何"结构》，经我校著名教授徐复先生审阅，认为大作"新意纷陈"，"有独得之见"。经研究本刊决定采用。但由于学报为季刊，历年来积稿甚多，此文一时还难以刊出（估计推后半年左右）请给以谅解。

特此函告。

此致

敬礼

南京师范大学
学报编编辑部
1990 年 10 月 16 日

附三：西南师范大学马文熙教授给我院职称评审组的信（摘）

《从合音词的训释看"如何"结构》一文，从新角度论证了"那""奈何"（"如何"）等的词汇意义和语法意义，梳理了在各种语境中词义偏转的复杂情状，分析了"何"的词义淡化至消失的原因，在进行共时描写的同时，也论及了历时的变化。见解独到，创获颇多，许多可成定论。

西南师范大学教授　马文熙

1991 年 10 月 20 日

附四：甲　给"无谓""亡谓"一个新的训释

"无谓""亡谓"二词语，现行的四种主要辞书：

《辞源》（2015 年商务三版）、《辞海》（语词分卷，1977 年，上海古籍版）、《辞海》（三卷本，2010 年，上海辞书版）、《汉语大辞典》（普及本，2000 年，大辞典社版）。四种辞书，从对"无谓""亡谓"的训释，所用典籍训例，去其相重复，仅有六例。从训意角度看，前三种辞书是一个类型，其训意都是"犹没有意义""没有意义"的意思。唯《汉语大辞典》训意为"不要以为""漫说"。这里只就其前列三种辞书的训意，谈谈笔者的解读以就正于方家。

"无谓""亡谓"训意为"犹没有意义""没有意义"者。

1. 《史记·秦始皇本纪》:"朕闻太古有号毋谥,中古有号,死而以行为谥。如此,则子议父,臣议君,甚无谓,朕弗取焉。子议父,臣议君"。"死而以其生时"行为谥"议",典籍中"议"者,是要谈论始皇帝生前所为的是非的,而且重点在"非",始皇尽管是千古一帝,焚书坑儒事,总得一"议"。且多议其"非""甚无谓",其训意只能是"很无法对付××"之类的意思。怎么能是"犹没有意义",或"没有意义"呢?(《辞源》第2557页)

2. 《三国志·吴·周瑜传》注引《江表传》:"诸人徒见操书,言水步八十万,而各恐慑,不复料其虚实,便开此议,甚无谓也。"曹操大军压境,而各恐慑,"无谓"只能是"无法应对"之意。亦不是"没有意义",或"犹没有意义"的意思。

3. 韩愈《杂诗》:"蛙黾鸣无谓,阁阁只乱人。"(《辞海》三卷本第4163页,《辞海》语词卷第642页)这里"无谓",只能是"无法适应("阁阁只乱人"的环境)之类的意思。因"蛙黾阁阁"的鼓噪,破坏了诗人的睡眠。怎么能"没有意义"呢?

4. 《汉书·高帝纪下》:"久立吏前,曾不为决,甚亡谓也。"颜师古注:"亡谓者,失于事宜,不可以训。"颜说"不可以训"是因为"失于事宜"。今人著名的大学问家杨树达《汉书窥管》有言,谓:"(爵或人君,上所尊礼),久立吏前,寓意之辞,意言待命之日久耳。非言立于吏前也。"(杨树达《汉书窥管》第20页,上古版)"爵或人君":爵位有国邑者则为其国的君主,叫"人君"。"上",指天子。"爵或人君,上所尊礼"是"久立吏前"之事,"曾不为决",怎么办呢?

作者说"甚亡谓也",《辞海》(三卷本)训释说:"(很)没有意义"。这里"亡谓"与"无谓"一样,仍然是"无法处理××"之类的训意。

笔者对上列"无谓""亡谓"两词语,20世纪90年代初叶,在《从合音词的训释看"如何"结构(下称《结构》)一文中,已经涉及到,为行文方便计,今摘录如下:

"何谓"中,"谓"训"对付""处置"之类词意时,也有单用谓的,《诗经·召南·行露》:"岂不夙夜,谓行多露。"王引之《经传释词》注云:"言岂不欲夙夜而行,奈道中多露何哉",取"奈××何"训"谓",犹"今言怎样对付道中多露"之类的意思。"谓何"单用"谓",在否定句中容易引起误解,莫过于"无谓""亡谓"。

这里得强调一下,在"如何""若何""奈何""谓何"的否定句中,即"无(不)如(若、奈、谓)何",无论疑问"何"出现与否。"何"的训意都自隐去了。这点,在《结构》一文中论及了,从略。

乙 名、字、号、谥

古人有名和字,旧说上古婴儿出生三个月后由父亲命名。男子二十岁成人举行冠礼(结发加冠)时取字,女子十五岁许嫁举行笄(jī)礼(结发加笄)时取字。名和字之间往往有意义上的联系。如屈原,名平,字灵均。字岳飞,字鹏举。

除名和字之外,还有别号,字是成年时由尊辈代取的,别号往往是自取的。别号可以是三个字或三个字以上,如葛洪自号抱朴子,李白自号青莲居士,白居易自号香山居士,等等。

古代帝王、诸侯、高官大臣死后,朝廷按照他们的生平行为给予一个称号,称为谥或谥号。谥号是固定的一些字,根据死者生前事迹选用其中某一两个字作为死者的谥号以褒贬其善恶。用作谥号的字大致可分为三类:一是带褒义的,如"文、武、昭、景、惠、穆"等;二是带贬义的,如"灵、厉、幽、炀"等;三是表同情的,如"哀、怀、愍、悼"等。

上古谥号多用一个字,但也有用两三个字的,例如,周平王、齐桓公、秦穆公、晋文公、楚考烈王、赵孝成王。

后世谥号除皇帝外,大多用两个字,例如:

文成侯(张良)、昭明太子(萧统)、忠武候(诸葛亮)。除朝廷加谥外,还有私谥。这是有名望的学者死后其亲友门人所加的谥号。晋陶潜死后,颜延年为他作诔,谥为靖节徵士;宋黄庭坚死后,门人谥为文节先生。

称谥号是一种表示尊敬的办法。有些人的谥号经常被后人称呼,几乎成为别名了,例如,岳武穆、昭明太子、陶靖节,等。

一个"有趣"的谥号

谥号按说应该是死者生前事迹和品德的概括，但选用的谥号实际是根据封建统治阶级的需要决定的，因此往往不符事实，甚至是完全虚伪的，如秦桧死后，竟被宋高宗谥为"忠献"，到宋宁宗时才改谥为"缪丑"。

丙　太庙、庙号和"北京市劳动人民文化宫"

皇帝死后，在太庙（供帝王牌位的祖庙）立室奉祀特立的名号叫庙号，如某祖、某宗等。《旧唐书·高祖纪》："群臣上谥号曰太武皇帝，庙号高祖。"《新五百代史·梁太祖纪下》："皇高祖黯谥曰宣化元，庙号肃祖。"

今天北京市东城区天安门东侧的太庙，是明、清两代皇帝的祖庙。于明永乐十八年（1420）。清乾隆年间（1736—1795）大加扩建，平面呈南北向长方形，总面积13.9万平方米。四周有围墙三重。主要建筑为前、中、后三座大殿和配殿，均黄琉璃瓦顶。殿院前为玉带河，上建石桥七座，前殿面积2240平方米，重檐庑殿顶，四周雕石护栏，汉白玉须弥座台基。殿内梁柱外包沉香木，天花板和柱头均帖赤金花，雄伟壮丽。东部还有假山、凉亭。虽经清代改建，其规制和末石部分，大体保持原构，是北京最完整的明代建筑群之一。庙内古柏森森。

1924年辟为和平公园，1950年改为北京市劳动人民文化宫，为全国重点文物保护单位。

附五：一条曲折而不平坦的路——简介《从合音词的训释看"如何"结构》写作

有幸在20世纪80年代初叶，调入当时的重庆师范学院，那是1981年的事，因为学过俄语，又自学过英语，进了重师外语系，且是南京师范学院中文系本科毕业，因此担任了外语系中国古代诗文和语法修辞等课程的教学。鉴于以上情况，1982年系里应新办的重庆市职工大学的请求，推荐我到职大兼任古代汉语的教职。

在教学过程中，我对古代汉语中的一大组词语如何、奈何、若何、谓何、无谓、亡谓等，产生了极大的兴趣，对前贤的训释引起了我的怀疑。于是我产生了去探索一个新的解说途径的想法。对上列词语我是有见解的，只存在心里，得要用众多的语言材料来说话。我得从我手头的近二十种经史子集中出现的上列词语分类立项进行排查。这样做，自然辛苦，即使当时年还处在盛年期。近两年的书海沉浮，近两年的挑灯夜读，近两年的寒来暑往，无一刻轻松。最终还是完成了《从合音词的训释看"如何"结构》这篇，阐明自己对所列词语较新的训释。内心的娱悦自然是难以表述的。但我的认识，我的训释，我的表述，我的观点，他人是否接受，业界是否接受，还得靠社会，靠专业工作家来鉴定。

　　"从合音词"一文，走向何处呢？我的第一选项是重庆师院学报，那里有与我交往较密的邻居许庭桂先生，是学报编辑。稿子交庭桂后，不到两天退稿了，他只说了一句话"谈合音词的那部分是多余的"，我想这是重师学报不采用的一种脱词。我什么也没说，内心闷闷的。文章花近两年的时间，泡汤，胎死腹中其心不忍。这时自然想到了与我交谊甚笃的西南师范大学外语系的吕进先生，我将稿子挂号寄去后，他来信说稿子在西师学报，主编季平到办公室看看是否在那里。不久，吕先生将原稿"璧还"了。当时调侃语谓"枪毙"了。吕先生的"璧还"大抵也如斯。这个打击，不谓不重。但自信世间自有伯乐在，我冒险提高售价，将稿子寄与东北师范大学中文系的教授亦训诂研究会同伴马振亚先生，将稿子托他交该校文科学报，当时我认为东北师范大学比西南师范大学地位高名气大，不会欺生。稿去后也无任何反馈信息，看来只能胎死了。

　　在这无奈之际，我只有求母校南京师范大学，求助业师徐复老师了。稿子转到了徐复老师手头。1990年我南京师大毕业30周年应邀出席了大型的纪念活动。1991年业师南京师大教授徐复老师的评语，南京师范大学学报编辑部的用稿通知来了。《从合音词的训释看"如何"结构》终于临盆降生了，所幸十月怀胎，胎儿的临盆降临，给母体的安慰是巨大的。不久中国人民大学报刊资料复印中心1991年度语言文字月刊第十期。全文复印且放显著位置上（全文复印20篇的第六篇）。这时沉寂一年多的东北师大学报来信，对稿作了较好的评价，并向笔者提出了修改建议，再返回备用。对这些故事，今天我该说什么呢？近30年了，去年的今天吧，我学会了利用电脑百度网寻找资料的手段，有意识地找到了我好些年前的文字包括诗歌和讨论古汉语的论文，其中就有《从合音词的训释看"如何"结构》赫然在目，且收入了中国唯一的最大的"中文科技期刊数据库",由是观之,"从合音词的训释"这篇文章,几十年了她还活着。

  教授徐复先生仙去近20年了。最后一次见面是在全国训诂学研究会苏州年会议期间,那时他是训诂学会长,会议间隙息时,我得向老师致意,"从合音词"一文存活,全仗徐老师。寒暄之后,徐老师对我说:"维理,你还年轻,做事写文章就要像你写谈'如何'结构那么做。今后你的文章,我都看,你的著作我都给你写序、给你审稿、推荐到出版社。"徐复业师说写序的事,也好多次了。他知道我整理杨树达《词诠》的时候他多次托校友带信说过,他送我的那些专著都有鼓励我的嘱语。行文至此,自然想到了徐复业师,我该怎样告慰在天之灵的老师呢!

三、古汉语中"如何"结构新探

自《马氏文通》问世以来,不少论著在谈到"如(若、奈)何""何如(若)"时,免不了陈陈相因,判"何"为宾语,当谈到另一种格式"如(若、奈)××何"和"如(若、奈)之何"时,"何"却又被判为补语,造成彼此矛盾的根本原因,在于论著者忽略了对"如何"结构的"宾语",可以前置的思考和研究。

"如何"结构的基本类型是"如(若、奈)××何",其借代格式是"如(若、奈)何",这种类型,其宾语置于动词"如""若""奈"之后,"何"作补语,近已有人论及,迄无异议。

我们要重点讨论的是被众多论述一向忽略了的"宾语前置"这种变异类型,这种类型,大体有两种情况。

一、不使用介词

在不使用介词时,宾语直接置于"如""若""奈"动词前,组成"××如(若、奈)何""××何如(若)"这种格式。在这种格式里,当前置宾语"××"指代"事"件时可视作"宾语从句","如何"结构就是不完全的主句。

(1) 召张孟谈曰:"吾城郭之完,府库足用仓廪实矣,无矢奈何?"君曰:"(矢)足矣,吾铜少若何?"(《战国策·赵策一》)

(2) 君召张孟谈而问之,曰:"吾城郭已治,守备已具,钱粟已足,甲兵有余,吾奈无箭何?"君曰:"箭已足矣,奈无金何?"(《韩非子·十过》)

(3) 王曰:"若我能止,听公,子独能禁我耳!后世游之,无有极时。奈何?"(《说苑·正谏》)

(4) 我今听司马之谏,是独能禁我耳!若后世游之,……奈何?(《孔子家语·辩证》)

以上两组四例可证:"无矢奈何""铜少若何""后世游之……奈何"与奈无箭何""奈无金何""若后世游之何"语义和语法功能一致。"无矢""铜少""后世游之",绝不因其前置,就改变了它们在句中的宾语地位,而这里的疑问副词"何",也不因此就变成了动词"奈""若"的连及对象"宾语"。其不同者,仅在前者使用了"如何"结构的变异格式,后者使用了"如何"结构的基本格式"如(若、奈)××何"罢了。

"如何"结构的内关系,我们还可以从古贤的注文中得到佐证。

(5)叔展曰:"有麦曲乎?"曰:"无。"有山鞠穷(类'川芎'除湿药物)乎?"曰:"无。""河鱼腹疾,奈何?"(《左传·宣公十二年》)

孔颖达注"奈何"句曰:"无此二物,其奈湿何",用基本格式"奈××何",把"奈"的宾语"湿"补注出来了。这个"湿",指代前文"河鱼腹疾"之"湿"病。"何"作补语。

(6)取妻如何?匪媒不得。(《诗·豳风·伐柯》)

孔颖大疏毛传曰:"言取妻如之何。"用指代格式"如之何"注"如何",补注出"如"之宾语"之"即复指"取妻"事,"何"作补语。《诗·齐风·南山》:"取妻如之何?匪媒不得。"正如此。

以上,我们从对应异文和前贤注文两个方面,论证了"如何"结构中,动词"如""若""奈"宾语前置的情况,也论证了疑问副词"何"作补语的稳定性:不因"如""若""奈"的宾语前置而发生变化。

"如何"结构,除了在"无奈何"中作"无"的"宾语"是否定句外(详见拙作《从合音词的训释看"如何"结构》1991年10期《语言文字学》),其他都处在"疑问句"中,因此如、若、奈的施事者都客观存在着。

(7)今由余贤,寡人之害,将奈之何?(《史记·秦本记》)

(8)今由余圣人也,寡人患之,吾将奈之何?(《说苑·反质》)

这两例主句中,前例省略主语"吾",后例则补出。但"如何"结构的性质相同,当施事者(主语)省略,受事者(宾语)置于"如""若""奈"前时,如果忽略了对施事者的把握,从习惯的解读模式出发,把前置的宾语,视作主语,那就错了。这正如把"其是之谓乎"(《左传·隐公元年》),"其斯之魏也"(《左传·宣公二年》)"此之谓也夫"(《左传·宣公十六年》)等例中的"是""斯""此"错判为主语一样。

二、使用介词"为"

"如何"结构宾语前置的另一种变异格式是使用介词"为"来提前宾语,组成状语构成"为××如(若、奈)何"的格式,它的指代格式是"为之如(若、奈)何""为如(奈)何"。

(9)臣恐卒逢雾露病死,陛下为有杀弟之名奈何?(《史记·淮南衡山王列传》)

(10)臣恐其逢雾露病死，陛下有杀弟之名，奈何？（《汉书·淮南衡山济北王传》）

(11)如有遇雾露行道死，陛下竟为以天下之大，弗能容，有杀弟之名奈何？（《史记·袁盎晁错列传》）

例（9）"陛下有为"句是个单句，用介词"为"提"奈"之宾语"有杀弟之名"组成介宾结构作谓语动词"奈"的状语，形成"如何"结构的变异格式。例（10）"陛下有杀弟"句，是宾语从句，"奈何"则可视作是一个不完全的主句，亦可把前"陛下有杀弟之名"句作为"奈"之宾语（前置）。例（11）"有杀弟之名"是动宾结构，主语"陛下"承前省略。例（10）、例（11）是"如何"结构"××奈何"的变异格式。前例与后两例的不同在于前者使用了介词"为"来提前"奈""如"谓语动词的宾语，而后者直接置于动词"奈""如"之后罢了。

(12)子路问于孔子曰："管仲之为人如何？"子曰："仁也。"（《孔子家语·致思》）

孔子答曰："仁"，与前问句相连即"为人仁"，就是"对人宽厚"的意思，"仁"作动词，再参以下例"何如"形式的异文，可知"为人如何"即"对人怎样"或"怎样待人"。

(13)子路问孔子曰："管仲何如人也？"子曰："大人也。"（《说苑·善说》）

《说苑》下文曰："夫子何以大之"可知形容词"大"已用如动词，"大人"亦即"仁人"的意思，与例（13）无异。又《易·乾》"夫大人者，与天地合其德。"《荀子·解蔽》："明参日月大满八极，夫是之谓大人。"

在典籍中"何如人"常见，语义与"奈何人"都是"待人怎样""怎样待人"的意思。《贾谊集·旱云赋》："白云何怨合，奈何人"。疑问副词"何"之"何如人"中作"如"的状语，而在"奈何人"和"奈人何"中作补语，三者形异而实同。

在解读有介词"为××如（若、奈）何"这种变异格式时，这种格式形的宾语"××"往往远离"如""若""奈"，从形式上看都没有形成"××如（若、奈）何"或"为××如（若、奈）何"这样的格式。在这种情况下，我们只能从句意上去理解"××"和这组动词的关系。这时"××"的本位语也不难找到。

(14)晋文公欲合诸侯，咎犯曰："不可，天下未知君之义也。"公曰："何若？"（《吕氏春秋·不广》）

（15）二三子各言尔志，予将览焉。由，尔何如？（《韩诗外传·第九卷十五章》）

（16）范蠡进谏曰："夫国家之事有持盈，有定倾，有节事。"王曰："为三者奈何？"（《国语·越语下》）

例（14）"若"的宾语指"晋文公欲合诸侯"事。例（15）"如"的宾语指前文"志"。例（16）介词"为"的宾语指"三者"即前文列："持盈""定倾""节事"。

介词"为"组成的"如何"结构的特定格式，是"为之如（若、奈）何"。其中这个"之"与上文所述"如（若、奈）之何"中的"之"一致，都是复指前置之"事"或"物"。当这一格式较为普遍使用之后，就给介词"为"的宾语"之"的省略，创造了条件，因此在汉代一些典籍中出现了"为如（若、奈）何"这种格式。

（17）晋文公将与楚战城濮，问咎犯曰："为奈何？"（《淮南子·人间训》）

（18）晋文公将与楚人战，召舅犯问之，曰："吾将与楚人战，彼众我寡，为之奈何？"（《韩非子·难一》）

例（17）"为奈何"是由例（18）"为之奈何"省略介词宾语"之"而来，虽然省去了宾语"之"，但"为"后的所指是非常明确的。"为如（若、奈）何"这一格式，经常与前母体格式交错地反映在同一事件的表述中；或见于同一典籍，或出自不同典籍。新的格式出现了，原有的格式照样使用着。这正如"如（若、奈）之何"出现了，"××如（若、奈）何"照样使用着一样。尽管如此，不过"为如（奈）何"这一使于汉代典籍[1]的格式，始终远不及它的母体格式："如（若、奈）××何""为之如（若、奈）何"那样被汉代及其后代典籍广泛采用[2]。

通过以上讨论，我们可以得出如下结论：这里疑问副词"何"在"如何"结构中的句法地位是稳定的，或作补语："如（若、奈）××何""如（若、奈）之何""××如（若、奈）何""为××如（若、奈）何""为之如（若、奈）何"；或作状语："××何如""为××何如"等。"何"在这个结构中，根本谈不上作宾语。"如何"结构，尽管品类繁多，错杂于众多典籍之中，但其语义及其语法功论基本上是一致的，它们总是处在一个完整的统一的构架之中。

（首载《重庆师院学报》（哲学社会科学版）1989年第3期，也收入知网，又收入"中文科技期刊数据库"中。）

[注] 1. "为奈何"始见于《战国策·中山》："司马喜曰：'王如不与，与

之，即社稷危矣，即为诸侯笑。'中山王曰：'为将奈何？'"《国策》是经汉人刘向（77？—前6）整理的，疑有汉代语言窜入。

2. 今本《韩诗外传》《贾谊集》《说苑》《论衡》《后汉书》《曹子建集》《世说新语》等典籍皆不见"为如（奈）何"格式。《三国志·魏书·荀彧荀攸贾诩传》仅见一条。

四、古汉语"如何"结构探析

自《马氏文通》问世以来，不少论著在谈到"如（若、奈）何""何如（若）"时，免不了陈陈相因，判"何"为"宾语"；而当谈到另一种格式"如（若、奈）××何"时，又说"××"是宾语，而"何"则判定为"补语"；这种分析割裂了完整统一的"如何"结构，其基本原因在于论著者忽略了对"如""若""奈"这组动词宾语可以前置的思考研究。今呈陋见，以乞方家是正。

《如何》结构有如下类型和格式。

（一）基本类型

"如（若、奈）××何"

特定格式："如（若、奈）之何"

这种类型，宾语置于动词"如、（若、奈）"后，可称之为"动宾顺置"或"宾语后置"式。

（二）变异类型

"××如（若、奈）何""××何如（若）"。

"为××如（若、奈）何""为××何如"。

特定格式："为之如（若、奈）何""为如（奈）何"。

这种类型，宾语置于"如""若""奈"之前，可称之为"动宾倒置"或"宾语前置"式。

基本类型已有著述所描写，迄无异议。本文着意讨论变异类型。

1. "××如（若、奈）何""××何如（若）"

"××如（若、奈）何"通常把"××"从如何结构中分离出来，尤其是"××"指"事"时，处理成前置宾语而把"如何"结构处理成不完全的主句。

（1）（君）召张孟谈曰："吾城郭之完，府库足用，仓廪实矣，无矢奈何？"……君曰："足矣，吾铜少若何？"（《战国策·赵策一》）

（2）君召张孟谈而问之，曰："吾城郭已治，守备已具，钱粟已足，甲兵有

余，吾奈无剑何？"……君曰："吾箭已足矣，奈无金何？"（《韩非子·十过》）

（3）王曰："若我能止，听公，子独能禁我耳！后世游之，无有极时，奈何？"（《说苑·正谏》）

（4）我今听司马之谏，是独能禁我耳！若后世游之，……奈何？（《孔子家语·辨证》）

以上两组四例可证"无矢奈何""铜少若何""后世游之，……奈何"对应"奈无箭何""奈无金何""若后世游之何"，语义及语法功能保持一致。"无矢""铜少""后世游之，……"绝不因其前置，就改变了它们在句中宾语地位，而疑问"何"也不因此就"升格"，变成了动词"如""若""奈"连及的对象：宾语。其不同者，仅在前者使用了"××如（若、奈）何"这种基本变异格式，而后者"如（若、奈）××何"这种基本格式。

"如何"结构的内部关系，我们还可以从古代学者的注文中了解，尽管他们不是自觉的。

（5）叔展曰："有麦麹乎？"曰："无。"有山鞠穷（御温气之植物药，今川芎之类）乎？"曰："无。""河鱼腹疾，奈何？"（《左传·宣公十二年》）

孔颖达注"奈何"句曰："无此二物，其奈湿何"，用基本格式"奈××何"，把奈的宾语"湿"补注了出来，这个"湿"指代前文"河鱼腹疾"之"湿"病。"何"作补语无疑。

（6）取妻如何？匪媒不得。（《诗·豳·伐柯》）

孔颖达疏《毛传》曰："言取妻如之何"，用"如之何"格式注"如何"，补出"如"之宾语"之"。这个"之"复指前文"取妻"，"何"作补语不误。《诗·齐·南山》："取妻如之何？匪媒不得"正如此。

（7）三公子之徒，将杀孺子，子将如何？（《国语·晋语二》）

（8）寡人好紫服，紫贵甚，一国百姓好紫服不已，寡人奈何？（《韩非子·外储说左上》）

不难看出例（7）、例（8）句的"子将"句和"寡人"句的主语分别是"主"和"寡人"；"如""奈"的宾语是前置的"三公子"句和"一国"句，只不过以宾语的形式出现在"子"和"寡人"之前罢了。如果我们在"如""奈"之后补置一"之"来复指，其表达的概念就更明确了。

毫无疑问，名词、代词（代词"之"除外）或词组也可以作"如""若""奈"的前置宾语，这种宾语往往被"如何"结构"凝固论"者误判为主语，其原因是他们忽略了对"如""若""奈"这组动词的施事者和受事者的思考造成的，尤其是当施事者和受事者都同时出现在这组动词前时，问题就暴露出来了。

（9）臧宣叔曰："衡父不忍数年之不宴，以弃鲁国，国将若之何？"（《左传·成公二年》）

（10）子予奈何兮，乘我何？（《淮南子·缪称训》）

例（9）"国将"句，主语（施事者）是"臧宣叔"，宾语（受事者）是"国"，前置，"之"复指：句意为"（我们）将怎样处理国事"。例（10）奈之前主语（施事者）"子"和宾语（受事者）"予"，同时出现在"奈"之前。如果我们用"如何"结构"凝固论"者的解释模式"将怎么办""怎么办"来处理例（9）未尝不可，但对例（10）就无能为力了，因为"子予奈何"总不能解读为"你我怎么办"或"你我怎样"。

2. "为××如（若、奈）何""为××何如（若）"式

这种格式的特点是使用介词"为"，提前动词"如""若"（"奈"）的宾语。

"何如（若）"与"如（若、奈）何"两种格式，在用法上有较大的不同，这里仅取其相同点进行比较。

（1）子路问孔子曰："管仲之为人如何？"子曰："仁也。"（《孔子家语·致思》）

孔子答话"仁"，与前文相连即"为人仁"，就是"待人宽厚""仁人"的意思。孔子解释"仁"，说："己所不欲，勿施于人。"（《论语·颜渊》）孟子解释"仁"说："仁者，爱人。"（《孟子·离娄下》），《春秋繁露·仁义法》："爱在人谓之'仁'"由上述引证，再参以下例（2）异文，可确知孔子答"仁"，当指"仁人"。

（2）子路问于孔子曰："管仲何如人也？"孔子曰："大人也。"（《说苑·善说》）

引《说苑》下文曰："夫子何以大之"，可知"大之"也即"待人宽厚的人"，形容词"大"，可解为形容词的"为动"用法。又《易·乾》："夫大人者，即与天地合其德。"《荀子·解蔽》"明参日月，大满八极，夫是之大人。"喻即德行高尚者。

（3）齐人问墨子曰："古之学者为己，今之学者为人，何如？"对曰："古之学者，得一善言，以附其身；今之学者，得一善言，务以悦人。"（《"新序"佚文》转自《全汉文》）

这里"为己""为人"对举，后文又作答，前者"为己"（"对待自己"）"以附其身"；后者"为人"（"对待他人"），"务以悦人"。"为己""为人"

293

"如何",就是"怎样对待自己""怎样对待他人"的意思,只不过在解释"如"这个谓语动词时,因与介词"为"的词意重合,在释文中消失了。

(4) 公子为人下士,士无贤不肖皆谦而礼交之,不敢以其富贵骄士。(《史记·魏公子列传》)

"为人仁而下士","人"与"士"对举;"仁"用"而"与"下"连,皆用如动词。这里的"人"指一般平民,如《传》中"侯生";"士"指有一定声誉和地位的"士人"。"为人仁"即"仁人",指"对待一般平民宽厚";"下士"即"待士人谦逊"。

在"为之如(若、奈)何"这个格式中,其中代词"之"复指前置之"事"。"为之如(若、奈)何"与"××如(若、奈)何""如(若、奈)之何"相当。

(5) 邻国有圣人,敌国之忧也。今孔子相鲁若何?(《晏子春秋·外篇第八》)

(6) 邻有圣人,国之忧也。今孔子相鲁,为之若何?(《孔丛子·诘墨》)

两例相较,前者"孔子相鲁"是一个概念上的宾语。后者"孔子相鲁"是一个特殊概念上的介词宾语。前者动词"若"之后补上一代词"之"复指,其语义更明确。

在变异类型中,还有一种常见的情况,即这个类型中的宾语"××"和"之"的本位语,往往远离"如""若""奈",从句法上、形式上看,都没有形成"××如(若、奈)何""为××如(若、奈)何"和"为之如(若、奈)何"这三个格式,在这种情况下,我们只能从句意上去理解远离的"××"和动词"如""若""奈"的关系。这种情况下的"××"仍当以宾馆的本位语视之。

(7) 晋文公欲合诸侯。咎犯曰:"不可,天下未知君之义也。"公曰:"何如?"(《吕氏春秋·不广》)

(8) "二三子各言尔志,予将览焉。由,尔何如?"(《韩诗外传·第九卷·第十五章》)

例(7)若之宾语本位语当指前置之"晋文公欲合诸侯"之事,在此已省略。例(8)"如"之宾语本位语当指前文之"志(志向)"。

(9) 是以国家不日引,不月长,恐宗庙之不扫除,社稷之不血食,敢问:"为此若何?"(《国语·齐语》)

(10) 吾又欲官阴阳,以遂群生,为之奈何?(《庄子·在宥》)

当特定格式"为之如(若、奈)何"较为普遍使用之后,这就为介词

"为"的宾语"之"的省略创造了条件，因此在汉代的典籍中，开始出现了"为如（奈）何"这种再变异的格式。

（11）晋文公将与楚战城濮，问咎犯曰："为奈何？"（《淮南子·人间训》）

（12）晋文公将与楚人战，召舅犯问之，曰："吾将与楚人战，彼众我寡之奈何？"（《韩非子·难一》）

例（11）"为奈何"，由例（12）"为之奈何"省略"之"而来。"之"指代甚明。

（13）孰意卫君之仁义而遭此难也，吾欲免之而不能，为奈何？（《淮南子·人间训》）

（14）庄生闲时见楚王，言"某星宿某，此则害于楚。"楚王素信庄生，"今为奈何？"庄生曰："独以德为可以除之。"（《史记·越王勾践世家》）

（15）邹阳行月余。莫能为谋，还过王先生，曰："臣将西矣，为如何？"（《汉书·贾邹枚路传》）

（16）吾所惑者，又恐绍侵关中，乱羌、胡，南诱蜀汉，是我独以兖、豫抗天下六分之五也，为将奈何？（《三国志·魏书·荀彧荀攸贾诩传》）

以上各例中"如""奈"的宾语显得较复杂，其中都省略了。但在它们的语境中，也不难看出宾语所指代的实际内容。

我们说"为如（奈）何"格式始于汉代典籍，不是看它的偶然现象[1]，而是看它经常地与原有母体格式，交错地反应在同一事件的表述中，或同一典籍，或不同典籍：新的格式出现了，旧的格式仍然使用着，这正如"为之如（若、奈）何"出现了，"如（若、奈）之何"照样使用着一样，尽管如此，不过"为如（奈）何"始终远远地不及它们的母体格式"为之如（若、奈）何"那样，被汉代及其后代的典籍广泛采用[2]。

（17）乃具以语沛公。沛公大惊，曰："为之将奈何？"。良曰："沛公自度能却项羽乎？"沛公默然良久，曰："固不能也，为奈何？"（《史记·留侯世家》）

（18）乃具语沛公。沛公大惊，曰："为之奈何？"……。良："沛公自度能却项王乎？"沛公默默，曰："今为奈何？"（《汉书·张陈王周传》）

在"为之如（若、奈）何"这个格式中，我们认为"为"是介词，它起了提前"如（若、奈）之何"中代词"之"这个宾语的作用，这一点，我们还可以用一个较为可靠的反证证明：即笔者查阅统计的30多种上自先秦，下迄魏晋以下的经史子集提供的语言材料中，仅发现一处使用了"为之若之何"[3]这个用代词"之"来复指又复指的累赘表述。

通过以上讨论，我们可以得出如下结论：这里疑问副词"何"在"如何"结构中的句法地位是稳定的，或作补语，如："如（若、奈）××何""如（若、奈）之何""××如（若、奈）何""为××如（若、奈）何""为之如（若、奈）何""为如（奈）何"；或作状语："××何如（若）""为××何如（若）"等等。"如何"结构中"何"作宾语，根本谈不上。

当然，"何"作宾语（"何"已是疑问代词了）的语言材料，也大量存在着，不过连及它的动词，已经远远地越出了词义较为宽泛的"如""若""奈"这组动词范围。我们不能因其司空见惯，从习惯的解读模式出发，顺水推舟地就判定"何"在"如何"结构中为"宾语"；也不能采用折中的办法，在此种格式中，判"何"为"宾语"，而在彼种格式中，判"何"为补语，把一个完整而统一的"如何"结构分而治之。我们必须考虑它的统一构架，考虑它所具有的特性。

（首载《南京师大学报》社会科学版1989年4期，次收入百度学术）

[原注] 1. "为奈何"，始见于《战国策·中山》："司马喜曰：'赵国强也，其情之必矣。王如不与，即社稷危矣；与之，即为诸侯矣。'中山王曰：'为将奈何？'"《战国策》是汉刘向整理过工的，疑为汉代语言窜入。

2. 今本《韩诗外传》《贾谊集》《说苑》《论衡》《后汉书》《曹子建集》《世说新语》等典籍皆不见"为如（奈）何"这种格式。唯有《三国志·魏书·荀彧荀攸贾诩传》仅一则，此文已引用。

3. "问所以为之如之何也"，（《墨子·耕柱》）"为之如之何"，可化简为"为之如何"或"如之何"。

五、杨树达氏《词诠》第一卷刊误记

这是三十多年前的一份旧稿,初到高校在外语系任《古代诗文选》一这门课程。不久被推荐我到新办的"重庆市职工大学"担任古代汉语教学。《刊误记》,就在任课将结束之时开始的,原设想规模较大"刊误"之外,还有注、译、评。第一卷完后,曾得成都四川师院特约研究员徐仁甫先生提示与上海古籍出版社联系,"他们"来信说"杨的'文集'他们早着手搞了,并说早知此,应一起参与《文集》工作"。之前,也与业师南京师大著名教授徐复先生谈过此事,徐鼓励我搞下去,并主动提出待书成为我写序的事。由于多种原因,"刊误"不得不停下来,时过境迁,三十多年了,"上古社"的信也未留下来,算是"半截子工程"。附上的专家,教授和我的学生信,都与"刊误"有关联。

是为序。

2016年5月5日　于重庆师大沙平坝校区

这个"刊误记"是我编撰《词诠译释》的节录,它是在核对《词诠》例证原文的基础上写成的。

前辈著名学者杨树达先生的《词诠》,自1928年付梓以来,据记载曾作过两次刊误:一次是1932年国难后第一版;一次是1965年"重印版",两次"刊误"之处,已经涉及到"引文中明显的错误和排校上的误字"(《"词诠"重印版说明》)据笔者检核仍有不少欠当之处。

《词诠》是一部影响较大,较可信赖的训释古籍虚词的工具书,进一步作好校订工作是必要的。杨先生《"词诠"序例》中说:"因出版仓卒,未一一检核原书。如有差失,深冀读者是正。"我们这次刊误,是继前辈未竟之业,目的在于便利今天的读者。

此次刊误《词诠》所设条目文字,依据:《史记》《汉书》《后汉书》《三国志》等史籍,取现行的中华书局校点本;出自"十三经"者,取《十三经注疏》("中华"影印本);先秦、秦汉间诸子著作,取《诸子集成》("中华"重印本），所涉及其他著作，择善从之，恕不一一列出。

杨先生在《"词诠"序例》中又说："是书，上采刘、王，下及孙经世、马建中、童斐之书"，这里提到的童斐之书，当指1919年出版的童氏《虚字易解》，我们现在还未读到，深引为憾。

此次刊误，据实包括以下两个方面：

一、引文不确

二、引文删舍欠当者

[注]《词诠》采用中华书局1978年9月版第10次印刷本。

一、引文不确者

必《词诠》P.8（下作词 P.××）

（二）表态副词，决也。今言"必定"。

○子能必使来年秦之不复攻我乎！又《平原君传》

校记：此条在《虞卿传》内。"虞传"载《史记·平原君虞卿列传》"传"第十六。《史记》标点本 P.2372（下作"史 P.××"）。

不　词 P.13

（三）否定副词

○穷困不能辱身下志，非人也；富贵不能快意，非贤也。又

校记：此条出处标"又"，即承前条出处《季布传》。实在《栾布传》内。《史记·季布栾布列传》（史 P.2734）。

（七）不、语中助词，无义。按古"不""丕"通用。"丕"为无义之助词者甚多，故"不"亦有为助词而无义者。惟王氏《释词》于此例所收太广。

校记："无义"指无词汇意义，但却有语法意义，如语气者。杨氏《词诠》，多有如是表述。

○我不则寅哉寅哉。《逸周书·皇门》

校记：此条在《祭公》篇。四部丛刊本《逸周书》（卷八，P.3）。《经传释词》，引例亦作《祭公》（岳麓书社本 P.221，1984）第一个"寅哉"后宜用逗号，句末用叹号。

丕　词 P.17

（二）语首助词　无义。

校记：语首助词，亦称"语助"，句首叫"发语词"者。"无义"者，无实

词之词汇意义也，但有语法意义，如表语气义。

〇（我受天命，）丕若有夏历年。《书·酒诰》

校记：《酒诰》无此条，在《召诰》。此句前有"我受天命"，此"丕若"当训"于是"前后互为因果句，"丕若"连词。

（三）语中助词　无义。

〇女丕远惟商耇成人，宅心知训。《尚书·酒诰》

校记：《酒诰》误。在《康诰》，"女"亦作"汝"。《十三经注疏》、（P.203）《经传释词》已改《酒诰》为《康诰》（岳麓书社本P.220，1984）。

莫　词 P.18

（一）无指代名词　为"无人""无地""无物"之义。

〇平曰："陛下将用兵有能过韩信者乎？"上曰："莫及也。"又

校记："又"承上为《史记·留侯世家》。此条在《陈丞相世家》（史P.2056）。

蔑　词 P.26

（一）同动词　无也。

〇夫狄焉思启封疆以利社稷者，何国蔑有？唯然，故多大国矣。又成十年

校记：在"又成八年"即《左传·成公八年》。（《十三经注疏》P.1905上）

匪　词 P.29

（四）否定副词　不也。

〇朕祇惧潜思，匪遑启处。《后汉书·顺帝记》

校记：在《后汉书·桓帝记》。刘淇《助字辨略》卷三（p.38，中华版1984）杨氏《高等国文法》第六章（P.234商务版，1984）皆误作《顺帝记》。《后汉书·桓帝记》（P.293）。

反　词 P.31

（一）表态副词　顾也。与今语义同。

〇天与弗取，反受其咎。《史记·赵世家》

校记：在《史记·淮阴侯列传》（史P.2624）。

方　词 P.33

（三）时间副词　正也，适也。表现在。

○平原君家（贫）未有以发丧,方假贷服具。又《陆贾传》

校记：此条在《史记·郦生陆贾列传》中,"事"涉平原君陆贾。"家"后夺"贫"字。（史 P.2701）

夫　词 P.34。

（一）人称代词　彼也。

○使夫往而学焉,夫亦愈知治矣!《左传襄三十年》

校记：在"三十一年"（《十三经注疏》P.2016 上）王引之《经传释词》卷十,作"三十一年"（岳麓书社本 P.240,1984）。

二、引文删舍欠当者

暴　词 P.2

（一）时间副词　猝也。与今口语"陡然"同。

○长葛（县在颍川,其）社（中）,（有）树暴长。王隐《地道记》

校记：《词诠》转引自刘淇《助字辨略》。《地道记》原文为"长社县本名长葛,社中树暴长。"（《丛书集成·地道记》,P.8 商务）"县在颍川,其""有"为衍文。"中",夺字。

本　词 P.2

（一）副词原始之辞,义与今语"本来"同。

○灌婴在荥阳,闻魏勃本教齐王反,（既诛吕氏,罢齐兵）使使责问魏勃。《史记·齐悼惠王世家》

校记：夺字"既诛吕氏,罢齐兵"。（《史记》P442　1994 年 4 月,岳麓书社）

○陈丞相（平）少时,本好黄帝老子之术。又《史记·陈平世家》

校记："相"后夺"平"字。《陈平世家》,《史记》作《陈丞相世家》。（P.2062）

便　词 P.10

（一）副词　本为"就便"之义,引申用之,则与"即"字义同。

○善游者数能。若（乃）夫没人,则未尝见舟而便操之者也。《庄子·达生》

校记："若"后夺"乃"字。（《诸子集成·庄子》P.116,中华重印本）盖原于刘淇《助字辨略》（P.119 中华 1983）。

○驰义侯遣（遗）兵未及下,上便令征西南夷,平之。《汉书·武帝记》

校记：《汉书·武帝记》（汉 P.187、188）。《资治通鉴·汉记》（资 P.669）"遣"作"遗"（人名）。《汉书》注："应劭曰：亦越人也。"

《汉书·西南夷传》，无"遣""遗"字。王益之《西汉年纪》卷十五：原本脱"遗"今从《本记》补入。（P.223《国学基本丛书·汉书》商务）又《史记·南越列传》："使驰义侯因巴蜀罪人"句《集解》，徐广曰："越人也。名遗。"（史 P.2975）《词诠》，国难后第一版"遗"亦误作"遣"（P.13）。

○预此宗流（者），便称才子。钟嵘《诗品》

校记："流"后夺"者"。此条引自《诗品》，"序"。"序"有的称"总论"。（陈延杰《诗品注》P.4 人民文学，1980）

并　词 P.11

（二）表数副词　皆也。

○朕卜，并吉。《书·大诰》

校记："朕"前夺例标"○"。《十三经注疏》（P.198 下）

（六）方所介词　音傍。与"旁（pang）"用法同。参阅"旁"字条。

○（骞）（留岁余，还）并南山欲从羌中归，（复）为匈奴所得。《汉书·张骞传》

校记：衍字"骞"，"留岁余，还"，"复"夺字。（汉 P.2689）

不　词 P.13

（三）否定副词

○以项羽之气而季布以勇显于楚，身（屦）典（覆）军搴旗者数矣；可谓壮士！然（至）被杀刑戮，为人奴而不死，何其下也！又《季布传》

校记："不"作"否定副词"杨氏无训义，所列例句，当训今语"没有"。"身"后夺"屦"，"典"后夺"覆"，"然"后夺"至"（史 P.2735）按史标本"典"应删去。又王伯祥《史记选》注"屦典"二字，"覆"字之为"覆军"，正与下文"搴旗"并举。王说近是。（人民文学出版社 P.381，1973），《季布传》，《史记》作《季布栾布列传》－。

（《史记点校后记》云："为便利读者起见，认为应删的字就把它删掉了，可是并不删去原字，只给加上个圆括弧，用小一号字排。"校点本第十册《后记》，P.2）

○天子（闻之）曰："非此母不能生此子。"《史记·张汤传》

校记："天子"后夺"闻之"，"张汤传"在《史记·酷吏列传》中。（史 P.3144）

301

莫　词 P.18

（一）无指代名词　为"无人""无地""无物"之义。

○代王曰："宗室将相（列）侯莫宜寡人，寡人不敢辞。"《史记·文帝记》

校记："宗室将相"后夺"列"。（史 P.416）

○（吾视沛公大度，）此真吾所愿从游，莫为我先。又《郦生传》

校记："郦生传"作《陆贾郦生列传》（史 P.2692.）。"吾视沛公大度"作"吾闻沛公漫而易人，多大略"杨氏《高等国文法》（商务 1984　P.86）。亦如《词诠》，不知杨氏主何本。

（四）禁戒副词　勿也。（词 P.20）

○秦（惠）王车裂商君以徇，曰：莫如商鞅反者！　又《商君传》

校记："商君传"作《商君列传》。"秦"后夺"惠"字。（史 P.2237）

每　词 P.22

（一）外动词　贪也。读平声。

○贪夫徇财（兮），烈士殉名。夸者死权（兮），品庶每生。贾谊《服鸟赋》

校记："服鸟赋"《昭明文选》，卷十三"服"作"服鸟"，一、三两句末皆有"兮"字。《史记·屈原贾生列传》，（史 P.2500）引有"每"作"冯"者。

（四）副词　每次也。

○每一念至，何时可忘（言）！　魏文帝《与吴质书》

校记：《全三国文》（中华 P.1068）、《艺文类聚》（中华 P.478）、《三国志·魏书·吴质传》（三 P.608）《马氏文通》引《三国志·魏书·王粲传》（P.79，1983）注"忘"皆作"言"。

某　词 P.23

（一）虚指指示代名词

○师冕见。及阶，（子）曰："阶也。"及席，（子曰："席也。"皆坐，）子告之曰："某在斯，某在斯。"《论语·卫灵公》（《十三经注疏》，P.2519）

校记：夺字尚多，用圆括弧补出。"某"实指代说话人"自己"，此指代"孔子"与"我"。

○太山琅邪（瑘）贼劳丙等复叛，（寇掠百姓，）遣御史中丞赵某持节督州郡讨之。《后汉书·桓帝记》（后 P.307）

校记："瑘"误作"瑘"，《后汉书》，作"琅邪"。"复叛"后，夺字"寇掠百姓"。

谬　缪词 P.26。

（一）表态副词　《汉书·司马相如传》注云：缪，诈也。

○是时，卓王孙有女文君新寡，（好音），故相如缪与令相重而以琴心挑之。《汉书·司马相如传》

校记："新寡"后夺"好音"。"琴心"，颜师古注："寄心于琴声。"（汉 P.2530）

《史记·司马相如列传》第五十七，也有"好音"。（史 P.3000）

夫　词 P.36

（五）提起连词　《孝经疏》云：夫，发言之端。

○项羽曰："吾闻秦军围赵王钜鹿，疾引兵渡河，楚击其外，赵应其内，破秦军必矣。"宋义曰："不然。夫搏牛之虻，不可以破虮虱。今秦攻赵，战胜则兵罢，我乘其敝；不胜，则我引兵鼓行而西，必举秦矣。故不如先斗秦赵。夫被坚执锐，义不如公；坐而论（运）策，公不如义。"《史记·项羽本纪》

校记："论策"作"运策"。（史 P.305）

○夫千乘之王，万乘（家）之侯，百室之君，尚犹患贫，而况匹夫编户之民乎？《史记·货殖列传》

校记："万乘"当作"万家"。（史 P.3256）

（三）指示形容词　彼也。用在名词之上，故与人称代名词"彼"异。

○君独不见夫（朝）趋市（朝）者乎？《史记·孟尝君传》

校记：第一个"朝"为衍字，第二个"朝"为夺字。（史 P.2362）

弗　词 P.39。

（一）否定副词　不也。

○（买臣）守长史，见汤，汤坐床上，丞史遇买臣，弗为礼。又《张汤传》

校记："买臣"为衍文。《张汤传》在《史记·酷吏列传》中。（史 P.3143）

○因故秦时本以六（十）月为岁首，弗革。又《张苍传》

校记："六"误，应作"十"。（史 P.2675）汉元年（公元前206年）沛公兵遂先诸侯于霸上，秦王子婴素车白马，系颈（《高祖本纪》 史 P.362）降汉，刘邦封为汉王，汉定天下后，从十月起，汉始为岁首，以纪年。

○上召宁成为都（中）尉；其治效郅都，其廉弗如。又《宁成传》

校记："都尉"应为"中尉"。《宁成传》在《史记·酷吏传》中。（史 P.3134）

伏　词 P.40。

（一）表敬副词　刘淇云：伏者，以卑承尊之辞。按古人俯伏所以为敬，此其本义也。

〇伏见先（武皇）帝武臣宿兵，年耆即世者，有闻矣。曹植《求自试表》。

校记："先"后夺"武皇"二字。《三国志·魏书·任城陈萧王传》（三 P.567）、《全三国文》（P.1135下）、《昭明文选》（第三十七卷）皆有"武皇"二字。

〇伏惟陛下咨帝尧（唐）钦明之德。曹植《求通亲亲表》

校记：《三国志·魏书·任城陈萧王传》第十九。《全三国文》及《昭明文选》，"咨"作"资"，"尧"多作"唐"。

薄　词 P.1

（一）表态副词　厚之反。

〇及解年长，更折节为俭，以德报怨，厚施而薄望。《史记·郭解传》

校记：《史记》无《郭解传》篇目。"郭传"在《游侠列传》中。（史 P.3185）

本　词 P.2

（一）副词　原始之辞。义与今语"本来"同。

〇于是上曰："本言都秦地者娄敬。'娄'者，乃'刘'也。"赐姓刘氏。又《娄敬传》

校记："娄敬"即刘敬。《娄敬传》即在《刘敬叔孙通列传》中。（史 P.2717）

〇莽妻，宜春（侯）王氏女，立为皇后。本生四南：宇获安临。二子前诛死，安颇荒忽，迺（乃）以临为皇太子。又《王莽传》

校记："宜春"后夺"侯"字。"乃"作"迺"异体字。（汉 P.4099）

旁　词 P.3

（一）方所介词　傍也。　按此字《说文》作徬。二篇下彳部云：徬，附行也。《周礼·牛人郑注》云：居其旁曰徬。

〇左大且渠（心害其事，曰："前汉使来，兵随其后，今亦效汉发兵，先使使者入。"）迺（乃）自请与呼卢訾王各将万骑南旁塞猎（相逢俱入）。《汉书·匈奴传上》

304

校记：夺字计 28 个，已补入。（汉 P. 3787）

彼　词 P. 5

（三）指示代名词　此指物而言。

○息壤在彼。《秦策》

校记："秦策"指《战国策·秦策二》。（P. 53 上古版 1978）

○以德若彼，用力若此，盖一统若斯之难也！《史记·秦楚月表序》

校记："秦楚月表"，《史记》作《秦楚之际月表》第四。（史 P. 759）

比　词 P. 6

（二）表数副词　皆也。

○顿足徒裼，犯白刃，蹈煨炭，断死于前者比是也。《秦策》

校记：《战国策·秦策一》。（战 P. 7 上古版　1978）

○（夫）中山（千乘之国也，而敌万乘之国二，）再战比（此）胜，（此用兵之上节。）《齐策》

校记：此《齐策》指《战国策·齐策五》（战 P. 436，上古版），夺字尚多，已补上。上古本"比胜"作"此胜"。姚宏本"此"作"北"。鲍彪本作"比"。《词诠》从《经传释词》。（经 P. 218。岳麓书社版）

（五）时间介词　读去声。及也，至也。与口语"到"同。

○（季）武子不（弗）听，卒立之。比及葬，三易衰。《史记·鲁世家》

校记：《鲁世家》即《史记·鲁周公世家》也。"武"脱"季"，"弗"误作"不"。（史 P. 1539）

○（令）太后下诏曰："皇帝幼年，朕且统政，比加元服。"《汉书·王莽传》

校记：此条在《汉书·王莽传第六十九上》（汉 P. 4049）。"太后"前"令"不当省。"令"之主语无"王莽"。

必　词 P. 8

（一）动词　决也。内外动两用。

○中国有礼义之教，刑法之诛，愚民犹尚犯禁；又况单于能必其众不犯约哉？《匈奴传》　按此例为外动词用法，可以今语"保证"意译之。

校记：此条《汉书·匈奴传》第六十四下。（汉 P. 3804）

（二）表态副词　决也。今言"必定"。

○诚得樊将军首与燕督亢之地图奉献秦王，秦王必说，见臣。《荆轲传》

305

校记：《荆轲传》在《刺客列传》第二十六。（史 P. 2532）

毕　词 P. 9

（二）表数副词　皆也。

○群后以师毕会。《书·泰誓》

校记：《泰誓》指《泰誓中第二》。（《十三经注疏》P. 181 上）

○列侯毕已受封。《史记·萧何世家》

校记：《萧何世家》《史记》作《萧相国世家》第二十三。（汉 P. 2016）

○天下遗文古事，靡不毕集（太史公。太史公仍父子相续纂其职）。又《自序》

校记：《自序》即《史记·太史公自序》第七十。用圆括弧补出之文字，便于阅读也。（史 P. 3319）

别　词 P. 9

（一）表态副词　与今言"另"同。

○良带兵径至单于庭，人众别置零吾水上田居。又《匈奴传》

校记：《匈奴传》，在《汉书·匈奴传》第六十四下。（汉 P. 3823）

便　词 P. 10

（一）副词　本为"就便"之义，引申用之，则与"即"字义同。

○（陈仲举）至，便问徐孺子所在。《世说》

校记："世说"即《世说新语·德行第一》（此句主语为陈仲举）（上古籍 P. 1 /1982），《词诠》从《助字辨略》。（中华 P. 219）

○预此宗流（者），便称才子。钟嵘《诗品》

校记：此条在《诗品》序或谓"总论"中，从《助字辨略》。　（中华 P. 219）

并　词 P. 12

（六）方所介词　音傍。与"旁"用法同。参阅"旁"字条。

○自代并阴山下至高阙为塞。《汉书·匈奴传》

校记：《匈奴传》指《匈奴传》第六十四上。颜师古注曰："并音步浪。"（汉 P. 3747）

（七）连词　且也。

○殷叛楚，以舒屠六，举九江兵迎黥布，并行屠城父。《汉书·高帝记》

校记："高帝记"指《高帝记》第一下。如淳曰："以舒之众屠破六县。"

师古曰："六者，县名，即所谓九江王都六者也，后属庐江郡。"（汉 P.510）

〇见者呼之曰："蓟先生，小住！"并行应之。《后汉书·蓟子训传》

校记："蓟"传，在《方术列传》第七十二下。（后汉 P.2746）

不　词 P.12

（一）不完全内动词　非也。

〇女何择否（言）人，何敬不刑，何度不及？　《墨子·尚贤》

校记：《尚贤》，即《尚贤》下第十。按此引《书·吕刑》篇文。今《吕刑》"否"字"不"字皆作"非"（《诸子集成·墨子閒诂》P.41）。"否"一作"言"。

〇毕弋田猎之得，不以盈宫室也，征敛于百姓，非以充府库也。《大戴礼·王言》

校记："王言"作《主言》第一（四部丛刊本" P.3）。《词诠》从《经传释词》作"王言"。（岳麓版 P.228）

〇上之所赏，命固且赏，非贤固赏也；上之所罚，命固且罚，不暴故罚也。《墨子·非命》

校记：《非命》指《非命上》。《诸子集成·墨子閒诂》。（诸 P.167）

（三）否定副词

〇仁为人阴重不泄，常衣敝补衣，溺袴。期为不絜清，以是得幸。又《史记·周文传》

校记：《周传》在《万石张叔列传》第四十三内（史 P.2772）。仁，"郎中令，周文者，名仁。"

〇温舒至恶，其所为，不先言纵，纵必以气凌之，败坏其功。《史记·义纵传》

校记：《义传》在《酷吏传》第六十二中。（史 P.3146）

〇所藏活豪士以百数，其余庸人不可胜言，然终不伐其能，歆其德。《史记·朱家传》

校记：《朱传》在《游侠列传》第六十四中。（史 P.3184）

颇　词 P.15

（一）表态副词　略也，少也。

〇人有告邓通盗出徼外铸钱。下吏（验）问，颇有之。又《邓通传》

校记：《邓通传》在《佞幸列传》第六十五中（史 P.3193）。"吏"后脱"验"字。

307

丕　词 P.16

（一）连词　王引之云：丕，承上之词。丕犹言"乃"，"丕乃"犹言"于是"。

〇女克黜乃心，施实德于民，至于婚友，丕乃敢大言女有积德。《书·盘庚》

校记：《盘庚》即《盘庚上》（《十三经注疏》P.169中）注疏"女"作"汝"。

〇女万民乃不生生，暨予一人猷同心，先后丕降与女罪疾。《书·盘庚》

校记：《盘庚》《盘庚中》也（《十三经注疏》P.171上）。"女"作"汝"。

〇兹予有乱政同位，具乃贝玉，乃祖乃父丕乃告我高后。又《盘庚》

校记：亦《盘庚中》也（《十三经注疏》P.171中）。

披　陂　波　词 P.17

（一）表地介词　傍也。

〇披山通道，未尝宁居。《史记·五帝记》按徐广注云：披，它本作"陂"，旁其边之谓也。

校记：杨训"披"为"傍"，介词。有训"开劈""开凿"，为动词者，如华侨出版社、燕山出版社之《史记》《辞源》引此句为例训"披"为"劈开""分开"。此句主语为"黄帝"者。《五帝记》《五帝本纪》也。

〇自玉门、阳关出西域有两道：从鄯善傍南山北，波河西行至莎车为南道；（南道西踰葱岭则出大月氏、安息。）自车师前王廷（庭）随北山，波河西行至疏勒为北道。《汉书·西域传》

校记："从…傍…波…至…"及"自…随…波…至…"可知互文"波"训"傍"也。省文尚多及一处异文，据汉书中华校本用圆括号补出。（汉 P.3872）

〇波汉之阳，互九嶷为长沙。又《诸侯王表序》

校记：《诸侯王表》第二（汉 P.394）。颜师古曰："波汉之阳者，循汉水而往也。水北曰阳。"从颜注可见，"波"即"循"的意思，与杨氏训"傍"同。

〇陂山谷而间处兮，守寂寞而存神。冯衍《显志赋》

校记：按《显志赋》在《后汉书·冯衍传》（第十八下）中云："作赋自厉，命其篇曰'显志'"注："陂，谓傍其边侧也。"（后汉 P.1001）《辞源》训"陂"也引此例。

偏　词 P.18

（一）副词

○朕闻天不颇覆，地不偏载。《汉书·匈奴传》

校记：《匈奴传》第六十四上。（汉 P. 3763）

○尝昼寝，偏藉上袖。上欲起，贤未觉；不欲动贤，乃断袖而起。其恩爱至此。《汉书·董贤传》

校记：《董贤传》，在《佞幸列传》第六十三中。师古曰："藉，谓身卧其上也。觉，一寐之寤也。"按两袖藉其一，故云偏藉。（汉 P. 3733）

○谢公因子弟集聚，问："《毛诗》何句最佳？"遏称曰："昔我往矣，杨柳依依；今我来思，雨雪霏霏。"公曰："訏谟定命，远犹辰告。"谓此句偏有雅人深致。《世说》

校记：在《世说新语·文学》（第四）。（上古版 P. 136）

莫　词 P. 19

（二）同动词　无也。

○及平长，可娶妻，富者莫肯与者，贫者平亦耻之。《史记·陈平世家》

校记："陈平世家"，作《陈丞相世家》

○京师亲戚冠盖相望，亦古今常道，莫足言者。《汉书·游侠传序》

校记：《游侠传序》文字在《游侠传》第六十二中。（汉 P. 3699）

○为京兆尹门下督，从至殿中，侍中诸侯贵人争欲揖章，莫与京兆尹言者。又《万章传》

校记："传"在《汉书·游侠传》第六十二中。（汉 P. 3705）

末　词 P. 21

（五）否定副词　与"未"义同。

○鲁庄公及宋人战于乘邱，县贲父御，卜国为右。马惊，败绩，公队。佐车授绥。公曰：末之卜也。《礼记·檀弓》

校记：《檀弓》（上）也。（《十三经注疏》P. 277 中）

○不忍一日末有所归也。又

校记：《礼记·檀弓》（下）。（《十三经注疏》P. 1302 下）

某　词 P. 23

（一）虚指代名词

○哀子某为其父某甫筮宅。又《士丧礼》

校记：《仪礼·士丧礼》。（《十三经注疏》P. 1142 下）

○（张仪知楚绝齐也，乃出见使者曰：）"从某至某，广从六里。"《秦策二》

校记：《战国策·秦策二》圆括弧补出省略部分文字。（战 P. 137 上古版 1985）

（二）虚指指示形容词　用在名词之前，故与前条异。

○反命曰："以君命聘于某君，某君受币于某宫，某君再拜以享某君，某再拜。"《仪礼·聘礼》

校记：《仪礼疏卷》第二十三。（《十三经注疏》P. 1067 下）

○某时某丧，使公主某事，不能办，以此不任用公。《汉书·项籍传》

校记：《项籍传》在《陈胜项籍传》第一中。（汉 P. 1797）

○鳏寡孤独有死无以葬者，乡部书言，霸具为区处：某所大木可以为棺，某亭猪子可以祭。又《黄霸传》

校记：《黄传》在《汉书·循吏传》第五十九中。（汉 P. 3630）

弥　词 P. 25

（一）表数形容词　连也。屡也。

○诣，黄叔度，乃弥日信宿。《世说》

校记：《世说·德行第一》也。（世 P. 2　凤凰出版社）

非　词 P. 27

（一）不完全内动词　《玉篇》云："非，不是也。"

○昆弟诸子欲厚葬汤，汤母曰："汤为天子大臣，被污恶而死，何厚葬乎！"载以牛车，有棺无椁。天子闻之，曰："非此母不能生此子。"又《张汤传》

校记：《张传》在《史记·酷吏列传》第六十二中。（史 P. 3144）

（三）否定副词　不也。

○肆予冲人非废厥谋（，吊由灵各）。《书·盘庚》

校记：指《盘庚下》。肆，今也。冲人，年幼者。吊，善也。灵各，即灵格，占卜者。（《十三经注疏》P. 172 上）

○芷兰生于深林，非以无人而不芳。《荀子·宥坐》

校记：《孔子家语·在厄》，引孔子是语"芷兰"作"芝兰"，"非以"作"不以"。（高志忠《孔子家语译注》，商务 2015）

否　词 P. 29

（二）否定副词　不也。

○（孔子曰："否）某则否（能）。"《大戴礼》

校记：《大戴礼·少间》第七十六（四部丛刊本卷十一 P. 7）。"某"作"丘"。"能"为注文窜入。"丘""某"皆孔子自谓。杨树达先生谓"弟子记语者讳之曰'某。'"（《词诠》P. 24）吴昌莹亦"丘"作"某"。《经传衍释》P. 188

凡　词 P. 31

（三）副词　总共也。《说文》云："凡，最括也。"汉书注云："最计也。"按多与数字有关。

○（参徙为代王，复并得太原，都晋阳如故。）五年一朝，凡三朝。十七年薨。《汉书·文三王传》

校记：如故，师古注曰："如文帝时代时。"便于理解，补出省略文字。

○寡人节衣食之用，积金钱修兵革，聚谷食，夜以继日，三十余年矣。凡为此，（愿诸王勉用之）。《史记·吴王濞传》按此例不关数。

校记："濞传"即《吴王刘濞列传》（第四十六《史记》 P. 882 岳麓书社本）。"此例不关数"者，但前列诸数事，含有"关数"之概念也。《说文》谓"凡，最（总）括也。"

反　词 P. 31

（一）表态副词　顾也。与今语义同。

○天与弗取，反受其咎（；时至不行，反受其殃。愿足下熟虑之）。《史记·赵世家》

校记："赵世家"非也。《史记·淮阴侯列传》第三十二。便理解作了补充。（史 P. 685 岳麓本）

○黯曰："夫以大将军有揖客，反不重邪！"《史记·汲黯传》

校记：《汲黯传》，《史记·汲郑列传》第六十。（史 P. 3108）

方　词 P. 33

（一）表态副词　并也。按《说文》云："方，併船也。"引申为并义。又按："方"与"并"古音同。

○文武方作，是庸四克。《汉书·叙传》

校记：《汉书·叙传下》第七十（汉 P. 4257）。晋灼曰："方，并也。"师古曰："言并用文武之臣，是用克开四方也。"

（二）表态副词　徧（遍）也。按：方与旁古音同。旁《说文》训溥，今

311

言普，正普徧（遍）之义也。

〇汤汤洪水方割。《书·尧典》

校注：《十三经注疏》（P. 123 上）。割，害也。

（三）时间副词　正也，适也。表现在。

〇秦王方环柱走，卒惶急，不知所为。《史记·荆轲传》

校记：《荆轲传》在《史记·刺客列传》第二十六中。（史 P. 2535）

〇是时上方乡文学。《史记·张汤传》

校记：《张汤传》在《酷吏列传》第六十二中（史 P. 3139）。文学，指文献经典。

夫　词 P. 34

（一）人称代名词　彼也。

〇夫由赐也见我（，吾哭诸赐氏）。《礼记·檀弓》

校记：《檀弓上》。语焉不详，补出。（《十三经注疏》P. 1282 中）

〇夫为其君勤也。《齐语》

校记：《国语·齐语》（国 P. 221 上古版）。按《管子·小匡》"夫"作"彼"。

〇今夫以君为纣。《晋语》

校记：《国语·晋语一》。（国 P. 275 上古版）

（二）指示形容词　此也。

〇鳖于何有，而使夫人怒也！《鲁语》

校记：《国语·鲁语下》。注"于何有"，犹何礼有鳖。段玉裁说"当作犹何有于鳖"。（国 P. 203 上古版）

〇从母之夫，舅之妻，夫二人相为服。《礼记·檀弓》

校记：《礼记·檀弓上》。（《十三经注疏》P. 1289）

〇曾子袭裘而吊，子游裼裘而吊，曾子指子游而示人曰："夫夫也，为习于礼者，如之何其裼裘而吊也？"《郑注》云："夫夫"犹言"此丈夫"也。《礼记·檀弓》

校记：《礼记·檀弓上》。（《十三经注疏》P. 1285）

〇且夫战也，微郤至，王必不免。《晋语》

校记：《国语·晋语六》。（《国语》P. 424 上古版）

（三）指示形容词　彼也。用在名词之上，故与第一条异。

〇予恶夫涕之无从也。《礼记·檀弓》

校记:《礼记·檀弓上》。(《十三经注疏》P. 1283 中)

○夫人作享,家有巫史。《楚语》

校记:《国语·楚语下》。(国 P. 562 上古版　)

(七) 语末助词　表感叹。按钱大昕及近人汪荣宝之考证,"夫"古音当如"巴",即今语之"罢"字。

○尔责于人,终无已夫!三年之丧,亦已久矣夫!《礼记·檀弓》

校记:《礼记·檀弓上》。(《十三经注疏》P. 1277 中)

○仁夫!公子重耳!《礼记·檀弓》

校记:《礼记·檀弓下》。(《十三经注疏》P. 1300 下)

○桓公视管仲云:"乐(夫),仲父!"《管子》

校记:此条在《管子·霸形》中。(《诸子集成·管子》P. 140)据《词诠》谓"语末助词""乐(夫)"后应加一逗号。

甫　词 P. 37

(一) 时间副词　始也。于一事之方始时用之。与口语"刚"同。

○今歌吟之声未绝,伤痍者甫起,而今欲摇动天下,妄言以十万众横行,是面谩也。《汉书·匈奴传》

校记:在《汉书·匈奴传上》中。(汉 P. 3755)

○甫欲凿石索玉,剖蚌求珠,今乃隋和炳然,有如皎[注]日(,复何疑哉!)《蜀志·秦宓传》

校记:"皎"今多作"皎"。便于解读,用括弧补几个字。《蜀志·秦宓传》今谓《蜀书·秦宓传》。(《三国志》P. 972)

复　词 P. 38

(一) 副词　又也,更也,再也。

○迁为中尉,其治复放河内。《史记·王温舒传》

校记:《王温舒传》在《史记·酷吏列传》第六十二中。(史 P. 3148)

○于是遂诛高渐离,终身不复进诸侯之人。《史记·荆轲传》

校记:《荆轲传》在《史记·刺客列传》第二十六中。(史 P. 2537)

弗　词 P. 39

(一) 否定副词　不也。

○[买臣](数年,坐法废,)守长史见汤,汤坐床上,丞史遇买臣,弗为礼。《史记·张汤传》

313

校记:"买臣"衍字,"数年,坐法废"脱字皆已标明。《张汤传》在《史记·酷吏列传》第六十二内。(史 P. 3143)

○长安(中)诸公莫弗称之。《史记·灌夫传》

校记:《灌夫传》在《魏其武安侯列传》第四十七内。"安"后脱"中"字。(史 P. 2846)

伏　词 P. 40

(一) 表敬副词　刘淇云:伏者,以卑承尊之辞。按古人俯伏所以为敬,此其本义也。

○伏惟圣主之恩,不可胜量。《汉书·杨恽传》

校记:《杨恽传》在《汉书·公孙刘王杨蔡陈郑传》第三十六中。恽为杨敞子。(汉 P. 2895)

○大用民力,功不可必立,臣伏忧之。《汉书·匈奴传》

校记:《匈奴传》第六十四下。(汉 P. 3825)

备　词 P. 1

(一) 表态副词　具也,皆也。

○不谷恶其无成德,是用宣之以惩不一;诸侯备闻此言(,斯是用心疾首,暱就寡人)。《左传·成公十三年》

校记:标点用杨伯峻氏《春秋左传注》(P. 856—中华1981),"斯是"两句,闻此言之结果。(《十三经注疏》P. 1912 下)

本　词 P. 2

(一) 副词　原始之词。义与今语"本来"同。

○灌婴在荥阳,闻魏勃本教齐王反,(既诛吕氏,罢齐兵,)使使召责问魏勃。《史记·齐悼惠王世家》

校记:"既诛"两句补出。(史 P. 2004)

旁　词 P. 3

(一) 方所介词　傍也。按《说文》作"徬"。二篇下彳部云:徬,俯行也。《周礼·牛人郑注》云:"居其旁曰徬。"

○齐人东郭先生(以方士待诏公车,当道)遮卫将军,拜谒曰:"愿白事。"将军止车前,东郭先生旁车言(曰:"王夫人新得幸于上,家贫。")《史记·滑稽传补》

校记:脱字皆补出。《史记·滑稽列传》第六十六。(史 P. 3208)

314

彼　词 P.4

（二）人称代词　与今语"他"相当。

○魏豹、彭越（虽故贱，然已席卷千里，南面称孤，喋血乘胜日有闻矣。怀畔逆之意，）及（乃）败，不死而虏囚，身被刑戮，何哉？（中材已上且羞其行，况王者乎！）彼无异故，智略绝人，独患无后耳。《史记·魏豹传》

校记：脱字皆补出。误字"及"当为"乃"亦注明。此条系作者太史公对彭越、魏豹的评语，在《史记·魏豹彭越列传》第三十中。（史 P.2595）

比　词 P.6

（二）表数副词　皆也。

○（夫）中山（千乘之国也，而敌万乘之国二，）再战比（北）胜（，此用兵之上节也）。《齐策》

校记：脱字杂乱。《战国策·齐策五》"比"一作"北"（战 P.436）。《词诠》取自王引之《经传释词》（P.218 岳麓本）。

（五）时间介词　读去声。及也，至也。与口语"到"同。

○比时（，）具物（，不可以不备）。《礼记·祭义》

校记：《词诠》转取自刘淇《助字辨略》（P.186，中华本），杨氏《高等国文法》作"孝子将祭，虑事不可以不预；比时具物，不可以不备。"（P.281，商务1983）《十三经注疏》P.1593，下）

○周丘一夜得三万人，（使人报吴王）遂将其兵北略城阳（邑）。比至城阳，兵十余万（破城阳中尉军）。《史记·吴王濞传》

校记：补出不当省文字。第一个"阳"当为"邑"。又杨氏《高等国文法》亦作"阳"（P.281．商务）。《史记·吴王濞列传》第四十六中。（史 P.2833）

毕　词 P.9

（二）表数副词　皆也。

○天下遗文古事，靡不毕集（太史公。太史公仍父子相续纂其职）。《自序》

校记：便于解读补出省略部分。《史记·太史公自序》第七十。（史 P.3319）

便　词 P.10

（一）副词　本为"就便"之义，引申用之，则与"即"字义同。

○涉遣奴至市买肉。奴乘涉气，与屠争言，砍伤屠者，亡。（是时，）茂陵守令尹公（，新视事，涉未谒也），闻之（，）大怒。知涉名豪，欲以示众厉俗，遣两吏胁守涉。至日中，奴不出，吏欲便杀涉去。涉迫窘（，）不知所为。《汉书·原涉传》

校记：补出省略及标点。"原涉传"在《汉书·游侠传》第六十二中。（P. 3717）

徧　词 P. 11

（一）表数副词　皆也。表数之全。

○（十二月，公疾），徧赐大夫，（大夫不受）。《左传·昭三十二年》

校记：补上"十二月""公疾"及"大夫不受"。《十三经注疏》（P. 2128 上），杨氏《高等国文法》（P. 180）。

并　词 P. 11

笔者按"並"今简化为"并"。

（一）表数副词　刘淇曰："同时相比之辞。"

○（遵与张竦伯松具为京兆史）哀帝之末俱著名字，为后进冠。并入公府。《汉书·陈遵传》

校记："陈传"在《汉书·游侠传》第六十二中（汉 P. 3709）。据杨氏《高等国文法》（P. 180）补出。

不　词 P. 13

（七）语中助词　无义。杨曰："按古'不'，'丕'通用。'丕'为无义之助词者多，故'不'亦有为助词而无义者。惟王氏《释词》于此例所收太广"，云云。笔者按，所谓"无义"，指无实词的词汇义，但它们的语法义，如语气义还是存在的。

○尔尚不忌（于）凶德（，亦则以穆穆在乃位）。《书·多方》

校记：补出"亦则"句，与前"尔尚"句，构成因果复句。"于"亦补出。"丕"语气助词也，起了加重语气语势作用。有解"丕"为否定副词"不"亦可（《十三经注疏》P229 下）。"忌"《说文》作"誋"（謩）谋划（王世舜《尚书译注》1982 川人版）。又"忌"作"諅"，忌也。训嫉妒。（《辞源》2015 商务版）

○（康诰曰：敬明乃罚；甫刑曰：）播刑之不迪。《礼记·缁衣》引《书·甫刑》

校记：据《礼记·锱衣》补在括号内。（《十三经注疏》P. 1649 上）

丕　词 P.16

（一）连词　王引之云：承上之词。"丕"犹言"乃"，"丕乃"犹言"于是"。

〇（要囚，服念五六日，）至于旬时，丕蔽要囚。《尚书·康诰》

校记：补出"要囚"，"服念"之谓语动词与补语连接。"丕"有训"大"者，视为副词状"蔽"。（《十三经注疏》P.204上）

（二）语首助词　无义。

〇（我受天命，）丕若有夏历年。《书·酒诰》

校记："酒诰"误。在《书·召诰》。（《十三经注疏》P.213下）

〇（今惟我周王，）丕灵承帝事。《书·多士》

校记："周王"为"灵承"之主语，"丕"便不是句首助词了。（《十三经注疏》P.220上）

〇（惟兹四人，昭武王惟冒，）丕单称德。《书·君奭》

校记：主语"四人"，"昭""冒""称"为动词谓语，"单"同"殚"（竭力）作"称"之状语。"丕"视作句中语助。"丕"为语首助词不当。（《十三经注疏》P.224下）

〇（父义和，）丕显文武（，克慎明德）。《书·文侯之命》

校记："父义和"呼语。"丕"为语首助词。又"丕"训"大"（大大地）作"显"之状语，亦可。补出省略部分文字。（《十三经注疏》P.253下）

（三）语中助词　无义。

〇女丕远惟商耇成人，宅心知训。又《酒诰》

校记："酒诰"误。为《书·康诰》。（《十三经注疏》P.203中）

〇罔丕惟进之恭（，洪舒于民）。又《多方》

校记："丕"王世舜《尚书译注》（P.233）训"不"，否定副词。（《十三经注疏》P.228中）

莫　词 P.20

（三）否定副词　不也。

〇为君计，莫若遣君子孙昆弟能胜兵者悉诣军所（。上必益信君）。《史记·萧相国世家》

校记：便于解读，补上一句。《史记·萧相国世家》第二十三。（史 P.2015）

（四）禁戒副词　勿也。

○囚庆封（，灭其族）。以封徇曰："勿效齐庆封弑其君而弱其孤，以盟诸大夫。"封反曰："莫如楚共王庶子围弑其君——兄之子——员而代之立！"《史记·楚世家》

校记："囚"和"灭"皆在言明"徇"者，不宜省。（《史记·楚世家》史P1705）

末　词 P.21

（五）否定副词　与"未"义同。

○（然则，何以不言师败绩？）末言尔。《成公十六年》

校记：仅著三个字，实难解其义。杨氏《高等国文法》，多"然则"句补上，言之实，便好解了。（《十三经注疏》P.2257下）

谬　缪　词 P.26

（一）表态副词　《汉书·司马相如传》注云：缪，诈也。

○是时，卓王孙有女文君新寡（好音），故相如缪与（临邛）令（王吉）相重而以琴心挑之。《汉书·司马相如传》

校记：补上"好音"，故"以琴心挑之"才顺理成章。师古注云："寄心于琴声以挑动之也。"又注上"临邛""王吉"便于解读。（《汉书·司马相如传》P.2530）

非　词 P.27

（一）不完全内动词　《玉篇》云：非，不是也。

○城非不高也，池非不深也，兵革非不坚利也。（米粟非不多也。）委而去之，是地利不如人和也。《孟子·公孙丑下》

校记：孟文尚气，"城""池""兵革"都说了"米粟"岂能省哉！（《十三经注疏》P.2693下）。杨伯峻氏《古汉语虚词》（P.37中华版1981）亦如《词诠》笔者疑受其叔之影响也。

（二）同动词　无也。

○死而非补（，则过计也）。《贾子·耳痺》

校记：前后两句互为条件句，只有副句，其意难明。此句主语是伍子胥。《贾谊集》P.121

匪　词 P.28

（一）不完全内动词　非也。

○匪适株林（，从夏南兮）。《诗·陈风·株林》

校记：补上后句构成"匪××，从××"选择句。后句补上。（《十三经注疏》P. 378）

（四）否定副词　不也。

○朕祗惧潜思，匪惶启处。《后汉书·顺帝纪》

校记：《后汉书·桓帝纪》第七，非《顺帝纪》也。（《后汉》P. 293）

凡词 P. 30

（一）表态形容词　平凡也，普通也。

○赏所置皆其魁宿，（或故吏善家子失计随轻黠愿自改者，财数十百人），欲贳其罪，跪令立功以自赎。尽力有效者，因亲用之为爪牙，追捕甚精，甘耆奸恶，甚于凡吏（，赏视事数月）。《汉书·尹赏传》

校记："尹传"在《汉书·酷吏传》传第六十中。（汉 P. 3674）省去部分补出。

反　词 P. 31

（一）表态副词　顾也。与今语义同。

○（富国强兵而）以求人任贤，反举浮淫之蠹而加之于功实之上。《史记·韩非传》

校记："韩传"在《史记·老子韩非列传》传第三中。省略有不当，已补正。（史 P. 2147）

○因问信曰："兵法，右倍山陵，前左水泽。今者将军令臣等反背水陈，（曰破赵会食，臣等不服。然竟以胜，此）何（术）也？"《史记·淮阴侯传》

校记：省略奇特。"何也"是"背水陈"提问。原文"何术也"对"竟以胜"提问。后文答曰："陷之死地而后生，置之亡地而后存。"《史记·淮阴侯列传》传第三十二（史 P. 2617）。

弗　词 P. 39

（一）否定副词　不也。

○（武帝被霸上还，因过平阳主，）主见所侍美人，上弗说。《史记·外戚世家》

校记：补上两句，"主"所指即明。杨氏《高等国文法》即如此（P. 232 商务 1984）。据《汉书·外戚传》"侍"作"侰"（汉 P. 3949）。

附一：徐仁甫先生谈《词诠》

一

维理同志：

您好！

得来函，知大著《词诠刊误记》，是一部实事求是的一部好书，但不知字数多少？多则一书单行，少则思所以合之。

拙著《词诠辨正》，乃《释词辨正》之一种；《释词辨正》系辨正《经传释词》《助字辨略》《经传释词补再补》《经传衍释》《词诠》《古书虚字集释》《诗词曲语汇释》共七部书，由四川人民出版油印本，尚未正式发行。

为大著发表计，最好是上海古籍出版社，社址在上海瑞金二路272号。

你可以将稿寄去，请予审核出版。如不接受，请退原稿，再投别家出版社。

耑此奉复，并候好音！

徐仁甫启
1984年11月22日

你去信时，最好说是我介绍，可引起他的重视。又及。

二

维理同志：

来函拜读，敬悉情况。

拙文附骥，若在《重庆职大》刊用，自无不可。

大著两人合作，译释是否必要，请再考虑。如果译释费力不讨好，工作又艰钜，不如放弃译释，专搞刊误。为多读书记（计），《词诠》刊误完成之后，继续校刊《注字辨略》《经传释词》《经词衍释》等，既读了书，也有贡献于学术之林。

同志年富力强，继续深造。但不必急于发表，因为急于发表，前人已有悔其少作者；不过，同志仅刊误，非发议论。在继续刊误中，积累既多，亦可以陆续发表，以享读者！

同志刊误，第二卷尚未成文，正当继续搞下去。拭目以待，无任欣慰！嵩此奉复，并祝

学安

拜首

徐仁甫

1984 年 12 月 6 日

徐仁甫先生简介

徐先生，四川师大中文系教师，特约研究员。1984 年 11 月 7 日我出席四川省语言学会期间，见到了徐先生，时年先生已八旬又三了。他知道我在整理《词诠》和看了我带去的《词诠刊误记》后，当众大加赞扬，并对我说："明天我写的《词诠辨正》带来，给你。"次日，果如愿。先生年事虽高，但锐气不减。实为我辈治学之楷模也。

三

维理同志：

您好！

承赐重庆两种品味芳香鲜浓无任感谢！对拙著《古诗别解》又加以赞赏，愧不敢当。

《文学遗产》一九八四年四期，解"悉如外人"谓"如"应训"不如"此说我不同意。一因说"悉如外人"既与事实不合，又于语言不辞。若真是"悉不如外人"，倒不如说"悉异外人"。

《经传释词》如犹不如，何注曰，"如，即不如，齐人语也。"《助字辨略》《辞源》《辞海》等均照列入。其实此条不能成立，我的《经传释词辨正》早都把它删了。王引之《经义述闻》二十四："如勿与而已矣，何注如即不如齐人语也。"王念孙曰，"如"上当有"不"字，而写者脱之。……自注：凡以"如"为"不如"者皆为此注所误，说见《释词》。可见"如"犹不如也"此条当删。今流行本《经传释词》并未删除此条，则与"如犹当也 8 条自相矛盾。《经传释词》另有矛盾者兹从略。

我的《经传释词辨正》已交上海古籍出版社，已被收入在……

言不尽意，余容后续；春节将近，顺祝

一元复始，万象更新！

徐仁甫谨启
1985年2月8日

四

维理同志：

接到来信，甚为高兴。在教学中，常有研究，这是难得的；学术上的问题，能引向深入，并得到解决更为难得。

我因成都住宅，由于平房改建楼房，来大邑城过渡，要明年才回成都。在这段时间，仍以读书写文为事。在北京中华书局、上海古籍出版社、成都巴蜀书社、四川人民出版社印著述。但时间很慢，迟迟不见出书，都是有人的关系，奈何？《词诠辨正》希望邮来，重师学报及打印稿都请寄大邑县广播电视局杨文清同志转。

耑此奉复，即颂

秋安

徐仁甫谨启
1986年9月21日

附二：陈铁风教授谈《词诠》

维理先生：

手翰诵悉。辱承系念，愧所难当。

欣闻讲席余暇，已为《词诠》第一卷译注过半，"一有所得，便赞叹不已"，殆能自得其乐也哉。足堪羡煞！他日，书成，不特"以启后学"，直是杨遇夫先生身后知己。所示，拟于校、注、译外，更附以原著述语汇释及引用书目索隐一节，具见考虑周详，利于查检，是为当前工具参考书所楷式者。设有垂询及于下走，允当扫径以待。

唯以老迈又且荒殖半生，深恐有负　雅望耳！下周星期六晚间或星期日上午（即本月廿一、廿二）在校伫候　赐教不一，此颂

撰安

老铁印章
1983年5月14日上午

陈铁风教授简介

陈教授，四川叙永人，著名的经济学家陈豹隐之堂（胞?）弟，20世纪30年代末叶毕业于南京中央大学中文系，历经坎坷。20世纪80年代初叶任重庆市职工大学教务长。

附三：张鹏云同学谈《词诠》

王老师：

您好！

上次来信尽悉，并及时传阅诸同学，想必志德同学已经转告，实为抱歉。

"词诠工程"一事，的确是一件大好事。如能参加，对我们一定大有裨益。但现在看来，作为半工半读又有家小并分散全市的我们来说，的确有许多实际问题，首先是时间。

回想王老师给我们任课的一年半时间里，老师教学之认真，治学之严谨，待人之真诚，诲人之不倦，给我辈学生留下了极为深刻的印象。现在班上的同学还经常以赞扬的口气谈到您。恕我直言，甚至把个别不够负责的教师与您比较。对此，我自己感受颇深。我在古汉语上的每一点进步，都与您的辛勤教诲分不开的。甚至我学习划现代汉语的句子成分都是从学划古汉语成分来的。我这些话并非溢美之词，而是我和一些同学的切身感受。

最近，我很忙，放了假，厂里的工作也很多，准备过一段时间前来拜望，我也希望找时间请您来玩。祝

好

学生
张鹏云

附四：徐复业师谈《词诠》

徐光烈君从西安训诂学年会回校后，光烈告诉我，到《词诠》整理完成后，徐复老师为我审读，为我写序，为我推荐出版社。

（南京大学吴永坤《师德永存，垂范后世》南京师范大学文学院学报2006年第三期批注）

著编后记

《面山居集》经过两三年收集整理，今天总算告一段落了。心情的娱悦是自然的。

集子的出现，存在，面世，首先得归功于1978年党的十一届三中全会以来的改革开放，没有这40年的改革开放，就没有今天的"改革开放的新时代"到来和今天的中国。自然这个集子也就不会存在了。

这个集子，可视作是作者改革开放的颂歌，尽管其中还有诸多不足。

这个集子，是对前年2016年"中国社科""大学经典文库"丛书《面山居诗词》（光明日报出版社）这个集子的基础上，删、增、扩充编辑而成的。原"诗词"集中，英译部分全部删除。新体诗、传统诗词增加了近100首。在集子中，列入诗词编，原"诗词"之外，增辟了"散文编"和"杂俎编"。散文编收入了作者域外、域内游记12篇，及人物志两篇；杂俎编收入了作者退休前，用过的和未用过的几篇文字。其中有的得到学界高度肯定，几十年了，已收入了今天的"中文科技期刊数据库"，还在运行着。

为了读者阅读方便，作者提供了不少的诗文背景材料。这些材料或补充正文的不足，或增加读者的兴致，这样，或许会增加正文的深度和厚度。

集子的多次变动成这个样子，自己的学生重庆师范大学外语学院副院长王方路教授和子媳王岭、陈洁他们为这个稿子，做了不少工作，这里不得不提到。

2018年11月7日晨8时
于重庆师范大学沙坪坝老校区宅